Moses Wolff • Gendarm des Königs

Moses Wolff

Gendarm des Königs

Die Starnberger Protokolle

Mit Illustrationen von Mike Maurus

HIRSCHKÄFER
verlag

Für Björn Puscha

1. Auflage, Oktober 2022

Cover und grafische Gestaltung von Hirschkäfer Design/Coriander Pinxit
Gedruckt in der EU

ISBN 978-3-940839-81-7

Besuchen Sie uns im Internet:
www.hirschkaefer-verlag.de

Mit Liebe gemacht.

Prolog

9. Juni 1886

König Ludwig II. saß auf Schloss Neuschwanstein in einem seiner thronähnlichen Sessel und blickte aus dem geöffneten Fenster. Der Himmel war bewölkt, die Stimmung des Monarchen arg getrübt durch Enttäuschung, Schwermut und körperliche Beschwerden. Er war vierzig Jahre alt und litt an Kopf-, Zahn- und Gliederschmerzen. Er hatte immer davon geträumt, der Menschheit mehr Pracht, mehr Schönheit, mehr Freude zu schenken, seinem Volke zu zeigen, dass nicht Zank und Krieg, sondern Musik und Anmut die Herzen glücklich machen. Doch seine Liebe zur Kunst und seine Neigung zur Schaffung wundervoller Bauwerke wurde ihm in letzter Zeit immer öfter vorgeworfen, man beschuldigte ihn, Gelder zu verschwenden, lieber Schlösser bauen zu lassen, als sich an Völkerschlachten zu beteiligen.

Durch ein lautes Klopfen wurde er aufgeschreckt. Er blickte auf die Standuhr. Es war gerade einmal kurz vor elf Uhr abends. Er hatte angeordnet, nicht gestört werden zu wollen. Ludwig sprang auf.

»Wer wagt es?«, rief er laut und erzürnt und spürte dabei die Falte zwischen seinen Augen. Zaghaft wurde die Türe zu seinem Gemach geöffnet, sein junger Kammerdiener Rutz kam in gebeugter Haltung herein, so wie es sich gehörte, schließlich war es keinem Bediensteten gestattet, dem König ins Antlitz zu blicken.

»Eure Majestät«, sagte Rutz mit zurückhaltender Stimme, »ich bringe den gewünschten französischen Wein!« Unter wiederholten Verbeugungen trug der Kammerdiener die silberne Karaffe mit den kunstvoll eingeprägten Schwänen zum Beistelltisch vor dem großen Fenster und stellte sie nebst einem glänzend polierten Kelch hin. »Ich ziehe mich zurück, Eure Majestät läuten, wenn wir das Souper servieren sollen.«

Ludwig starrte in die Luft. Natürlich, er hatte den Wein völlig vergessen. Rutz stand erst wenige Wochen in den Diensten des Königs, verschiedene Rituale waren ihm noch nicht vertraut. Dafür machte er seine Arbeit aber bereits sehr gut, befand der König.

»Ich möchte erst in ein paar Stunden speisen, entferne er sich und sorge er für ungestörte Ruhe!«

Sich hündisch verneigend, zog sich Rutz zurück, den Blick gewissenhaft auf den Boden gerichtet. Als er fort war, spürte Ludwig für wenige Sekunden Frieden. Er versuchte, ruhig zu atmen. Was war nur geschehen? Wo waren die Jahre hingegangen? Er fühlte sich träge, so träge. Schleppenden Fußes trottete er vor den mächtigen Spiegel, dessen Geheimnis nur er kannte. Er sah sich an. Es war ein schauerlicher Anblick. Seine Augen waren glasig, das Gesicht aufgedunsen, sein Körper ebenso. Der Bart wucherte wild, er ließ ihn selten zurechtschneiden. Ludwig war erstaunt, was für einen verwahrlosten Eindruck er machte – bis auf sein Haupthaar, das wie in jungen Jahren äußerst gepflegt, geschmeidig, glänzend und schön frisiert war. Er überlegte, warum er darauf solchen Wert legte. Vielleicht war, so schlussfolgerte er, seine Frisur das letzte Anzeichen seiner königlichen Erscheinung und Würde, was ihm im Übrigen mittlerweile gleichgültig war. Er traf außer seiner Dienerschaft und in seltenen Fällen Ministern keine Menschenseele. Und sowohl den Dienern als auch den Ministern misstraute er. Es ging ihm fürwahr schlecht, sein gesamtes gegenwärtiges Leben fand in der Flucht aus dem realen Dasein und in der Vermeidung aller weltlichen Wirklichkeiten mit ihren Anforderungen zugunsten einer imaginären und in den Augen des Königs besseren Welt statt. Gesellschaftliche Etikette und bürgerliche Vorstellungen waren ihm ein Gräuel. In seinem Kopf hörte er die imaginären Klänge von Parsifal.

»Spieglein, Spieglein an der Wand, wer ist der Edelste im Land?«, fragte er sein Spiegelbild. Nun folgte einer der seltenen Momente, in denen er kichern musste, weil ihm bewusst war, dass ihn Außenstehende für einen Verrückten halten mussten, wenn er mit einem Spiegel sprach. Aber für ihn hatte das Zwiegespräch mit dem Spiegel deutlich höheren Realitätsgehalt als ein Pferderennen oder andere Ablenkungen, denen gewöhnliche Menschen frönen mochten. Er kniff die Augen zusammen, öffnete sie erst nach gefühlten drei Minuten wieder, als er den Eindruck hatte, das Gleichgewicht zu verlieren. Durch das lange Schließen der Augen sah er zunächst etwas verschwommen, dann deutlicher. Der gewünschte Effekt war eingetreten. Sein Spiegelbild zeigte nicht mehr den gebeugten, geplagten alten König mit dem wuchernden Bart, sondern den jungen, schönen König Ludwig, der er einst war. Funkelnde Augen, das Gesicht fein glatt rasiert, sein ausdrucksvoller Mund war von einer vornehmen Röte, seine Haltung edel und voller Tatendrang.

»Spieglein, Spieglein an der Wand, wer ist der Edelste im Land?«, fragte er erneut.

»Oh König, im Innersten, da seid es Ihr. Doch draußen, da lauert Missgunst und Gier.«

»Ich weiß«, bekannte er. »Doch ich kann nicht mehr hinaus in die Welt. Menschen sind mir in zunehmendem Maß zuwider, ich lebe lieber hier in meiner eigenen Wirklichkeit, suche kleine Freuden durch den gesteigerten Verzehr edler Speisen und trinke über die Maßen Alkohol. Leider stellt sich selten der gewünschte Rausch ein, vielmehr verstärken die geistreichen Getränke meine Melancholie und die düsteren Gedanken.«

»Wie wäre es wieder einmal mit einem erfrischenden Bad im Bergsee? Klares Quellwasser vertreibt Trübsinn.«

»Ich bin im Augenblick voller Apathie, finde kaum Schlaf, und meine Gewohnheiten bezüglich Tag und Nacht haben sich genau umgekehrt. Ich gehe in den frühen Morgenstunden zu Bett, schlafe bis in den Nachmittag – sofern ich einschlafen kann –, stehe dann auf, nehme heiße Bäder, kleide mich an und pflege am zeitigen Abend zu frühstücken. Im Anschluss tüftle ich an Bauplänen, lasse mir in besonderen Momenten Musik vorspielen oder Literatur vortragen.«

»Wie ergeht es Eurem Bruder?«, erkundigte sich der junge Ludwig im Spiegel.

Mit dieser Frage hatte der König nicht gerechnet. Wie ein Blitz durchzuckte es seinen Körper.

»Ich liebe meinen Bruder Otto«, hauchte er sehr leise. »Er war noch nie ein einfacher Mensch, und nach einem schrecklichen Kriegserlebnis wurde er traumatisiert. Seither ist er in einem geistig dramatischen Zustand und in einer entsprechenden medizinischen Einrichtung untergebracht.«

»Habt Ihr Angst, selbst geisteskrank zu werden?«

»In manchen Augenblicken habe ich diese Angst, ja. Du kennst mich besser als jeder andere, du weißt, ich bin kapriziös und eigenwillig, jedoch habe ich niemals Anzeichen von Geisteskrankheit aufgewiesen.«

Das Spiegelbild blickte sein Gegenüber gütig an.

»Eure Minister«, warnte es, »würden Eurer Majestät liebend gern eine psychische Störung unterstellen. Ein kranker König kann nicht regieren und auch keine Staatsgelder mehr für Schlösser ausgeben. Gewiss munkeln auch Stammtische in den Wirtshäusern, es könne etwas nicht stimmen mit ihrem bausüchtigen König, der gerne mutterseelenallein in der Oper sitzt und sich Werke von Richard Wagner vorspielen lässt.«

Ludwig war schlau und hatte ein ausgeprägtes Gespür, so ahnte er längst, was die Menschen über ihn mutmaßen mochten und wusste, dass sein Spiegelbild die Wahrheit sprach.

»Ist meine Zeit vorbei?«, fragte der König heiser.

»Ihr wisst, dass ich nicht prophezeien kann, Eure Majestät.«

»Natürlich, bitte verzeiht. Ich bedanke mich für die Unterhaltung.«

»Stets zu Diensten«, sprach das Spiegelbild, verschwamm im nächsten Moment und wich dem realen Bild des gealterten Ludwig. Dieser atmete schwer und wusste, dass es nach ihm gewiss nicht besser werde. Würde er nicht mehr sein, er, der den Frieden und die Schönheiten für alle Menschen begehrte und keinesfalls Twist und Kampf, würde sein Nachfolger den alten menschlichen Drang nach Macht, Griff zu den Waffen, auch unter Brüdern, Gemetzel, Zerstörung, Tod, all dem, was ihm sein Leben lang zuwider war, was er stets verhindern wollte, neuen Raum geben? Er hatte Tränen in den Augen.

Vor den Toren krähte ein Rabenpaar im Kastanienbaum. Ludwig stand auf, ging zum Fenster und richtete die Augen zum Himmel.

»Dies ist ein schlimmes Vorzeichen«, sagte er. »In den Häusern Wittelsbach und Habsburg bedeuten Krähen und Raben Unheil.«

Er brauchte nun etwas, das ihn aufheiterte, so schleppte er sich zum Bücherregal und nahm das von ihm hochgeschätzte Werk *Phantasien über die Kunst* von Wilhelm Heinrich Wackenroder heraus, ein Buch, aus dem er beinahe auswendig zitieren konnte. Er schlug es auf und las die Worte des Romantikers Wackenroder: *Wohl dem, der, wann der irdische Boden untreu unter seinen Füßen wankt, mit heitern Sinnen auf luftige Töne sich retten kann«, ruft der weltflüchtige Musiker aus. Die Klänge der Musik machen unabhängig von der Welt.*

Ludwig schloss die Augen. Er dachte an Schwäne, an Seen, an stolze Rösser, an erhabene Bauwerke und Statuen anmutiger Menschen. Dann las er weiter: *Die Musik hat das Schönste der Naturtöne gesammelt und veredelt, sie hat sich Instrumente gebaut, aus Metall und Holz, und der Mensch kann nun willkürlich eine Schar von singenden Geistern erregen, sooft er will; die Kunst beherrscht das große, wunderbare Gebiet. Die wollüstige Phantasie hofft, einst einen noch höheren überirdischen Gesang der Sphären anzutreffen, gegen den alle hiesige Kunst roh und unbeholfen ist.* Der König seufzte, erhob sich, ging hinüber zum Beistelltisch, griff sich ein paar Weintrauben, schenkte sich aus der großen silbernen Karaffe seinen Kelch voll und leerte ihn in einem Zug.

Diesen Vorgang wiederholte er zwei weitere Male, wobei er beim dritten Leeren des Trinkgefäßes die Flüssigkeit im Munde behielt. Er war davon überzeugt, es sei gut für die Mundflora, wenn er süßen Wein erst möglichst spät hinunterschlucke. Er hatte kaum noch Zähne im Mund, diese befanden sich in einem äußerst bedenklichen Zustand, bestanden quasi nur aus schwarzen Stummeln. Seine Zähne waren ein Abbild seines seelischen Zustandes. Mit beiden Backen voller Wein schlurfte er zurück zu seinem Sessel, um die in seinen Augen wichtigste Passage des Buches nachzulesen: *Beim Steigen, beim Sinken der Sonne, beim Schimmer des Mondes ist die Natur in einer raschen, unwillkürlichen Entzückung, in der sie noch freigebiger ist, noch weniger spart, und wie ein Pfau in stolzer Pracht allen Schmuck mit inniger Freude rauschend auseinanderschlägt.* Er schluckte den Wein hinunter und verfiel in eine Art Trance. Die Uhr schlug Mitternacht.

10. März 1864

Von den Stammgästen der Aufkirchner Bierstube unbemerkt, nahm Beppi, ein leicht gebückter Mann mit weißem, langem Bart und einer grauen Trachtenjacke mit Hirschhornknöpfen, an dem kleinen Tisch neben der Eingangstür Platz. Sein Alter war schwer einzuschätzen, aber gewiss war er zwischen fünfzig und sechzig. In seinen Augen waren faszinierende Leichtigkeit und Lebenskraft erkennbar. Keiner kannte den Fremden, es war das erste Mal, dass er die Bierstube betreten hatte. Hubsi, der glatt rasierte Betreiber der Stube, kam herüber.

»Magst ein Bier?«, fragte er den Bärtigen.

»Ja. Hast was zum Essen auch?«

»An Wurschtsalat kann ich dir machen.«

»Des passt.«

Hubsi stellte dem Fremden den mit Bier gefüllten Krug hin. Der Schaum schmiegte sich wie Puderzucker um Beppis Bart, nachdem dieser einen Schluck getrunken hatte.

»Bist auf der Durchreise?«

»Ja, ich war ein bisserl am Würmsee spazieren«, sagte der Bärtige. »Ich werd nachher noch nach München gehen.«

»Da wirst die halbe Nacht durchmarschieren müssen.«

»Ich weiß. Ich bin auch schon hergewandert.«

Hubsi bewegte seinen massigen Körper in die hintere Stube, um Wurst, Zwiebeln und Gurken für den Wurstsalat aufzuschneiden. Beppi blickte sich um. An einem runden Tisch labten sich drei Herren an ihren Bieren.

»Also, noch mal Gratulation zum Nachwuchs, Staudacher!«, sagte einer mit schütterem Haar und prostete den anderen zu.

»Dankschön!«

»Es ist dein erstes Kind, oder?«

»Richtig. Und weil ja heut der neue König proklamiert wurde, haben wir unseren Sohn nach ihm benannt. Ludwig.«

»Also Wiggerl«, sagte der mit dem schütteren Haar.

»Ja, so werden wir ihn nennen, damit es keine Verwechslung mit dem König gibt.«

Die Herren lachten und tranken.

Es war in der Tat ein historisch wichtiger Tag für Bayern. Der junge Ludwig Otto Friedrich Wilhelm von Wittelsbach war am Tage des Todes seines Vaters zu König Ludwig II. von Bayern proklamiert worden. Nach schwerer Schwangerschaft hatte Maria Staudacher jenen Knaben zur Welt gebracht. Sie und ihr Mann Leopold, ein Schreiner, waren sehr stolz auf den Nachwuchs. Die Mutter konnte es gar nicht erwarten, so rasch wie möglich ein Bildnis des frisch gekrönten Königs neben Wiggerls Kinderbettchen aufzustellen.

Der bärtige Alte hob den Kopf und schnaufte tief ein. Beppis Nasenlöcher öffneten und schlossen sich wie die Nüstern eines Fohlens. Wieder einmal durchfuhren ihn die ihm seit seiner Kindheit vertrauten Strömungen, die durch Mark und Bein gingen. In diesen Momenten manifestierten sich in seinem Hirn klare Botschaften zu einem runden, stimmigen Bild. Er wusste, dass jene hellseherischen Kräfte nicht überall angesehen waren, und er hatte im Lauf seines Lebens gelernt, die empfangenen Worte nur dann kundzutun, wenn er den Eindruck hatte, seine Zuhörer würden etwas damit anfangen können. Doch diesmal entschied er sich zu schweigen. Es hätte auf die neben ihm sitzenden Herren gewiss kurios gewirkt, wenn ein fremder, älterer Herr plötzlich Prophezeiungen von sich gibt.

Der Wurstsalat kam. Während er aß, konzentrierte er sich auf die empfangenen Informationen, die sich ausschließlich um den neugeborenen Knaben drehten:

»Dieses Kind hat nicht ohne Grund den Namen Ludwig erhalten«, schoss es dem Alten in den Kopf, als würde ein Geist direkt in sein Ohr flüstern. »Er wird einst den Beruf eines Gendarmen ergreifen und ist dazu erkoren, im Alter von zweiundzwanzig Jahren ein wichtiger Bestandteil des Schicksals von Ludwig II. von Bayern zu werden.«

Beppi nahm sein Stofftaschentuch aus der Tasche, wischte sich den Mund ab, genoss noch kurz den würzigen Essiggeschmack seines Wurstsalates und trank seinen Krug aus. Er blickte zu dem frischgebackenen Vater, der in seiner heiteren Geselligkeit keinen Schimmer hatte, was für eine bedeutungsvolle Fügung seinem kleinen Wiggerl vorbestimmt war.

23. Dezember 1868

Der vierjährige Wiggerl spielte am Vorabend der Christnacht unter dem warmen Ofen der Großeltern mütterlicherseits mit dem einzigen Spielzeug, das er besaß: einem handgeschnitzten hölzernen Hahn mit rot angestrichenem Kamm und Bart, den sein Vater von einer Reise aus dem Schwarzwald mitgebracht hatte. Das Spiel war eine fortlaufende Geschichte rund um Prinzessin Ilsebill, die sich in einen bettelarmen Holzfäller verliebt hatte, der zu seinem Unglück von einem bösen Geist in einen Hahn verwandelt worden war. Wiggerl spielte die Prinzessin.

»Die anderen Hühner mögen mich nicht«, klagte der Hahn. »Sie merken, dass ich anders bin.«

»Ich würde dich so gerne erlösen«, schluchzte die Prinzessin.

»Das geht nicht, ich bin für alle Zeiten gefangen im Körper des Hahnes. Aber ich habe die Gabe, dich zu beschützen.«

»Aber der HerrGOTT beschützt mich doch schon.«

Der Hahn kam mit seinem Schnabel sehr nah an das Gesicht von Prinzessin Ilsebill und flüsterte in ihr Ohr.

»Ja, aber morgen beginnen die Raunächte. Da brauchst du noch mal besonderen Schutz.«

Die ersten Lebensjahre verbrachte Wiggerl bei den im nahe gelegenen Berg am Würmsee wohnenden Großeltern, da seine Mutter unter der Nervenkrankheit Hysterie litt und meist schlief oder zu schwach war, sich um das Kind zu kümmern. Die Großeltern waren freundliche Menschen, allerdings beide stark dem altbayerischen Volksglauben verfallen, sodass ihre Tage mit Ritualen und Kirchgängen ausgefüllt waren und Klein Wiggerl oft allein in der Stube verbringen musste, was ihn nicht störte, da er eine ausgeprägte Fantasie besaß und es ihm niemals langweilig wurde. Besonders die winterlichen Raunächte und die damit verbundene Besorgnis der Großmutter machten ihm Spaß. Während andere Kinder sich vor den Spukgeschichten fürchteten, ließ Wiggerl seine Gedankenwelt von ihnen beflügeln.

»Beschützt du dann die Oma und den Opa auch?«, fragte Prinzessin Ilsebill.

»Nein, ich habe nur die Macht, einen Menschen zu beschützen. Eine Prinzessin. Ilsebill von Berg. Du wirst einst die Königin dieses Reiches sein, und alles wird dir gehören.«

»Auch der Würmsee?«

»Natürlich! Der Würmsee mit allen Fischen darin.«

Die Großmutter kam herein und brachte einen Hefezopf und frische Milch in die Stube.

»Komm an den Tisch, Wiggerl«, sagte sie freundlich.

Wiggerl legte den Hahn auf den Holzboden und kletterte auf seinen Stuhl. Der Zopf schmeckte wunderbar, doch in dem Augenblick, als Wiggerl das Glas ansetzte, um einen Schluck Milch zu trinken, hörte er ein Geräusch. War es der Hahn gewesen? Nein, der lag brav an seinem Platz auf dem Fußboden. Da war es wieder, das Geräusch! Es kam von draußen. Eine Krähe! Sie krächzte sieben Mal. Wiggerl konnte schon bis zehn zählen und überlegte, was er getan hätte, wenn die Krähe öfter als zehn Mal gekräht hätte. Dann wüsste er die Anzahl der Krählaute nicht. Seine Oma konnte er nicht fragen, weil die nie bei irgendetwas mitzählte. Er musste auf einmal furchtbar lachen, verschluckte sich und verschüttete dabei etwas Milch auf seinem Hemd.

»Gib doch Acht!«, schimpfte die Großmutter. »Na ja, heut Abend ist es noch in Ordnung. Morgen musst du aber besser aufpassen, weil da dürft ich nix mehr rauswaschen.«

Sie stand auf, holte ein Tuch und etwas Wasser und reinigte das Gewand ihres Enkelsohnes.

»Warum darf man es heut rauswaschen und morgen nicht?«, fragte Wiggerl.

»Nach den alten Perchtengesetzen«, so veranschaulichte die Großmutter ihr Gesagtes, »darf zwischen Heiligabend und Heiligdreikönig weder gewaschen, gewebt, geputzt oder gesponnen werden. Sämtliche Räder sollen stillstehen. Wehe den Frauen, die sich ans Spinnrad setzen, ihre Wolle wird von der Percht unbrauchbar gemacht.«

»Wer ist denn die Percht?«, fragte der aufmerksam lauschende Wiggerl.

»Sie ist«, berichtete die Großmutter, »die Anführerin der wilden Jagd. Sie kontrolliert die Spulen der Spinnräder – befindet sich auch nur ein einziger Faden darin, wird sie böse. Hängt gar jemand weiße Leintücher auf, erweckt die Percht die Apokalyptischen Reiter aus ihrem Todesschlaf. Sie erscheinen den Menschen, die das Verbot missachtet haben, töten sie und benutzen die Bettlaken als Leichentuch für ihre Opfer.«

»Oh, das will ich sehen! Hängst du in den Raunächten weiße Leintücher auf?«

»Ja, hast du denn überhaupt keine Angst?«

»Nein, warum denn auch?«

In der folgenden Nacht erdachte Wiggerl mehrere Fabelwesen, deren von ihm erfundenen Geräusche er in den nächsten Tagen häufig anwandte, was schließlich dazu führte, dass die Großeltern aufhörten, in seiner Anwesenheit von den Raunächten zu sprechen.

05. Januar 1869

»Wiggerl, wach auf!«, sagte die Großmutter in aller HerrGOTTsfrühe. Draußen war es noch dunkel. Wiggerl hatte gerade noch wunderbar von einer fliegenden Kutsche geträumt und rieb sich die Augen.

»Warum soll ich denn mitten in der Nacht aufwachen?«, fragte er.

»Dein Großvater … er ist tot.«

Wiggerl sah die Großmutter mit großen Augen an.

»Hat den die Percht geholt?«, erkundigte er sich.

Noch am selben Tag brachte ihn die Großmutter zurück ins Haus seiner Eltern.

21. Januar 1869

Der kleine Wiggerl kannte keinerlei Furcht, hatte regelrecht Gefallen am Gruseln gefunden und liebte es, andere zu erschrecken, indem er gut hörbar schnell und stoßartig atmete, wie ein schnüffelndes oder schnaubendes Untier. Diese Angewohnheit geriet irgendwann aus den Fugen, und er konnte das Schnüffeln nicht mehr steuern. Da er jedoch in fast jeder noch so ernsten Situation eine heitere Seite entdeckte, belustigte ihn der Umstand des zügellosen Hyperventilierens derart, dass es nicht selten in ein herzhaftes Lachen ausartete. Der Hausarzt der Familie, Dr. Amperer, sprach von »unkontrollierten respiratorischen Affektkrämpfen«, die man höchstens durch Aderlässe, harten Schlafentzug oder, im Zweifelsfalle, durch eine Zwangsjacke behandeln könne. Diese Methoden schienen jedoch bei Kindern wegen der meist irreparablen Begleitfolgen nicht ratsam. So also sah man von einer Behandlung ab und entschied sich, das Verhalten des Kindes zu erdulden, was nicht leicht war, da das Nervenleiden der Mutter sich täglich verschlechterte, vor allem, wenn Wiggerl mitten in der Nacht laut zu schnaufen, bellen und kichern begann.

23. April 1869

»Dass man den heiligen St. Georg verehrt, ist ja wirklich schön und gut«, sprach König Ludwig II., während er am frühen Morgen am Tag des Ritterschlages in Anwesenheit seines Leibreitknechts Carsten durch den Hofgarten flanierte.

»Aber warum in aller Welt müssen da immer so viele Leute teilnehmen?«

»Tja«, antwortete Carsten, »die Menschen mögen Festlichkeiten, und es gibt nun mal Bräuche.«

»Es bereitet mir ja auch eine gewisse Freude, den neuen Ordensmitgliedern des St. Georg-Ordens den Ritterschlag zu erteilen. Das ist ein bisschen wie in einem Märchen. Wisst Ihr etwas über den heiligen Georg?«

»Nicht viel. Nur eben, dass er ein Drachentöter war.«

»Das ist korrekt. Drum wurde er als Schutzheiliger der Pferde und Reiter auserwählt. Als Kind hab ich mir manchmal vorgestellt, was ein Drache wohl für Geräusche macht. Ich dachte mir, dass sie wahrscheinlich Nüstern haben wie Pferde und folglich auch schnauben.«

Ludwig atmete schnell und stoßartig wie ein schnaubendes Ross. Carsten kannte solche heiteren Verhaltensweisen seines Gebieters und lachte vergnügt.

»Na ja«, sprach der König weiter. »Deshalb werden immer am 23. April an vielen Orten die Pferde geehrt und gesegnet, sowohl in fürstlichen Kreisen als auch auf den Bauernhöfen. Bis vor ein paar Jahren gab es auch noch einen Schwerttanz und den Georgi-Ritt mit unzähligen schön geschmückten Rössern, aber das hat man kürzlich vorübergehend abgeschafft. Eine Tradition, die ich gern wieder mal erleben würde, ist das Kranzlstechen.«

»Was wird denn da gemacht?«, wollte Carsten wissen.

»Es ist ein Geschicklichkeitsspiel nach dem Vorbild alter Ritterspiele. Ein Reiter muss versuchen, einen aufgehängten Kranz im Galopp mit einem glatt geschnitzten Weidenstock oder auch einem Degen herunterzustechen. Ein sehr anmutiges Schauspiel. Vielleicht werde ich nächstes Jahr mal wieder solch ein Kranzlstechen durchführen lassen.«

»Das würde mich interessieren. Eure Majestät, Ihr wisst ja, dass ich aus einem bäuerlichen Haus in der Nähe von Benediktbeuern stamme?«

»Freilich weiß ich das.«

»Diese Bräuche kennt man bei uns auf dem Lande nicht. Aber es gibt eine Menge Sprüche, auch zum heiligen St. Georg.«

»Sprüche?«

»Ja! Bei uns wird gesagt, dass die durch den heiligen Georg aus den Fängen des Drachen befreite Jungfrau das Wetter im kommenden Jahr bestimmt.«

»Ach so? Das höre ich zum ersten Mal. Erzählt mir mehr.«

Der König und sein Leibreitknecht spazierten über den Kiesweg am Dianatempel vorbei. Ludwig trug einen weißen Umhang mit Stehkragen und einer Brosche in den Farben des Ritterordens, schnallenbesetzte, cremefarbene Schuhe, Strümpfe aus Samt und einen dunkelgrauen Filzhut mit echten Fasanenfedern und Adlerflaumfedern. Außerdem natürlich das schlanke, aus altem Familienbesitz stammende Schwert aus Gold, Stahl und Silber, das mit türkisen und roséfarbenen Edelsteinen besetzt war. Leibreitknecht Carsten trug die vom Königlich Bayerischen Hof für den Anlass des Ritterschlages gestellte Festkleidung, bestehend aus weißen Seidenhosen mit lackierten Lederschuhen, einem hellen Wams mit passender, edel bestickter Jacke und weißen Handschuhen.

»Nun«, sagte Carsten andächtig, »ist es an Georgi windig und kühl, so wie heute, wird die Ernte ertragreich. Ist es hingegen sonnig und warm, wird die Ernte schlecht ausfallen. Mein Großvater sagt immer: *Auf St. Georgs Güte stehen alle Bäum' in Blüte.* Und auf einer Stickerei im Flur unseres Hauses steht *Georg kommt nach alten Sitten auf einem Schimmel angeritten.* Also, damit sind die letzten Schneeflocken des ausklingenden Winters gemeint. Da gibt es noch zahlreiche Reime, die wir als Kinder aufgesagt haben.«

»Lasst mich daran teilhaben! Ich liebe Kinderverse!«

Der König bekam leicht feuchte Augen der Rührung, als sein Leibreitknecht weitersprach.

»*Ist's am Georgi warm und schön, wird man noch raue Wetter sehn.* Beziehungsweise *Ist's an Georgi hell und warm, gibt's noch ein Wetter, dass GOTT erbarm. Und Regnet's am Georgitag, dauert lang des Regens Plag.* Außerdem: *Des St. Georgs Pferd tritt den Hafer in die Erd.* Und ein besonders hübscher Vers: *An Georgi soll das Korn sich recken, dass die Kräh kann sich verstecken.*«

»Wunderschön!«, freute sich der König. »Dann wollen wir zu den Festlichkeiten schreiten!«

Die beiden Männer spazierten zum Ordenssaal der Residenz, wo die Kapitelsitzung von 11 Uhr bis Viertel vor 12 Uhr stattfinden sollte. Der Trupp zog durch die Korridore der Residenz zur Allerheiligen-Hofkirche, wo die Ritterschläge erteilt werden sollten. Angeführt wurde der Zug von historisch gekleideten, Fanfaren blasenden Hoftrompetern, gefolgt von Ritterkandidaten, Altrittern, dem Ordensgroßmarschall, Mitgliedern der königlichen Familie und die Majestät Ludwig II. selbst. Das heilige Ordensschwert wurde vom Fürsten Fugger von Babenhausen vorangetragen. Eine mittelalterliche Kammerkapelle hatte sich in der Kirche eingefunden und spielte altertümliche Weisen. Vier in weiß-goldene Gewänder gehüllte Diener hielten den Baldachin, ein schirmartiges Zierdach aus edlen, ebenfalls weiß-goldenen Stoffen. Bis vor wenigen Augenblicken war noch Jubel zu hören gewesen, jetzt, da der König die Kirche betrat, verstummten die Gespräche.

Ludwig lauschte den letzten Klängen des noch kurz andauernden Liedes, harrte kurz in der Stille aus und nahm die Atmosphäre wahr. Nun setzte er sich, um mit allen Anwesenden unter der Leitung des Pfarrers die heilige Messe zu feiern. Anschließend stand der König auf, schritt die vier Stufen über die kleine Treppe direkt unter den Baldachin, drehte sich um, hob den Kopf, richtete seinen Blick auf einen imaginären Punkt an der Kirchenwand und sprach: »Flor und Aufnahme dem Orden! Schöner Zauber, der nicht für immer vergehen darf, glückliches Traumbild, das nicht zerrinnen sollte, o herrliche, heilige Zeit des wahren, echten Rittertums, gepriesenes GOTTerfülltes Mittelalter!«

Der Fürst Fugger von Babenhausen überreichte als leitender Befehlshaber des Ritterordens das Schwert dem Pfarrer, der es segnete und dem König darreichte. An diesem Tag wurden insgesamt vier Ordensmitglieder zum Ritter geschlagen. Sie trugen prunkvolle Helme, die mit Federn geschmückt waren, und bestickte, alten Rüstungen nachempfundene Gewänder, Wappenröcke und wollene Hosen. Die geehrten Männer mussten sich nach der Reihe auf einem Kissen vor den König hinknien und folgenden Schwur leisten:

»Ich schwöre, fortan mein Dasein und all meine Güter für den heiligen Glauben und für die Kirche, für Witwen, Waisen und Unterdrückte einzusetzen.«

Der König berührte nun würdevoll mit der Schwertklinge beide Schultern und den Kopf der vier neuen Mitglieder des Ordens. Er blickte kurz zu seinem Leibreitknecht Carsten und schnaubte übermütig wie ein Drache. Carsten musste sein Kichern unterdrücken. Ludwig wandte den Kopf zurück zu den frisch geschlagenen Rittern und sagte zu jedem der Männer hintereinander:

»Im Namen GOTTes und St. Georgs Ehr'
empfange diesen Schlag und keinen mehr.
Sei tugendhaft, brav und gerecht,
's ist besser Ritter sein als Knecht.«

Nun überreichte Fürst Fugger von Babenhausen den frisch gekürten Rittern Schwertgurt, Schild und Lanze und bat alle zum Festmahl in den Wintergarten. Erneut setzte großer Jubel ein. Es wurden Crevettes auf französischem Omelette, Salat von mariniertem Hummer mit russisch angerichteten Eiern, Hammelkoteletts mit gratinierten Kartoffeln und in Südtiroler Speck gewickelte grünen Bohnen, zum Dessert in Safran gewälzte Zartbitterschokolade, Pistazieneis und Carameltorte serviert.

7. Juni 1869

Als Wiggerls Vater eine gut bezahlte Tätigkeit in einer großen Schreinerei am nahe gelegenen Würmsee[1] annahm, wurde der kleine Wiggerl mit neuen, wenig kindgerechten Aufgaben betreut. Noch im Vorschulalter musste er abends zur Arbeitsstätte seines Erzeugers spazieren, um kistenweise Nägel zu sortieren, rostige Eisenplatten abzufeilen, Bretter aufzuschlichten und Sägespäne zusammenzufegen. Allein sein lebensfroher Übermut half ihm dabei, diese Tätigkeiten mühelos auszuführen, er erfand einfach Welten voller Seeräuber und Brunnengeister, die ihm die schwere Arbeit ausgesprochen leicht erscheinen ließen. Auch, weil die von Wiggerl dargestellten Figuren wunderliche Pfeif- und Knurrgeräusche von sich gaben. Viele Auftraggeber kamen erst nach ihrem Feierabend in die Schreinerei und brachten Holzkisten, Stühle und Vogelhäuschen zur Reparatur mit. Der Vater war in der Regel gerade an der Werkbank beschäftigt, sodass Wiggerl die Aufträge entgegennahm. Durch jenen regen Kontakt mit Vaters Kundschaft hohen und niederen Standes, die die Geräusche und Pantomimen Wiggerls als originell empfanden, wuchs auch seine Menschenkenntnis. Er mochte zwar den Geruch von Holz und Leim, doch das eigentliche Schreinerhandwerk lag dem Knaben kaum. Ungewöhnlich war, dass er seine Mutter beharrlich darum bat, ihm Stricken, Sticken und Häkeln beizubringen. Noch ungewöhnlicher war, dass das erste Kleidungsstück, das Wiggerl strickte, ein Mädchenkleid war.

1 Der Würmsee wurde später in »Starnberger See« umbenannt.

18. September 1870

»Bismarck möchte die deutsche Einheit«, sagte Maximilian Karl Theodor Graf von Holnstein, königlich bayerischer Oberststallmeister, mit finsterer Miene. »Und Ihr, Majestät, wollt Theater und Gebäude bauen, aber es fehlt am Kapital.«

»Wisst Ihr einen Ausweg, Graf?«, fragte der König.

»Nun, man könnte möglicherweise ein gewisses geheimes Abkommen treffen …«

König Ludwig II. lief kopfschüttelnd durch den über dem Nordwestflügel des Festsaalbaus neu erbauten Wintergarten in der Münchner Residenz. Der Besuch seines langjährigen Vertrauten von Holnstein war schon lange angekündigt, aber der König wollte den von ihm als qualvoll empfundenen Einmischungen des preußischen Kanzlers Otto von Bismarck in seine Belange nicht schon wieder ausgesetzt sein. Er war allerdings durch seine vielen aufwendigen Projekte in große Geldverlegenheit geraten, und eine unterstützende Hilfe durch Preußen schien die einzige Möglichkeit für ihn zu sein.

»Ich hab lang genug mitansehen müssen, dass mein Heer sich am Krieg gegen Frankreich beteiligt«, klagte er. »Dabei liebe ich nichts mehr als den Frieden. Durch Kämpfen und Morden wurden nachweislich in der Geschichte der Menschheit noch nie Konflikte auf Dauer beseitigt, aber das Machtstreben der Menschen ist vermutlich nicht auszurotten.«

Graf Holnstein und der König hatten sich am späten Vormittag getroffen, waren ein wenig im Hofgarten spazieren gegangen, dann wurde das Mittagsmahl serviert. Es bestand aus Hechtklößchen in klarer Brühe, Kalbspastete, Salpicon chasseur aus gebratenem Rehwild mit weißem Champignon-Püree, Westfälischem Schinken in Madeira-Wein, mit Geflügel-Blanquette gefülltem Kapaun an indischem Reis, Orangencreme-Torte und zur Abrundung Schweizer Bergkäse mit frischen Feigen. Dazu wurden diverse Weine und kühles Quellwasser serviert.

»Ich verstehe Eure Bedenken, Majestät. Gerade Euch als großen Bewunderer der französischen Kultur war es gewiss nicht leichtgefallen, die eigenen Soldaten in diesen Krieg schicken zu müssen.«

»Ihr sagt es, Graf! Mein GOTT, ich bin gerade erst fünfundzwanzig Jahre alt, und man verlangt von mir, solche Entscheidungen gemäß dem vor vier Jahren getroffenen geheimen Militärbündnis mit Preußen treffen zu müssen! Ich glaube zudem, dass ich einst nicht einmal im reifen Alter einsehen werde, dass es Kriege geben wird, nur weil ein paar geldgierige Herrscher und Minister ihre verfluchte Macht erweitern wollen.«

»Nun, aber vielleicht hat es im Falle eines vorherzusehenden Sieges den Vorteil, dass die bayerische Souveränität stabilisiert werden kann.«

Ein Diener kam herein und brachte zwei Krüge frischen Bieres. Der Wintergarten war von einer neun Meter hohen Konstruktion aus Glas und Eisen überspannt und mit exotischer Flora und Fauna ausgestattet. Es duftete nach exotischen Pflanzen, inmitten des Wintergartens war ein künstlich angelegter See samt lebenden Schwänen und Goldfischen, einem maurischen Kiosk, einer authentischen Fischerhütte und riesigen Panoramagemälden des Darmstädter Kunstmalers Julius Lange.

»Ich bin ein Freund der Künste, möchte erschaffen und nicht zerstören, liebe den Geruch von Holz und Lack, und verabscheue das Geräusch von Kanonen. Ich benötige dringend finanzielle Mittel für Architektur, Kultur und den Bau von Schlössern. Ich möchte der Welt nicht Kriegsgräber, sondern Pracht hinterlassen! Ich habe bereits den Fürsten von Thurn und Taxis um ein Darlehen gebeten, selbst die Könige von Schweden und Belgien, den türkischen Sultan, den Kaiser von Österreich und den Schah von Persien! Aber niemand war imstande, mir die erforderliche Summe auszubezahlen.«

»Wie viel«, fragte von Holnstein und nahm einen großen Schluck Bier, »würde Eure Majestät denn benötigen?«

»Zwanzig Millionen Gulden!«

»Das ist eine beträchtliche Summe. Bismarck wäre als künftiger deutscher Kanzler freilich in der Lage, dieses Geld zur Verfügung zu stellen. Ich könnte mich dafür starkmachen, dass es kein Darlehen, sondern eine Art diskrete Zuwendung darstellt.«

»Der Preis wäre allerdings die Unterwerfung Bayerns unter ein neues Deutsches Reich mit preußischer Führung.«

»Immerhin sind Sonderrechte im Militär-, Post-, Eisenbahn- und Steuerwesen vorgesehen.«

»Das ist Schönfärberei. Ich sehe es sachlich. Ich würde bei Zustimmung für die Erhaltung und das weitere Schaffen von Kunstwerken und Schlössern mein Land an die preußischen Patrioten verkaufen.«

»Selbstverständlich wäre die Verschwiegenheit gegenüber den bayerischen Ministern garantiert.«

»Was für ein schäbiges Geschäft! Wenn mir vor fünf Jahren jemand gesagt hätte, dass ich eines Tages korrupt würde …«

»Ich würde es eher als *kooperativ* bezeichnen«, sagte von Holnstein bedeutungsvoll.

»Ich werde noch ein paar Nächte darüber schlafen müssen, aber vermutlich bleibt mir keine andere Wahl, als mich zu einem preußischen Präfekten zu wandeln. Aber vielleicht ist dies mein Schritt in die Freiheit, mich künftig nicht mehr mit Politik herumschlagen zu müssen, sondern den wesentlichen Dingen zuzuwenden.«

»Das wäre sehr wünschenswert, Majestät!«

HISTORIKER DR. JOHANNES RONCZKA:

Nach einem Putsch des spanischen Militärs erfolgte am 2. Juli 1870 die öffentliche Bekanntmachung der Kandidatur des aus dem Geschlecht der Hohenzollern stammenden Erbprinzen Leopold (1835-1905) für den spanischen Thron. In Frankreich witterte man große Gefahr durch die Machtzunahme Preußens, woraufhin Prinz Leopold seine Kandidatur zurückzog, was der Regierung Frankreichs jedoch nicht genügte, sie wollten einen dauerhaften Verzicht Preußens auf den spanischen Thron. Der französische Botschafter Graf von Benedetti forderte eine Garantie des amtierenden Königs Wilhelm I., dass er seine Zustimmung verweigere, sofern die Hohenzollern eine erneute Kandidatur anstreben würden. Diese Forderung lehnte der König ab und telegrafierte seinen Entschluss unter dem Namen »Emser Depesche« an Otto von Bismarck, der den Text bearbeitete, die nicht für die Öffentlichkeit bestimmten französischen Forderungen einfügte und als kalkulierten Schachzug an die Presse gab, was als taktlose Provokation empfunden wurde und zur Folge hatte, dass Frankreich Preußen den Krieg erklärte. Damit war Preußen nicht der Auslöser und der damalige französische Kaiser galt in weiten Teilen Europas als Friedensbrecher.

18. September 1870

Zur Zeit des Deutsch-Französischen Krieges kam Wiggerl in die Dorfschule in Aufkirchen. Eigentlich hatte das Schuljahr, wie damals üblich, kurz nach Ostern begonnen. Da Wiggerl damals aber noch zu jung war, wurde er erst Mitte September eingeschult. Weil ein Mangel an qualifizierten Lehrkräften herrschte, wurde die Schule von Ortsgeistlichen geleitet. Es gab ein großes Klassenzimmer mit über achtzig Schülerinnen und Schülern zwischen sechs und zwölf Jahren, die auf langen Sitzbänken hockten. Vorne befanden sich eine Tafel und ein Pult. Der Lehrplan stammte aus dem Jahre 1806 und hatte sechs Schwerpunkte für den Unterrichtsstoff:

I. GOTT
II. Mensch
III. Natur
IV. Kunst
V. Sprache
VI. Zahl- und Maßverhältnisse

Da viele Mädchen im Haushalt oder auf dem Hof ihrer Eltern mitarbeiten mussten, zudem eine Vielzahl der Schüler aus bäuerlichem Anwesen stammten und auf dem Felde mitzuhelfen hatten, war die Schule in den Frühjahrs-, Sommer- und Erntemonaten oft nahezu leer, im Winter hingegen stets restlos überfüllt.

HISTORIKER DR. JOHANNES RONCZKA:
Der Unterricht Mitte des 19. Jahrhunderts wurde im ländlichen Bayern fast ausschließlich von männlichen, frisch ausgebildeten Absolventen der Lehrerbildungsanstalten als Hilfslehrer gehalten, deren Verhältnis zum erfahrenen Lehrer etwa vergleichbar war wie im Handwerk der Geselle zum Meister. Weibliche Lehrkräfte gab es seinerzeit noch nicht in diesem Schulbereich. Die eigentlichen Lehrer waren quasi

so gut wie nie im Schulhaus, regelten den Ablauf eher administrativ im Hintergrund oder kamen zu wichtigen Prüfungen vorbei. Die Hilfslehrer wohnten und aßen häufig in der Wohnung der Lehrer, die ihnen auch wöchentlich den nicht allzu großzügigen Lohn ausbezahlten. Die Lehrersgattinnen mussten die Wäsche und den Haushalt der Hilfslehrer mit übernehmen. Hierdurch kam es zu vielen Konflikten, da die Hilfslehrer in einem starken Abhängigkeitsverhältnis standen, die tatsächliche Arbeit im Schulhaus verrichteten und sich häufig nicht genügend wertgeschätzt fühlten. Häufig kam es zu Streitereien mit den Lehrersgattinnen, die sich über die Lebensgewohnheiten, den Ordnungssinn, das zu lange Verweilen in den Waschräumen oder den Nahrungsverbrauch der Hilfslehrer beschwerten. Im Gegenzug waren viele Hilfslehrer mit der Qualität von Nahrung, Unterkunft und Haushaltsführung nicht einverstanden. Manche Hilfslehrer endeten in unglücklichen Verhältnissen oder starben früh durch die dauerhafte nervliche Belastung.

Häufig wurden auch Schüler der höheren Klassen von den Hilfslehrern und Lehrern angewiesen, mit den Schulanfängern Grundfächer wie Schreiben, Lesen und Rechnen zu üben. Die Lautstärke im Klassenraum war zur kalten Jahreszeit in der Regel lauter als bei einer gut besuchten Tanzveranstaltung, daher wichen manche Lernwillige in dafür geschaffene Nebenräume aus. Konzentriertes Arbeiten war so gut wie nicht möglich. Schüler, die zu frech oder zu laut waren, wurden mittels Prügelstrafe diszipliniert. Da es aber aufgrund der Klassengröße nicht leicht zu bestimmen war, wer den Unterricht gestört hatte, traf es oft auch Unschuldige. In den meisten Familien wurde ungezogenes Verhalten ebenso hart bestraft wie in der Schule. Wiggerls Eltern hielten nicht viel von der häuslichen Prügelstrafe, hinterfragten jedoch die schulische Züchtigungspraxis nicht.

Durch die hohe Anzahl der Schüler entstanden gerade für die Jüngeren lange Pausen, die sie im großzügig angelegten Pausenhof verbrachten. Die reguläre Pause fand zwischen elf und zwölf Uhr statt. Schüler aus den umliegenden Dörfern hatten Milch, Obst, Brot, Käse und Wurst dabei, die direkt aus Berg stammenden Kinder gingen zum Mittagessen nach Hause. Der Unterricht dauerte bis vierzehn

Uhr. Sonntag und Donnerstag war schulfrei. Es gab Sommerferien, Weihnachtsferien und Osterferien. Da Wiggerls Mutter nicht gesund war und sich tagsüber schonen wollte, hatte Wiggerl immer zwei mit Griebenschmalz bestrichene, zusammengeklappte Bauernbrote dabei, die die Mutter in Zeitungspapier gewickelt hatte. Sie schmeckten also immer etwas nach Druckerschwärze. Manchmal gelang es Wiggerl, eines der Brote gegen einen Apfel oder eine Wurst zu tauschen. Da er aber eher ein Einzelgänger war und daher meist alleine im Pausenhof stand, kamen Tauschgeschäfte dieser Art nur sehr selten vor.

Wenn Wiggerl nach der Schule heimkam, war er oft müde, weil er ja abends immer noch in die Schreinerei des Vaters musste, um zu helfen. Seine Mutter gestattete ihm daher, sich in den Nachmittagsstunden auf die Küchenbank zu legen und auszuruhen.

Mittlerweile befand sich an mehreren Stellen des Elternhauses ein Bild von König Ludwig II., der auch bei den Freunden der Eltern hoch verehrt wurde.

Wenn sein Vater daheim war, wurde immer über die politische Situation gesprochen. Wiggerl verstand nur wenig von dem Gesagten, wusste aber, dass sein Vater ein unerbittlicher Gegner Bismarcks war und täglich warnend von der Gefahr des Eintritts Bayerns in das Deutsche Reich sprach.

»Der Bismarck will uns aufs Kreuz legen«, schimpfte Leopold Staudacher.

»A geh, der will doch nur den Frieden und die Vereinigung der deutschen Landen«, widersprach seine Frau Maria.

»Geh! Den Frieden? Die Preußen? Nie im Leben! Schau doch mal vor ein paar Jahren, erst haben sie Dänemark bekämpft, anschließend Österreich, und jetzt stehen sie mit Frankreich im Krieg. Das ist doch kein friedliebendes Volk, sondern eine Bedrohung für jedes Land. Denen geht es nur darum, dass Frankreich seine gute Position in der Weltpolitik verliert. Und dann kreisen sie das restliche Europa ein, wirst sehen!«

»Ich glaub, da siehst du zu schwarz.«

»Aha, glaubst du? Deswegen auch der ganze Wirbel um die spanische Thronfolge?«

»Ach, ich hab von Politik doch keine Ahnung. Ich verlass mich auf mein Gespür.«

»Ja, ein Gespür hat der Bismarck wohl auch. Eins, wie er andere zu seinen Gunsten bezirzen kann. Ich hoff nur, unser König trifft eine gute Entscheidung.«

24. Februar 1874

»Der Hellseher Herr Wolken-Beppi wär jetzt da, Eure Majestät«, sagte Leibreitknecht Carsten, während Ludwig II. gerade in einem Buch über Versailles blätterte. Am Vorabend war der König im Cuvilliés-Theater gewesen, um sich ein Kammerstück anzusehen. Wieder einmal hatte er sich durch die anderen Zuschauer gestört gefühlt. Er litt darunter, dass die Leute ihn anstarrten wie ein Schauobjekt, dabei wollte er selbst schauen und sich der Illusion des Stückes hingeben. Dieser Umstand hatte dem König eine weitere schlaflose Nacht beschert. Nun, da er sich mit der Lektüre des Buches auf seinen geplanten Sommerbesuch in Paris vorbereitete, kam ihm der Besuch des Hellsehers sehr gelegen.

»Oh, das ist gut. Ich habe einige Fragen an ihn. Bittet ihn herein.«

Ein betagter, leicht gebückter Mann mit weißem, langem Bart und einer grauen Trachtenjacke mit Hirschhornknöpfen trat herein. Trotz seines hohen Alters strahlte er unglaubliche Leichtigkeit und Lebenskraft aus.

»Bitte, setze Er sich!«, sagte Ludwig und legte sein Buch aus der Hand. »Habens einen Durscht?«

»Oh, nein, bitte, macht Euch keine Umstände, Majestät, ich …«

»Ich bitte Sie! Carsten, bringens dem Mann ein Glas vom spanischen Rotwein!«

»Ich trinke keinen Wein, den vertrage ich nicht. Nur ein Bier, aber heut lieber nur Wasser.«

»Gut. Bringens eine Karaffe kühles Wasser. Wisst Ihr, ich habe schon oft von Euren seherischen Fähigkeiten gehört und würde sie gerne in Anspruch nehmen.«

»Ich werde mich bemühen, Eure Majestät nicht zu enttäuschen!«

Das Wasser wurde gereicht. Ludwig betrachtete den Mann, der mit schamhafter Zurückhaltung den Kelch ansetzte und trank. Er wirkte so glaubhaft bescheiden und liebenswürdig, dass Ludwig das Herz aufging. Die meisten Menschen waren dem König suspekt, nur selten fasste der Monarch Zutrauen. Hier war es auf Anhieb gelungen.

»Habt Ihr gegenständliche Fragen, Majestät, oder soll ich Euch allgemeine Dinge sagen?«

»Bitte, wenn Sie mir die Ehre erweisen würden, einfach nur Ihren Prophezeiungen zuhören zu dürfen.«

»Natürlich, gerne!«

Der Wolken-Beppi schloss die Augen. Seine Nasenlöcher öffneten und schlossen sich wie die Nüstern eines Fohlens. Sonst blieb er regungslos. Er war von schlanker Gestalt, hatte eine etwas krumme Nase mit leicht nach unten gebogener Spitze, einen schmalen Mund und buschige Augenbrauen. Das Haar war schütter und reichte bis in den Nacken. Die eben noch im Schoß ruhenden Hände erhoben sich jetzt leicht in die Höhe, sodass die Fingerspitzen auf den König gerichtet waren. Seine Mundwinkel bewegten sich von Zeit zu Zeit dezent nach oben, als würde er lächeln oder einer Erzählung lauschen. Dann sprach er, noch immer mit geschlossenen Augen.

»Eure Majestät werden sich von vielen Geschäften zurückziehen. Bald schwinden auch politische Aktivitäten.«

»Wie meint Ihr das?«, fragte der König verunsichert. »Werde ich abdanken?«

»Nein, nicht im herkömmlichen Sinne.«

»Wie sonst? Wird man mich absetzen? Werde ich sterben?«

»Es wird eine Abkehr ins Innere werden, Majestät werden sich nach und nach nur noch den Künsten hingeben. Ihr werdet musikalische und theatralische Werke nach Kräften unterstützen, aber oftmals persönlich nicht teilhaben.«

»Wieso nicht?«

»Weil Ihr die gesellschaftlichen Pfade verlassen werdet. Eure Seele strebt danach. Allerdings möchte ich Eure Majestät bitten, Euch vor Gelehrten und Ministern zu hüten.«

»Wie kann ich mich schützen vor jenen, die mich täglich umgeben? Außer meinen Dienern treffe ich regelmäßig Ärzte, Studierte, Bauherren und, wie Ihr gerade sagtet: Minister!«

»Nun, das müsst Ihr Eurem Gespür überlassen. Es gibt noch eine weitere Sache, die ich sehe. Es gibt eine Euch verwandte Seele, ein einfacher Mensch aus dem Volke, dem vorbestimmt ist, ein wichtiger Bestandteil Eures Schicksals zu werden. Er trägt den gleichen Vornamen wie Eure Majestät, Ludwig.«

»Was ist das für ein Mann?«

»Im Augenblick ist er noch ein Kind.«

»Ist er mir schon begegnet?«

»Nein.«

»Wann werde ich ihn kennenlernen?«

»Das wird erst geschehen, wenn Eure Majestät vierzig Jahre alt ist.«

»Erzählt mir mehr von jenem Mann namens Ludwig.«

»Ich habe keine weiteren Botschaften über ihn empfangen.«

Der König war erschüttert und erleichtert zugleich. Wer könnte dieser Ludwig sein? Ein heranwachsender Knabe aus einfachem Hause, vielleicht ein Bauer oder ein Schneider? Ludwig II. beschloss, nicht darüber zu grübeln, sondern die Nachricht im Hinterkopf zu behalten, so wie er viele Erinnerungen gespeichert hatte, die er bei Bedarf im Handumdrehen abrufen konnte. Er dachte über die anderen Worte des Sehers nach. Vieles erschien dem König schlüssig: Sein Streben war ja in der Tat, Kunst zu fördern, und die Abkehr von Menschen wie den Rückzug in ein »inneres Reich« war in seinen Augen mehr als erstrebenswert. Sich von seinen Ministern fernzuhalten, würde er schon anzustellen wissen. Er bedankte sich beim Wolken-Beppi und ließ ihm hundert Gulden für seine Dienste auszahlen.

24. Februar 1874

Die Lehrer versuchten seit Wochen vergebens, Wiggerl die Geräuschemacherei durch Züchtigungen auszutreiben. Zumindest gelang es ihnen, ihn so weit in den Griff zu bekommen, dass er sich diesbezüglich überwiegend in den Unterrichtspausen austobte und die Schulstunden weitgehend fauchfrei abgehalten werden konnten. Einzig im Geschichtsunterricht konnte Wiggerl ein gelegentliches Losprusten nicht unterdrücken. Er wurde durch sein Verhalten natürlich automatisch zum extremen Außenseiter, seine Klassenkameraden mieden ihn weitgehend.

Es gab noch einen zweiten, nicht beliebten Schüler, der von der Gemeinschaft wenig akzeptiert und sogar gehänselt, wenn nicht gequält wurde. Es war der auffällig hellhäutige und blonde Knirps Barnabas Sedlmayr, der sich fast jeden Tag nach der Schule vor seinem sehr kräftigen und grobschlächtigen Mitschüler Franz Ertl hinknien und eine aus dem Geschichtsunterricht entstandene Szene der nordamerikanischen Kolonialzeit nachspielen musste. Franz spielte in diesem Fall den Kolonialherren, Barnabas war der Sklave. Nachdem er mehrere sanfte, aber schwer demütigende Ohrfeigen in Empfang genommen, die Schuhe von Franz geküsst und die Worte »Danke, Massa« ausgesprochen hatte, wurde ihm in den meisten Fällen sein Schulranzen wieder ausgehändigt, manchmal allerdings komplett entleert, was ihn dazu zwang, unter dem höhnischen Gelächter der Umstehenden seine Stifte, Hefte, Bücher und sonstigen Schulutensilien hastig einzusammeln.

Wiggerl empfand Scham und Mitleid mit Barnabas, verbunden mit Groll gegen Franz, sowie Wut gegen die mitlaufende Meute, die sich wohl aus Feigheit oder gespielter Bewunderung an diesem üblen Ritual beteiligte, und das Quälen ihres Mitschülers nicht nur duldete, sondern mental unterstützte. Dennoch, das konnte er nicht leugnen, verspürte Wiggerl während dieser unwürdigen Darbietung eine frühpubertäre Form von sexueller Begierde. Aber nicht nur die Züchtigung seines Freundes Barnabas, sondern auch die Bestrafung anderer Mitschülerinnen und Mitschüler erregten sein Gemüt.

Heute hatte Franz vor dem Schulhaus Barnabas aufgelauert und ihn sofort in den Schwitzkasten genommen, um ihn daraufhin zu ohrfeigen und wie immer die Schuhe von ihm küssen zu lassen. Wiggerl hatte davon nichts mitbekommen, da er schon etwas früher im Schulhaus war. Aber er bemerkte das verheulte Gesicht seines Freundes und die Schrammen in dessen Gesicht. Diesmal war Wiggerls Gerechtigkeitssinn stärker als sein Trieb, sodass er um die Mittagszeit, als alle Schüler auf den Schulhof stürmten und sich Franz mit seiner Gefolgschaft bereits wieder positioniert hatte, um ein weiteres Mal die Ohnmacht des armen blassen Knirpses auszunutzen, in dem Moment, als Barnabas verängstigt und auf sein unfreiwilliges Schicksal gefasst das Schulhaus verließ, sich unverhofft vor den Bösewicht stellte und ihm direkt ins Gesicht sah.

»Franz, sag einmal«, hub der neunjährige Wiggerl ruhig an, »dein Vater ist doch Metzger von Beruf, gell?«

Dem gleichaltrigen Franz gefiel diese Art der Ansprache ganz und gar nicht, und er ballte bereits die rechte Faust, um im Ernstfall schnell genug zuschlagen zu können.

»Freile, mir san a Metzgersfamilie. Warum willst du des wissen, du Haubentaucher[2]?«

»Nun, ich habe mich gefragt, was wohl geschehen würde, wenn ich dich als Metzgerssohn einen Bettbrunzer[3] nennen würde.«

»Dann tät ich dir sauber eine aufstreichen[4]!«

Die Augen der Claqueure blitzten lauernd. Sie warteten förmlich darauf, dass der ungeschlachte Franz den seltsamen Burschen nach Strich und Faden vermöbelte.

»Das hab ich mir gedacht«, bekannte Wiggerl und unterdrückte den

2 Unfähiger Mitmensch
3 Bettnässer
4 Ohrfeige geben

Impuls eines sanften Lachanfalls. »Was aber würde deiner Meinung nach passieren, wenn ich einen Bettbrunzer einen Metzgerssohn nenne?«

»Das wär ja ein Schmarrn, weil ein Metzgerssohn ist ja ein ehrbarer Mann, das hätt der Bettbrunzer nicht verdient, dass man ihn so nennt.«

»Also gibst du mir recht, dass es keine Beschimpfung ist, wenn man jemanden Metzgerssohn nennt, und sei es auch noch so ein Bettbrunzer.«

»Nein, Metzgerssohn ist niemals eine Beschimpfung.«

»Dann haben wir das besprochen. Also, habe die Ehre, Metzgerssohn.«

Mit diesen Worten drehte sich Wiggerl um und marschierte Richtung Ausgang. Am Knirschen der Kieselsteine hinter sich merkte er, dass ihm jemand hinterhersprintete, ihn erfasste und zu Boden schlug. Der tobende Franz zog mit knallrotem Kopf alle Register, drosch und trat in Wiggerl ein wie besessen.

»Du nennst mich noch mal einen Bettbrunzer, du Volldepp, du windiger!«, wiederholte er wieder und wieder, Schlag für Schlag. Diesmal konnte Wiggerl seinen Lachkrampf nicht mehr zurückhalten. Hinzu kam erneut diese neue Form der Erregung, die ihn fortan lebenslang begleiten sollte. Bei jedem Hieb lachte er lauter, auch, als Blut aus seiner Nase rann. Seine ungewöhnliche Reaktion irritierte den Angreifer dermaßen, dass er von ihm abließ und sich von seinen Anhängern fortbegleiten ließ, so als wäre er das eigentliche Opfer. Wiggerl setzte sich auf und wischte sich das Blut vom Gesicht. Fünf Meter entfernt stand Barnabas, verunsichert und konsterniert. Wiggerl zwinkerte ihm zu. Beide merkten, dass sich durch Wiggerls Provokation etwas verändert hatte. Was genau das war, wussten sie nicht. Aber sie spürten, dass es etwas Gutes war.

Als Wiggerl nach Hause kam, bemerkte niemand seine Schrammen an Gesicht und Händen. Der aus der Pupplinger Au, in der Wiggerl die ersten Jahre seiner Kindheit verbracht hatte, stammende Herr Doktor Amperer stand im Durchgang zum elterlichen Schlafzimmer.

Auch Wiggerls Vater Leopold Staudacher war, für die Nachmittagszeit unüblich, von der Arbeit nach Hause gekommen – vermutlich hatte die Mutter wieder einen Anfall gehabt. Die Familie Staudacher ließ sich schon seit jeher von Dr. Amperer und zuvor von dessen Vater behandeln, die Medizinerfamilie hatte den Ruf, sehr gewissenhaft und gründlich zu sein. Die Mutter begann laut zu schreien. Wiggerl schlich sich ins Badezimmer und holte die Flasche mit Jod aus dem Schrank. Er träufelte etwas davon auf die Hände und schmierte sein Gesicht damit ein, weil er wusste, dass man das bei frischen Wunden so machte. Anschließend ging er hinüber zum Schlafzimmer der Eltern.

»Sie hat eine Nervenkrise, verbunden mit leidvoller Tetanie«, diagnostizierte Dr. Amperer ruhig.

Wiggerls Vater sah sein Gegenüber beunruhigt an und nestelte in seiner Westeninnentasche nach der kleinen Jagdflasche aus Zinn, in der sich grundsätzlich selbst gebrannter Birnenschnaps befand. Das bisherige Geschrei der Mutter war nun einem flehenden Wimmern gewichen. Klein Wiggerl beobachtete das Geschehen neugierig und aufmerksam.

»Was bedeutet Tetanie?«, erkundigte sich der Vater.

»Das ist ein schmerzhafter Muskelkrampf, aus medizinischer Sicht nur durch einen hysterischen Paroxysmus zu behandeln.«

»Das sagt mir nichts«, offenbarte der Senior und drehte sich, so unauffällig es ging, auf die Seite, um einen Beruhigungsschluck zu nehmen.

»Der Paroxysmus ist eine ärztlich durchgeführte Stimulation des weiblichen Intimbereichs«, erklärte Dr. Amperer und zog die linke Augenbraue hoch. »Diese Anwendung wird in Rückenlage der Patientin durchgeführt. Sie muss dabei absolut entspannt sein, deshalb dürfen außer Arzt und Patientin keine anderen Menschen im Raum sein.«

»Wenn das die beste Methode ist«, schlussfolgerte Leopold Staudacher und freute sich heimlich auf einen Kurzbesuch im Wirtshaus, bevor er wieder zur Arbeit gehen würde, »beuge ich mich dem ärztlichen Rat.«

Wiggerl verstand von dem Gesagten nichts. Auch nicht den kurz nach dem Weggang des Vaters einsetzenden Gesang seiner Mutter, die eine ihm bis dato unbekannte und seltsam klingende Melodie anstimmte. Ein sehr langes Lied ohne Text, begleitet vom Knarzen des Bettgestells. Das Singen war für die Mutter offensichtlich sehr anstrengend, da sie dabei gehörig außer Atem geriet, als würde sie an einem Wettrennen teilnehmen. Wiggerl empfand den mütterlichen Gesang als angenehm und verinnerlichte jene Geräusche; er speicherte sie in seinem selbst erfundenen »Hirn-Lager«. Dort lagerten in mehreren Ecken Geräusche, Gerüche, Gesichtsausdrücke, Gesten, Gesprochenes und sein neues Gefühl, das er »Sinnesverzückung« nannte.

24. Februar 1874

Kaiserin Sisi erreichte mit ihrer Kammerzofe ihre geliebte Parkbank vor dem Rundtempel auf dem unterfränkischen Altenberg nahe Bad Kissingen. Der Ausblick und das Wetter waren herrlich. Durch die kühle Jahreszeit war kein Mensch außer den beiden Frauen unterwegs. Sie hatte vor wenigen Tagen einen Brief ihres acht Jahre jüngeren Neffen König Ludwig II. erhalten, den er ihr nach einer gemeinsamen längeren Kutschfahrt geschrieben hatte. Seit seiner Geburt bestand eine enge Bindung zwischen den beiden, sie sprachen sich seit seiner Kindheit als Cousin und Cousine an. Ludwig war der einzige Mensch, bei dem sich Sisi verstanden fühlte. Beide waren ziemlich menschenscheu, misstrauten den höfischen Sitten, verloren sich gern in Tagträumen und konnten sich wunderbar in spirituelle Welten flüchten. Die von ihnen erwartete Präsenz in der Öffentlichkeit war ihnen rätselhaft, sie hassten es, sich verstellen zu müssen. Hinzu kam ihr Wissensdurst und ihre pazifistische Grundeinstellung. In seinen jungen Jahren vor der Krönung zum König von Bayern war Ludwig häufig sehr wortkarg, was Sisi als ermüdend empfand, doch seit der Verlobung des Königs mit Sisis Schwester Sophie hatte sich die Freundschaft enorm intensiviert. Auch nach deren Trennung blieben sie stark verbunden. Wie wohltuend war es doch, solch einen tiefgründigen und seelenverwandten Menschen zu kennen, dachte sich Sisi.

Ein leichter Wind ging, und der Weg, der an dem vor Kurzem umgestalteten Park vorbeiführte, lag malerisch da. Im Tal erzählte man sich die Sage, dass es hier oben spuke, aber Sisi, die sich stark mit der Erde, der hellen Kraft, den Sternen und der mystischen Welt verbunden fühlte, wusste, dass hier nichts war außer der magischen Kraft des Altenbergs. Sie spürte sofort, wenn böse Mächte herumspukten, an solchen Orten hielt sie es nicht aus. Auch dies war eine weitere Gemeinsamkeit mit Ludwig. Sie mummelte sich in ihren warmen Mantel aus Kamelhaar ein. Ihre Kammerzofe litt derzeit unter schrecklichem Liebeskummer und hatte darum gebeten, sich die Füße zu vertreten, was Sisi sehr recht war, da sie sich nun in aller Ruhe mit dem Schreiben von Ludwig beschäftigen konnte. Er schrieb:

Liebe Cousine, es ist mir ein Herzensbedürfnis, Dir aus ganzer Seele nochmals meinen wärmsten und tief gefühlten Dank auszusprechen für die Güte, mit der Du mir gestattet hast, Dich auf Deiner neulichen Rückreise zu begleiten. Du machst Dir keinen Begriff, wie glücklich mich das gemacht hat. Die neulich im Wagen zugebrachten Stunden rechne ich zu den schönsten meines Lebens. Niemals wird die Erinnerung daran verlöschen. Du hast mir die Erlaubnis gegeben, Dich in Ischl zu besuchen; wenn wirklich die für mich so glückliche Zeit naht, in welcher die Hoffnung in Erfüllung geht, dort Dich sehen zu dürfen, dann bin ich der seligste von allen Menschen auf Erden. Das Gefühl der aufrichtigsten Liebe und Verehrung und der treuesten Anhänglichkeit, das ich schon, als ich noch im Knabenalter stand, für Dich im Herzen trug, es macht mich den Himmel auf Erden wähnen und wird nur mit dem Tod erlöschen. Aus ganzem Herzen bitte ich Dich, vergib mir den Inhalt dieser Zeilen, aber ich konnte nicht anders.

Innig verbundene Grüße,
Dein Ludwig

P.S.: Bitte verbrenne dieses Blatt, nachdem Du es gelesen hast.

Ein wohliger Schauer durchdrang ihren Körper. Was für ein wunderbarer Umstand, dass die Kaiserin von Österreich eine so einträchtige Freundschaft mit dem König von Bayern verband. Es war gleichzeitig romantisch und unwirklich. Immer, wenn ihre Reisen sie in die Gegend um München führten, traf sie ihren Cousin auf der Roseninsel im Würmsee und sie schwärmten von der Schönheit der Natur und der Kunst. Häufig schrieb sie Gedichte, nicht selten inspiriert von den Treffen mit Ludwig. Was für ein merkwürdiger Wunsch am Ende des Briefes! Nie im Leben könnte sie es übers Herz bringen, einen

Brief Ludwigs zu verbrennen. Sie sinnierte etwas nach über die soeben gelesenen Worte. Der König von Bayern, dessen Tante sie war und mit dem sie eine innige platonische Freundschaft verband, hatte ihr gewissermaßen einen Liebesbrief geschrieben. Was führte sie nur für ein wunderliches Leben? Es war nie ihr Wunsch gewesen, Kaiserin zu werden, viel lieber wollte sie in einer harmonischen Landschaft ausreiten, Gedichte von Heinrich Heine lesen, auf ihre Lieblingsinsel Korfu reisen, ihre reichhaltige Fotosammlung mit Bildern anmutiger Schauspielerinnen und Artistinnen betrachten. Die Ehe mit Franz Joseph, der so gut wie nie Zeit für sie hatte, erschien ihr wie ein Kerker, in dem sie plötzlich erwacht war und aus dem es kein Entkommen gab. Sie blickte in den klaren Winterhimmel und dachte sich: Ich wünschte, meine Seele könnte durch eine ganz kleine Öffnung in meinem Herzen in den Himmel entgleiten. Sie drückte den Brief ihres Cousins Ludwig fest an ihre Brust und seufzte. Eine kleine Träne rann über ihre Wange.

25. Februar 1874

Morgens begrüßte Barnabas seinen neuen Freund Wiggerl auf dem Schulhof durch wohlwollendes Zunicken. Mehr hätte es auch nicht gebraucht; Wiggerl nickte zurück, und der vertrauensvolle Bund war besiegelt. Kaum hatte Wiggerl jedoch den Klassenraum betreten, war er schon von zwei Buben umzingelt, die sonst immer nur um Franz herumstanden.

»Meinst du nicht, du musst dich entschuldigen?«, fragte Alois, ein Knabe mit kurz geschorenem Haar.

»Wofür denn? ICH wurde doch geschlagen, da müsste sich eher der Franz entschuldigen«, erklärte Wiggerl ruhig und sachlich.

»Du hast seinen Vater beleidigt«, behauptete Xaver, ein Junge mit brünettem Seitenscheitel.

»Ich habe nur gesagt, dass er der Sohn eines Metzgers ist, da hab ich doch keinen beleidigt.«

»Du hast gesagt, dass der Vater ins Bett brunzt«, erinnerte sich Alois ungenau.

»Ich tät an deiner Stelle das nächste Mal besser zuhören«, lehnte sich Wiggerl kokett aus einem imaginären Fenster. »Aber du warst vermutlich zu sehr mit schleimigem Applaudieren für deinen Freund Franz beschäftigt.«

Ehe er sichs versah, hatte Wiggerl die Faust von Alois auf der vom Vortag bereits lädierten Nase. Sofort schoss Blut heraus, und Wiggerl musste unwillkürlich lachen, auch über die prompt einsetzende Sinnesverzückung.

»Du bist wirklich geisteskrank!«, rief Alois, zog Xaver am Ärmel mit sich und entfernte sich. Barnabas war die ganze Zeit still in angemessener Entfernung dagestanden und kam jetzt auf den kichernden Wiggerl zu, der mit seinem Stofftaschentuch das Nasenbluten stillte.

»Deinen Mut hätt ich gern«, bekannte Barnabas.

»Na ja«, erwiderte Wiggerl gackernd. »Spaß macht es mir keinen, ständig eins auf die Nase zu bekommen.«

Von hinten linste verstohlen Metzgerssohn Franz zwischen den Köpfen seiner Komplizen herüber. Diese beiden Kerle Wiggerl und Barnabas waren ihm nicht ganz geheuer, ja, er fand sie beinahe unheimlich. Ab diesem Tag jedenfalls ließ er sie in Ruhe und peinigte fortan andere Schulkameraden.

Die Methode von Herrn Dr. Amperer hatte kurzfristig Erfolg gehabt, denn Wiggerls Mutter erlitt vierzehn Tage keinen Anfall mehr. Doch der darauffolgende war schlimmer als zuvor. Zwischen extremen Schrei-Arien schwanden ihr mehrmals die Sinne. Wieder wurde der Arzt herbeigerufen.

»Was ist diesmal mit ihr?«, fragte Leopold Staudacher besorgt.

»Ihre Frau leidet unter einer Synkope, das ist ein kurzzeitiger Bewusstseinsverlust, einhergehend mit schlimmen Konvulsionen, also Ganzkörperkrämpfen. In diesem Fall hilft nur eine manuelle Behandlung des weiblichen Rektalbereichs.«

»Dürfen bei dieser Anwendung wieder nur Arzt und Patientin im Raum sein?«, fragte Leopold Staudacher scheinheilig und malte sich schon seine Bierbestellung am Stammtisch aus, da er die Antwort bereits kannte.

»Ganz recht«, stimmte Herr Doktor Amperer zu und holte eine kleine Dose mit geruchsneutraler Salbe aus der Kitteltasche. Wenige Minuten darauf vernahm Klein Wiggerl erneut die kapriziösen Gesänge der Mutter. Zu Mutters Gesang gesellten sich nun auch noch Wiggerls spontan einsetzende, sinnesverzückte Glucksgeräusche.

HISTORIKER DR. JOHANNES RONCZKA:

Das Wort »Hystera« stammt aus dem Griechischen und bedeutet »Gebärmutter«. Die Medizin ging lange Zeit davon aus, dass Nervenleiden bei Frauen mit einer Erkrankung des Uterus zusammenhängen würden (hysterikos: »an der Gebärmutter leidend«). Das Adjektiv »hysterisch« ist eine im 18. Jahrhundert entstandene Neubildung für Unbeugsamkeit, Ohnmachtsneigung, Schlafstörungen, Unbesonnenheit, Reizbarkeit, Hitzköpfigkeit, Misanthropie und Persönlichkeitsstörungen. Schon Platon und Hippokrates waren davon überzeugt, dass eine erkrankte Gebärmutter Defekte des Gehirnes auslöse und sich die weibliche Genitalmassage günstig auswirke. Der Heilkundige Arnaldus de Villanova empfahl im 13. Jahrhundert innere Massagen zur Behandlung nervenkranker Nonnen und Witwen, der Astronom Abraham Zacuto lehrte im 15. Jahrhundert Ärzten die verschiedenen Techniken der manuellen Stimulation, da seiner Meinung nach den verzweifelten Frauen der Tod bevorstehe, der Chirurg Ambroise Paré riet im 16. Jahrhundert zum Einsatz des Fingers einer Hebamme. Gelehrte der Pariser Salpêtrière-Klinik schrieben ein mehrbändiges Werk, in dem sie detailliert Muskelspasmen und unartikulierte Schreie von Patientinnen unter der Behandlung protokollierten.

Im ausgehenden 19. Jahrhundert hatte quasi jeder Heilkundige diverse Dauerpatientinnen, die über Jahre hinweg im Wochenrhythmus zur manuellen Linderung hysterischer Beschwerden aufgesucht wurden. Zahlreiche Mediziner wiesen Vorwürfe, die Behandlungen würden sie erregen, erbost von sich und bekundeten, das Gegenteil wäre der Fall: sie würden die Therapie als überaus beschwerlich empfinden. Ehegatten akzeptierten jene ärztlichen Behandlungen ohne Eifersucht oder Misstrauen als Langzeit-Heilverfahren, das als medizinisch notwendige Maßnahme einen mehrjährigen Genesungsprozess einkalkuliert. Als Vorläufer von Vibratoren gab es schon in früheren Jahrhunderten sogenannte *Skelettmuskulatur-Entspannungsgeräte*, die in ihrer Form heutigen Sexspielzeugen ähnelten. Noch zu Lebzeiten Ludwigs II. ließ sich der amerikanische Mediziner George Taylor einen mit Dampf betriebenen *Manipulator* mit einem vibrierenden Kopf inmitten einer gewaltigen Massageliege patentieren. Der Pfarrer Sebastian Kneipp schwor auf stimulierende Wasserstrahlen, die er in die Hüftgegend der leidenden Patientinnen lenkte. Nach dem Ende des Ersten Weltkriegs, mit der steigenden Popularität Sigmund Freuds, verschwand nach und nach die ärztliche Intimstimulation zur Behandlung nervenkranker Frauen.

12. Oktober 1874

»Heute ist ein großer Tag, Majestät«, sagte der Leibreitknecht Carsten zu König Ludwig II. an diesem späteren Herbstvormittag im Salon des Königshauses am Schachen, das malerisch am Fuß des Wettersteinmassivs in 1866 Metern Höhe erst zwei Jahre zuvor fertig erbaut worden war, als gerade das Frühstück abgeräumt wurde.

»Oh, ja, ich weiß«, bestätigte der König und zog die Augenbrauen hoch. »Heute ist der 12. Oktober, der Hochzeitstag meiner lieben Eltern.

Gleichzeitig auch der Hochzeitstag meiner Großeltern, stellt euch vor, Carsten, was das seinerzeit für ein Spektakel war, als mein Großvater Ludwig I. seine Therese in der Hofkapelle der Residenz heiratete! Bayern war als Königreich erst vier Jahre alt, ganz München war völlig aus dem Häuschen, es gab Opernmusik mit freiem Eintritt für alle Bürger, Schauspiel, Bälle, ein Volksfest und fünf Tage nach der Hochzeit das legendäre Pferderennen. Meine Großmutter Therese hatte sich ein edles Kleid in den bayerischen Farben weiß-blau nähen lassen. Und zu dem feierlichen Anlass benannte man das Areal nach ihr. Das ist die heutige Theresienwiese. Aber, mein lieber Carsten, das wisst Ihr ja alles, ich langweile Euch nur mit meinen ewig gleichen Anekdoten.«

»Durchaus nicht, Eure Majestät! Allerdings wollte ich auf ein anderes Ereignis hinweisen, denn am heutigen Tag …«

»Ich hatte gehofft, das Thema umgehen zu können«, antwortete der König lächelnd, was er nur in vertrauten Momenten tat. Er mochte es zu scherzen, doch sein Stand verbot es ihm, in der Öffentlichkeit übermütig oder heiter zu sein. Doch Carsten war schweigsam und konnte Geheimnisse für sich behalten. »Ja, ich bin mir im Klaren, dass am heutigen Tage die Königsmutter vom evangelischen zum katholischen Glauben konvertiert. Ich habe ihr jedoch mitteilen lassen, dass ich nicht zugegen sein werde. Wie kommt sie denn dazu, so einen Schritt zu tun? Die ist doch nicht mehr ganz bei Trost! Sie hat mich schon erzürnt, als sie 1871 so begeistert auf die schreckliche Reichsgründung reagierte. Gut, das kann man ihr nicht verdenken, schließlich ist sie gebürtige Preußin. Na ja, aber auch sonst hat sie teilweise merkwürdige Ansichten, und von Kunst und Musik versteht sie schon dreimal nichts. Soll sie halt katholisch werden, wenn es sie glücklich macht. Aber ich fahr da nicht hin, das ist mir zu viel grundloser Wirbel, und Ihr wisst, ich kann Gerede nicht ertragen.«

»Eure Mutter ist tiefgläubig, wie Ihr, Eure Majestät. Warum wollte sie denn nicht protestantisch bleiben? Die Lehre Martin Luthers ist doch einwandfrei.«

»Sie litt unter dem ständigen Druck aus den konservativen Hofkreisen, doch einen Glaubenswechsel zu vollziehen. Meine Mutter folgt da auch dem Rat ihrer Cousinen und nicht zuletzt des Tiroler Priesters Lechleitner und des Augsburger Bischofs Pankratius von Dinkel. Nun, sie werden schon ordentlich feiern, trotz meiner Abwesenheit.«

»Kaiser Wilhelm wird es Euch danken, Majestät.«

»Ja, mein Großonkel Wilhelm, den ich als Kind immer WURLI nannte, ist nicht besonders fröhlich über diesen in meinen Augen völlig überflüssigen und unsinnigen Schritt meiner Frau Mutter. Er hat sich ordentlich aufgeregt, der Gute. Himmel, muss der geschimpft haben, da sind in Berlin wohl die Fetzen geflogen, wie mir berichtet wurde. Ich hoffe, es wird nicht zu einem lebenslangen Zerwürfnis zwischen ihr und Onkel Wurli führen.«

»Majestät, wie sprecht Ihr denn über den deutschen Kaiser?«, fragte Carsten launig.

»Ach, das hört er ja nicht. Meine größte Sorge gilt allerdings meinem lieben Bruder Otto. Er wohnt ja nun schon zwei Jahre in einem Pavillon im Schloss Nymphenburg in absoluter Isolation, weil ihn die Ärzte für geisteskrank halten. Dabei ist er doch nur sehr empfindsam und schreckhaft und leidet lediglich unter nervlicher Anspannung.«

»Aber er ist in guten ärztlichen Händen«, sagte Carsten sanft. »Doktor von Gudden gilt als Koryphäe für psychische Erkrankungen.«

»Es wäre schön, wenn er sein Leiden lindern oder gar heilen könnte. Wisst ihr, Carsten, mein Bruder hat sich unlängst manchmal mit unzüchtigen Damen herumgetrieben.«

»Was meint Ihr, Majestät?«
»Prostituierte.«
»Nun, aber davon erkranken ja meines Wissens keine Nerven. Eher das Gegenteil wurde mir berichtet.«
»Der Otto ist ein sehr gläubiger Mann«, erklärte der König. »Er schämt sich seiner Sünden und verrennt sich dadurch oft in geistige Abgründe. Nachts erscheinen ihm Dämonen und Geister wie bei einem Kind, das die Dunkelheit fürchtet.«
»Beten wir, dass Doktor von Gudden hilfreich wirkt.«
»Ja, schließen wir ihn in unsere Gebete mit ein. Hach, mir ist heut so nach etwas Bewegung! Hattet Ihr nicht von einer Tierschau in Garmisch berichtet?«
»Das ist richtig!«
»Wollt Ihr mich dort hinbegleiten?«
»Nichts lieber als das, Eure Majestät. Allerdings wollte ich heute, wie von Eurer Majestät beauftragt, die neu eingetroffenen Reitsattel begutachten.«
»Das hat Zeit! Ich denke, ein kleiner Ausflug wäre genau das Richtige an diesem schönen Herbsttag. Aber ohne Gefolge, ich möchte keinerlei Aufsehen erregen. Nur wir beide, der Kutscher und vielleicht zwei, drei Diener. Bitte schickt einen Boten, damit wir uns die Vorstellung unberührt von den Blicken des Volkes ansehen können. Der Bote soll fünfzig Goldmark zu den Dresseuren bringen, damit wir eine Privatvorstellung erhalten. Ich möcht ungestört sein. Aber bitte darauf achten, dass nur Münzen gesandt werden, auf denen das Bildnis des Königs eingeprägt ist.«
»Sehr wohl, Majestät!«
»Jetzt lasst mir etwas Tee im Türkischen Saal servieren, dort will ich ausruhen und verweilen, und in einer Stunde wäre ich bereit für den gemeinsamen Streifzug.«

Wie gewünscht genoss der Monarch seinen geliebten Tee aus marokkanischer Minze mit feinem Kandis im Türkischen Saal, der sich im Obergeschoss des Königshauses befand. Der Saal war nach Ludwigs

Vorgaben den historischen Gemächern des Palastes von Eyüp nachempfunden, den Sultan Selim III. Ende des 18. Jahrhunderts hatte einrichten lassen. König Ludwig II. schwärmte geradezu von den orientalischen Kulturen und ihren Bauwerken. Im Türkischen Saal befanden sich ein zentraler Springbrunnen, aufwendig bestickte Hocker und Divane, ein kostbarer Teppich, vergoldete, reich ornamentierte Wände, üppig verzierte Räucherpfannen und stattliche Glasfenster mit bunten Ornamenten. Es war das perfekte Abbild eines orientalischen Prunksaals.

»Wären Majestät bereit zum Aufbruch?«, fragte Leibreitknecht Carsten leise. »Die Kutsche steht bereit!«

»Ich möcht erst etwas später aufbrechen. Lasst mir meinen großen Spiegel bringen. Ich will mich zurechtmachen und eine halbe Stunde nicht gestört werden.«

»Aber der Coiffeur hat doch schon vor dem Frühstück ganze Arbeit geleistet. Eure Majestät sehen fabelhaft aus, wenn ich mir diese Bemerkung erlauben darf.«

»Ihr dürft, ihr Schmeichler! Ich möchte selbst noch einmal mein Erscheinungsbild begutachten. Die Tiere sollen ja einen guten Eindruck vom König haben, nicht wahr.«

Heute war Ludwig wirklich ausgesprochen gut gelaunt, dachte sich Leibreitknecht Carsten. Er ließ den Spiegel bringen und sorgte dafür, dass der Regent die gewünschte Zeit ungestört im Türkischen Saal sein konnte.

Sowie die Portale geschlossen waren, stellte sich Ludwig vor den Spiegel und betrachtete sich. Der Bart, den er seit kurzer Zeit trug, gefiel ihm. Er betonte die Mundpartie und machte sein eigentlich noch sehr junges Gesicht männlicher und erhabener. Er fragte sein Spiegelbild: »Spieglein, Spieglein an der Wand, wer ist der Edelste im Land?« Dann schloss er die Augen und atmete mehrere Male tief ein und aus. Als er sie wieder öffnete, stand dort der junge, frisch gekürte König

Ludwig II. Das Spiegelbild antwortete: »Oh König, Ihr seid gar schön und rein. Aus Eurem Herzen schimmert Sonnenschein.«

»Solange ich hier droben im Beisein des Himmels und der Berge bin, geht es mir wohl. Hier schreibt mir niemand etwas vor, hier lässt man mich zufrieden. Ich kann in Ruhe darüber nachdenken, was ich meinem Volke und der Nachwelt für schöne Dinge hinterlassen kann.«

»Das ist sehr edel. Ihr seid von wahrhaft ritterlichem Gemüt. Gerade an diesem heutigen Tag, der von solch historischer Bedeutung ist für …«

»Bitte, nicht auch noch Ihr!«, unterbrach Ludwig sein Spiegelbild. »Ich möchte nicht andauernd an den Entschluss der Königsmutter erinnert werden.«

»Das war auch nicht meine Absicht. Ich wollte an den Hochzeitstag Eures Großvaters und Namenspatrons Ludwig I. erinnern, der ja erst vor nicht einmal sieben Jahren das Zeitliche segnete.«

»Ja, an Großvater denke ich gern zurück. Ich habe ihm viel zu verdanken. Und das Land Bayern ebenso. Er war wie ich ein begeisterter Bauherr und ein Liebhaber und Förderer der Künste. Ferner verfasste er fabelhafte Gedichte. Weil er ein Verehrer Griechenlands war, verfügte er, dass das Wort Bayern mit einem Ypsilon geschrieben wird, was ich für einen sehr schönen und künstlerisch hochwertigen Einfall halte. Noch kurz vor seinem Tode besuchten wir gemeinsam die Weltausstellung in Paris. Und er verehrte die hochbegabte Schauspielerin Marie Dahn-Hausmann, der er diverse Gedichte sandte.«

»Ja, sie ist eine famose Künstlerin. Ihr solltet ihr auch schreiben, Majestät!«

»Das ist ein grandioser Einfall. Ich könnte reizende Worte an sie richten, und meinen Groll gegen alles Niedrige und Unrechte schildern. Vielleicht weihe ich sie ein, dass ich mir und anderen ein ewig Rätsel bleiben will.«

»Diese Worte werden Euch unsterblich machen, Majestät.«

»Ich bedanke mich für die Unterhaltung.«

»Stets zu Diensten«, sprach das Spiegelbild und wurde leicht unscharf. Ludwig rieb sich die Augen und blickte im nächsten Moment wieder in sein eigentliches, heutiges Ich.

Die Tierschau fand auf einer Wiese kurz vor der Kapelle von St. Anton bei Garmisch statt. Am Eingang standen riesenhafte, bunt bemalte Ankündigungstafeln. Der König und sein Leibreitknecht hatten auf Sitzbänken Platz genommen, das Programm war auf einer Bretterbühne zu bestaunen, die links und rechts von einem prunkvollen Vorhang eingerahmt war. Die restlichen Sitze waren, wie gewünscht, leer. Hinter der Bühne standen in Reih und Glied allerhand Tierkäfige mit Gitterstäben, aber meist von Zeltplanen bedeckt, damit die Tiere vor Wind und Wetter geschützt waren. Auf dem Boden lagen Sägespäne und Stroh. Im Hintergrund standen verschiedene Waggons und ein Zirkuswagen. Links und rechts von der Bühne befanden sich während der gesamten Darbietung zwei bunte Papageien, die auf Bügeln schaukelten und von Zeit zu Zeit pfiffen oder kleine Worte sagten.

»So wie diese Tiere in den Käfigen ist mir oftmals auch zumute«, flüsterte Ludwig seinem Leibreitknecht zu. »Einsam, in einer eigenen Realität, eingesperrt, doch wenn ich aus dem Fenster blicke, sehe ich die weite Welt. Doch ich möchte gar nicht unbedingt raus aus dem Käfig. Ich könnte allerdings hinaus, wenn ich wollte, im Gegensatz zu den Tieren. Ich habe mir meinen Käfig selbst geschaffen.«

Zunächst kam ein Dompteur auf die Bühne. Er hatte eine große Nase, runde, glänzende Augen, trug einen Zylinder und sprach Deutsch mit leicht slawischem Akzent.

»Es ist uns eine große Ehre, unser Programm vor dem König von Bayern zeigen zu dürfen.«

Er verbeugte sich tief. Ludwig klatschte, Carsten tat es seinem Herrn gleich.

»Wir beginnen mit einer Hyäne, ein durchaus gefährliches Tier aus der wilden Natur. Doch mir gelang es, die Bestie zu zähmen, ich bin der einzige Mensch, der ihr übers Fell streichen darf. Alle anderen würden mit ihrem Leben spielen. Genießen Sie dies herrliche Schauspiel der irdischen Natur.«

Ein schlankes, katzenartiges Tier mit hellem, sandgelbem, schwarz gepunktetem Fell und einer Schnauze wie von einem Schäferhunde wurde auf die Bühne geführt.

»Es handelt sich um eine männliche afrikanische Tüpfelhyäne. Sie hat ein kräftiges Gebiss und große, auffällige Eckzähne, die scharf wie Rasierklingen sind. Eine Tüpfelhyäne kann eine Kopf-Rumpf-Länge von bis zu einhundertsechzig Zentimetern erlangen.«

Der nächste Programmpunkt waren zwei dressierte Hündchen, die niedlich auf zwei Beinen stehen und Pfötchen geben konnten. Dem König gefiel die Possierlichkeit, doch er sorgte sich etwas um die Tiere selbst.

»Eine Frage, Herr Dompteur«, rief Ludwig II. aus. »Liegt es in der Natur dieser Tierchen, auf zwei Beinen zu stehen?«

»Nein, sie sind Vierbeiner. Aber sehen Sie, wie stolz sie sind, diese Kunststücke vollziehen zu können!«

»Machen die Hündchen das gerne oder weil man sie dazu gezwungen hat?«

»Sie können unbesorgt sein, Majestät«, erklärte der Dompteur, »unsere Tiere werden bei uns besser behandelt als unsere Gattinnen.«

Mit diesem kleinen Scherz leitete der Dompteur über zur nächsten Attraktion: zwei dressierten Schimpansen. Sie trugen Anzüge mit Hemd und Fliege. Der eine saß an einem Tisch mit Tischtuch, der andere servierte auf sehr lustige Weise dem anderen ein Trinkgefäß und schenkte ihm aus einer Flasche ein.

»Ich hoffe, es ist ein guter Jahrgang«, scherzte der König.

»Es ist bester französischer Wein«, antwortete der Dompteur schlagfertig.

Nun wurde ein Apfel auf einem silbernen Tablett serviert. Der lustigere der beiden Schimpansen nahm die Frucht in die Hand und biss hinein. Sein Gesicht wirkte, als würde er grinsen. Jetzt versuchte das andere Tier spielerisch, den Apfel an sich zu reißen. Es war wirklich eine gelungene Nummer, die den König sehr amüsierte.

»Schimpansen sind sehr intelligente Tiere«, erklärte der Dompteur. »Sie erkennen Menschen und Gegenstände wieder, man kann sich hervorragend mit ihnen anfreunden. Durch ihre weitgehend menschlichen Züge und Merkmale kann man mit ihnen so manch kurzweiligen Abend verbringen.«

»Wie heißen denn die beiden Schimpansen?«, wollte der König wissen.

»Wir haben ihnen noch keine Namen gegeben«, entschuldigte sich der Dompteur, von dieser klugen Frage etwas peinlich berührt.

»Ich würde den helleren, zurückhaltenden SCHORSCH nennen«, schlug Ludwig vor. »Und dem lustigen gäbe ich den Namen SEIFENBLASE.«

Es folgte eine kurze Pause. Die nächste Attraktion, einen Vogel Strauß, sahen Ludwig und Carsten nicht mehr, da der König müde geworden war, die Kutsche hatte vorfahren lassen und sich droben im Königshaus zum Schlaf zurückzog.

Der Besuch Ludwigs war für die Betreiber der Tierschau mehrfach ein großer Erfolg. Zum einen konnten sie das königliche Geld sehr gut gebrauchen, zum anderen sprach sich der Besuch des in der Öffentlichkeit nur selten auftauchenden Regenten schnell herum, was den Veranstaltungen für lange Zeit volle Bänke bescherte.

27. Mai 1875

Der Liebfrauendom in München war festlich für den FronleichnamsfestGOTTesdienst geschmückt. Erzbischof Gregor von Scherr war angereist und bereitete sich auf das hohe Fest der Eucharistie vor, indem er sich seit einer halben Stunde in tiefem Gebet befand. Die kunstvoll bemalte, mit Edelsteinen und Gold verzierte Monstranz mit der Hostie war mit bunten Blumen geschmückt, große Kerzen, Fahnen und Gestecke zierten den Kirchenraum. Zuvor bei der Prozession hatten Kinder wie jedes Jahr Blumen auf die Straßen der Stadt gestreut. Von Scherr, der aus einer Wirtefamilie stammte, genoss gut organisierte Feierlichkeiten wie diese. Die Glocken läuteten feierlich. Der Priester nahm den Erzbischof in Empfang, gemeinsam mit dem Gefolge betraten sie die große Halle, es war brechend voll. Alle Anwesenden standen auf, der Priester küsste den Altar und sprach die Eröffnungsworte. Der GOTTesdienst begann.

»Der allmächtige GOTT erbarme sich unser«, sagte der Priester. »Er lasse uns die Sünden nach und …«

In diesem Augenblick wurde das Eingangsportal aufgerissen, und ein aufgeregter junger Mann im Jagdkostüm stürmte nach vorne, warf sich auf den Altarstufen zu Füßen des Erzbischofs nieder, hob gleich darauf den Kopf und starrte ihn mit aufgerissenen Augen an. Er atmete laut hörbar mit geöffnetem Mund, sein Kinn zitterte etwas. Sein Blick war glasig und wirkte wie besessen, ja beinahe gehetzt.

»Erbarme dich meiner, o GOTT, nach deiner großen Barmherzigkeit und nach der Menge deiner Erbarmungen tilge meine Missetaten!«, rief er mit ziemlich lauter Stimme. Verstörtes Tuscheln war aus den Reihen zu hören. Die Münchner Bürger hatten den Mann im Jagdrock erkannt: es war Otto, der jüngere Bruder ihres Königs Ludwig II. Die mögliche Geisteskrankheit Ottos war im Volk bekannt, auch seine Unterbringung in Schloss Nymphenburg. Was war geschehen? War er etwa geflüchtet?

»Verstoß mich nicht von deinem Angesicht!«, schrie Otto nun mit kreischender, sich überschlagender Stimme. »Ich war sündhaft! Vor dir, o Herr, kniet ein zerknirschter Geist. Bitte verachte mein reuiges und demütiges Herz nicht, o GOTT.«

Keiner der Anwesenden wusste auf diese merkwürdige Situation zu reagieren, alle befanden sich in einer Art Schockstarre.

»Sieh doch mein Elend, meine Pein«, brüllte Otto und weinte los. »Ich bin verlassen. Der Sünden meiner Jugend und meines Unverstandes gedenke nicht in deiner Milde. Vater, ich habe gesündigt wider den Himmel und vor dir! Ich bin nicht mehr wert, dein Kind zu heißen! Bitte, nimm mich dennoch an als einen deiner geringsten Diener!«

»Er ist irrsinnig!«, zischte eine ältere Dame von ihrer Kirchenbank aus.

»Er schändet das Sakrament!«, sagte eine jüngere Dame.

Der Domzeremoniar Mühlbauer sah die Zeit gekommen, um einzuschreiten. Er klopfte Prinz Otto auf die Schulter, worauf dieser sofort aufstand und sich ohne Murren in die Sakristei bringen ließ. Dort ließ er sich in einen Sessel fallen und starrte stumm ins Leere. Nach einer Weile flüsterte er kaum hörbar: »Versiegelt alle Räumlichkeiten und veräußert sämtliche Wertgegenstände aus meinem Besitz. Verteilt den Erlös und meine Ersparnisse an die Armen der Stadt.«

»Wie bitte?«, fragte Domzeremoniar Mühlbauer.

»Ich bin leidend«, sagte Prinz Otto mit leuchtenden Augen. »Oft will ich Bäder nehmen und Arzneien brauchen und mich in den nächtlichen Stunden zu Bette legen. Doch es geschieht weder das eine, noch das andere, noch das dritte.«

Prinz Otto fixierte Mühlbauer durchdringend. Aus dem Kirchenraum erklangen leise Orgeltöne. In Ottos Kopf hingegen spielte ein ganzes Orchester.

HISTORIKER DR. JOHANNES RONCZKA:

Otto Wilhelm Luitpold Adalbert Waldemar war der jünge Bruder von Ludwig II. Er wurde am 27. April 1848 in der Münchner Residenz geboren und war als Kind eher hager, jedoch immer guter Dinge. Während Ludwig mit Bauklötzen Brücken, Schlösser und

Türme baute, plante Otto strategische Feldzüge mit seinen Bleisoldaten. Manchmal spielten die Brüder »Räuber und Schandi«, das Lieblingsspiel Ottos. Bei Hofe wurde das nicht gern gesehen, dennoch duldete man das Spiel der Kinder. Im jugendlichen Alter liebte Otto Bergwandern, Jagdausflüge und schoss mit seinem Vater Kaninchen. Auffällig waren bereits in jungen Jahren ein ausgeprägter Waschzwang und seine große Schwäche für das weibliche Geschlecht. Nach der Krönung von König Ludwig II. war Otto oft in Begleitung seines Bruders zu sehen, sie besuchten Theater, Konzerte, Empfänge und das Oktoberfest. Nach seiner Teilnahme am Krieg gegen Preußen auf der Seite Österreichs und dem Anblick vieler Schreckensbilder, Toten und Verletzten war Otto schwer traumatisiert, begann, Stimmen zu hören und wurde schwermütig. Nach einer Auslandsreise erkrankte er an Malaria, wodurch sein Nervensystem empfindlich angegriffen wurde. Um sich aufzuheitern, nutzte er nächtliche Ausflüge für Treffen mit leichten Mädchen. In der Faschingszeit vergnügte er sich auf *nackerten Bällen*.

Die erneute Teilnahme am Krieg von 1870/71 führte zum weiteren Ausbruch schwerer Melancholie und bedenklichen Verhaltensauffälligkeiten. Die Ärzte waren sich einig, dass bei Otto keinerlei Aussicht auf Heilung bestand. Er beschimpfte Personen aufs Wüsteste, schnitt bizarre Grimassen, ahmte Tierlaute nach, warf Gegenstände durch das Zimmer, wälzte sich wie ein tollwütiger Hund auf dem Boden herum, bellte wie ein Fuchs und erfand eigentümliche Geräusche. An manchen Tagen gab er sich jedoch weniger kapriziös, war eher artig und benahm sich wie ein braves Schulkind. Seine Lieblingsbeschäftigung war die Suche nach Erdbeeren in der Parkanlage des Nymphenburger Schlosses, in dem er ab 1872 gegen seinen Willen untergebracht war. Er war ein besonderer Härtefall, legte sich teilweise 48 Stunden nicht ins Bett, zog seine Stiefel zwei Monate nicht aus, was schlimme Entzündungen an den Füßen nach sich zog, dafür wusch er sich ununterbrochen Hals, Hände, Arme und Gesicht. Manchmal unterhielt er sich mit Amseln und Spatzen, oder er stellte sich auf einen Balkon und hielt ungeheure Ansprachen an eine imaginäre Bevölkerung. Einmal warf er kleine Zettel aus einem Fenster, auf die er notiert hatte: »Ich bin der Schönste. Ich werde immer sehr schön sein. Ich werde immer sehr schön bleiben. Ich bin sehr schön.« 1878 folgte dann die offizielle Entmündigung mit dauerhafter Unterbringung im Schloss Fürstenried, wo Otto viele Jahre isoliert, jedoch mit allen fürstlichen Annehmlichkeiten ausgestattet, bis zu seinem Tod im Jahre 1916 lebte. Der einzige Mensch, außer Ärzten und Pflegern, der ihn besuchte, war König Ludwig II.

20. März 1876

»Wer ist der Kaschperl mit der depperten Mütze?«, fragte der Metzgerssohn Franz Ertl und deutete auf einen offensichtlich neuen Schüler mit einer Baskenmütze, der etwa zehn Jahre alt war. Franz und seine Freunde gingen Barnabas und Wiggerl, der vergangene Woche zwölf Jahre alt geworden war, seit längerer Zeit aus dem Weg und suchten sich daher neue Opfer, die sie anpöbelten. Die Freunde Wiggerl und Barnabas hatten inzwischen einen festen Platz im Pausenhof für sich alleine, da sich kaum jemand für sie interessierte. So konnten sie ungestört über alles sprechen, was sie bewegte.

»Wachsen bei dir auch so komische Haare?«, fragte Barnabas.

»Meinst du unten beim Geläut?«, stellte Wiggerl eine scherzhafte Gegenfrage.

»Was meinst du mit Geläut?«

»Mei, den Bereich, wo die Glocken halt läuten, woaßt scho, wie in der Kirch.«

»Ja, dann meinen wir das Gleiche. Generell hab ich den Eindruck, dass sich alles rasant ändert in meinem Körper. Wie bei einem Schmetterling, wenn er aus dem Kokon schlüpft.«

Wiggerl sah seinen besten Freund kritisch an. Dessen Haut war noch blasser als sonst, in der Stirngegend hatten sich kleine, rote Pickel gebildet, und seine rotblonden, kaum sichtbaren Augenbrauen schienen länger zu werden. Überhaupt kam es Wiggerl so vor, als ob der gesamte Barnabas in den letzten Wochen viele Zentimeter gewachsen war. Da sie sich ja beinahe täglich sahen, war ihm das bisher noch nicht aufgefallen, aber jetzt, wo er ihn musterte wie ein Käufer auf dem Rossmarkt die Pferde, bemerkte er jene Veränderungen.

»Jetzt sag«, bohrte Barnabas nach. »Hast du drunten auch solche Haare?«

»Ein paar schon«, gab Wiggerl zu. »Aber ich bin, glaub ich, eher ein Spätzünder.«

»Spätzünder?«

»Das heißt, du wirst schneller zum Mann als ich. Der Vorteil für dich: Du kannst dir im Wirtshaus einen Schnaps bestellen. Der Vorteil für mich: Ich kann mit anderen Kindern weiterhin Räuber und Schandi spielen.«

HISTORIKER DR. JOHANNES RONCZKA:
Räuber und Schandi (Räuber und Gendarm) ist ein bis heute bei bayerischen Kindern beliebtes Spiel, eine Mischung aus *Fangen* (in Bayern *Fangermandl* genannt) und Verstecken. In manchen Gegenden gibt es andere Bezeichnungen wie »Versteckfangen«. Die Regeln variieren je nach Region. Meist wird es im Freien gespielt. Erst wird das *Spielfeld* ausgewählt, ein Gelände mit möglichst vielen Ecken, Winkeln und Verstecken, dann werden zwei Gruppen gebildet: *Räuber* und *Gendarmen*. Die Gendarmen werden gut sichtbar gekennzeichnet, beispielsweise mit Mützen oder aufgemalten Schnurrbärten. Mindestteilnehmerzahl: vier Personen. Ist die Zahl der Mitspieler ungerade, gibt es entweder mehr Räuber oder mehr Gendarmen. Da viele Kinder lieber Räuber sein wollen, ist die Zahl der Gendarmen häufig deutlich geringer. Gibt es keine Einigung, wird gelost oder durch Abzählreime entschieden. Mancherorts wird ein Spielleiter bestimmt, der dafür sorgt, dass die Regeln eingehalten werden und sich z. B. keiner der Spielenden vom Gelände entfernt. An einem bestimmten Platz auf dem Spielgelände wird das *Gefängnis f*estgelegt. Die Gendarmen dürfen das Gefängnis nicht betreten. Ähnlich wie bei Verstecken müssen die Gendarmen zu Spielbeginn ihre Augen verdecken, damit die Räuber sich gute Schlupfwinkel aussuchen können. Danach haben die Gendarmen die Aufgabe, die Räuber zu schnappen, was durch eine kurze Berührung und einen vereinbarten Spruch wie »Hob di!« (»Ich habe dich!«) geschieht. Gefangen genommene Räuber werden ins Gefängnis gebracht. Nähert sich ein freier Räuber dem Gefängnis, so kann er Inhaftierte durch Abschlagen und einen vereinbarten Spruch wie »Frei bist!« (»Du bist befreit!«) wieder entlassen. Daher müssen sich die Gendarmen gut organisieren, damit das Gefängnis immer bewacht bleibt. Da die Gendarmen den Gefängnisbereich nicht betreten dürfen, die Räuber hingegen schon, wird das Bewachen erschwert. Das Spiel ist beendet, wenn alle Räuber im Gefängnis sind. Oftmals dauert das Spiel mehrere Stunden.

»Räuber und Schandi kann man auch als Erwachsener spielen!«, behauptete Barnabas. Wiggerl fiel auf, dass die Stimme seines Freundes manchmal innerhalb eines einzigen Satzes sowohl hoch wie die Stimme eines Mädchens als auch tief wie ein Vortragskünstler im Theater war. Dieser Umstand bereitete Wiggerl große Freude, sodass er versuchte, noch mehr Sätze aus seinem Freund herauszulocken.

»Ach geh, wo spielen das denn Erwachsene?«, fragte er listig.

»Grad neulich hab ich wieder ein paar ältere Leute gesehen, die es gespielt haben!«

Beim Wort »gespielt« ging die Stimme von Barnabas extrem nach oben, besonders beim »ie«. Dabei bewegte sich der Adamsapfel zuckend. Wiggerl prustete los. Barnabas kannte dieses Verhalten seines Freundes und reagierte routiniert, indem er in der Luft herumblickte und eine kurze Melodie pfiff, bis Wiggerls Lachkrampf abebbte.

»Du sag amoi«, rief Franz Ertl dem neuen Schüler zu, »was hast du denn da auf deim Kopf?« Der Neuling scheute offenbar die Auseinandersetzung und wandte sich von Franz und dessen Gefolge ab. Franz hechtete los und versperrte dem Jungen mit der Mütze den Weg.

»Heeee, mir gfoit dei Mützn ned!«, rief er mit rot angeschwollenem Kopf. »Hör auf«, sagte der andere. Franz rempelte ihn kurzerhand um und krächzte: »Du stehst mir im Weg!« Der aus Augsburg stammende Neuling lag im Dreck, worauf ihm Franz ein Angebot machte: »I hab heut mein guadn Tag. Oiso, weil dus bist: Guti oder Watschn?« Der am Boden Liegende verstand nicht und glotzte nur dumm aus der Wäsche. »I hab dir a Frage gstellt: Guti oder Watschn?« Eingeschüchtert antwortete der andere: »Guti.« »Guti san heit aus«, sagte brüllend lachend der Franz und versetzte dem armen Knaben ein paar schallende Ohrfeigen. Wiggerl und Barnabas waren heilfroh, nicht mehr mit diesen Schwachköpfen konfrontiert zu sein. Da schrillte schon die Glocke. Die Pause war zu Ende.

20. März 1876

Sisi war mitten in der Nacht aufgewacht. Im Traum war ihr Ludwig erschienen. Er stand samt seinem anthrazitgrauen Mantel mit dem azurblauen Kragen hüfthoch im Würmsee und betrachtete den vollen Mond. Sisi stand hinter ihm am Ufer und rief seinen Namen, doch er reagierte nicht. Nur das leise Plätschern des Wassers war zu hören und ihre gelegentlichen Rufe. »Ludwig! Mein geliebter Cousin! Hörst du mich nicht?« Da setzte sich Ludwig in Bewegung, immer nach vorne, das Antlitz zur Mitte des Sees gerichtet. Sie war wie versteinert, wollte ihn abhalten, aber konnte es nicht. Der König verschwand in der Dunkelheit. Auch der Mond war plötzlich fort.

An mehr konnte sie sich nach dem Erwachen nicht erinnern. Sie zündete eine Kerze an, schlich zu ihrem Schreibtisch und verfasste ein Gedicht in ihr Tagebuch:

Sternenlicht Schweigsam
kommt die dunkle Nacht
Still heraufgezogen
und am Horizont hat sacht
sich der Mond verzogen

Finsternis umhüllet bald
Alles nah und ferne
Und es zittert klar und kalt
Nur das Licht der Sterne

20. März 1876

»Das ist ein interessanter Blauton«, erklärte der König dem Chemiker Dr. Max Edelmann am Abhang des Hennenkopfes, nordöstlich von Schloss Linderhof auf der Baustelle zur gerade entstehenden unterirdischen Tropfsteinhöhle bis dato nie dagewesener Größe. »Aber ich will es noch viel blauer.«

»Das wird nicht einfach, Majestät! Wir haben ja bereits eine Farbe hergestellt, die dem Azur des Himmels nahezu gleicht.«

»Widerspreche Er nicht! Ich bestimme, wann es blau genug ist.«

»Nun gut, ich will versuchen …«

»Nicht versuchen, Edelmann! Erschaffen!«

»Aber mit der Umsetzung ist Majestät zufrieden, oder?«

»Ja, technisch funktioniert es schon fabelhaft. Der *Sesam öffne dich-Eingang* ist genau wie von mir gewünscht der Erzählung aus Tausendundeiner Nacht nachempfunden. Der unterirdische Königssee und der Wasserfall sind ebenfalls sehr gelungen. August von Heckel wird die Wand noch mit einem prachtvollen Gemälde verschönern. Es wird den Titel *Tannhäuser bei Frau Venus* erhalten. Auch der würdevolle, aus Muscheln gefertigte *Königssitz* ist untadelig und erfüllt mein Herz mit Freude. Die Welt wird noch in vielen Hundert Jahren über unsere bahnbrechende Kunstfertigkeit sprechen. Alleine die genaue Beheizbarkeit der Grotte ist eine Sensation! Exakt 20 Grad Celsius werden hier vorherrschen, und das gefilterte Wasser des Grottensees wird zwischen 25 und 28 Grad Celsius warm werden. Ich kann zudem die Fertigstellung des kristallbesetzten *Loreleyfelsens* kaum erwarten, auf dem es einen *Korallenstuhl* geben wird. Auch ein Kahn aus Muscheln ist geplant, um die Pracht vom Wasser aus zu genießen. Fürwahr, Edelmann, dies ist die gigantischste aller künstlichen Höhlen, noch dazu von nie gekannter Raffinesse. Nur das Blau sollte viel tiefer, satter sein.«

»Nun, da muss ich mir mal Gedanken machen. Wie gefällt Euch denn das Rot?«

Dr. Edelmann betätigte einen großen Schalthebel und verwandelte die gerade noch in Blau getauchte Grotte in ein strahlendes Rot.

»Ja, das Rot ist von meisterhafter Schönheit. Es schafft die gewünschte Illusion, man befände sich in der Venusgrotte aus Tannhäuser, als er sich von der heidnischen Göttin der Sinnlichkeit losreißt, um auf den christlichen Tugendpfad zurückzukehren. Auch die Vorgrotte, das *Tal von Kaschmir*, leuchtet in prachtvollem Rot. Hier muss nichts verbessert werden, da es bereits vollkommen ist.«

»Ich werd mir mal Gedanken machen, wie wir das mit dem Blau anstellen könnten.«

»Na ja, fahren Sie halt noch mal nach Capri und betrachten sich die Blaue Grotte, dann werden Sie schon einen Einfall bekommen, wie Sie das dortige Blau auch hier herstellen können. Sie sind der Chemiker, ich verlasse mich auf Ihr Können. Mein Stallmeister Hornig soll Euch begleiten. Vier Augen sehen mehr als zwei.«

Der Chemiker Dr. Edelmann bleckte die Zähne, eine Geste, die er stets machte, wenn er scharf nachdachte. Die Bogenlampen waren von bunten Glasplatten eingerahmt. Er und seine Mitarbeiter hatten in einem aufwendigen Verfahren erreicht, mit Farben auf Teer-Basis die Töne Gelb, Grün, Rosarot, Rot und Blau herzustellen. Doch gleich die erste Vorführung ließ den König enttäuscht äußern, dass er sich das gleiche Blau wie in der Grotte in Capri wünsche. Man zog den Hofmaler Otto Stöger zurate, der gemeinsam mit Dr. Edelmann ein Laboratorium zur Farbenforschung in der Grotte einrichtete.

»Wo ist eigentlich Stöger?«, fragte Ludwig verwundert, da jener in der Regel stets vor Ort war, um die neuen Forschungsergebnisse in der »Operation Königsblau«, wie man am Hof scherzhaft sagte, vorzustellen. Doch heute fehlte er absichtlich, da die latente Unzufriedenheit des Königs sein Nervenkostüm arg belastete. Dr. Edelmann versuchte, die Situation mit einem Scherz aufzuheitern.

»Stöger macht blau«, sagte er und schmunzelte den König verlegen an.

»Das ist fein!«, freute sich der Regent. »Er soll nur damit fortfahren, bis wir das vollendete Blau gefunden haben.«

2. Juni 1879

Wiggerl geriet, als er daheim in seinem Elternhaus im Bett lag und nicht einschlafen konnte, wieder mal ins Grübeln. Er war nun fünfzehn Jahre alt, seit zwei Jahren hatte er seine Schulpflicht beendet und arbeitete in der Schreinerei, in der sein Vater angestellt war, als Hilfskraft. Er zeigte wenig Geschick im Umgang mit Werkzeug, schlug sich oft mit dem Hammer auf den Finger oder vertat sich beim Zuschneiden der Holzlatten um wenige Millimeter, was das Material unbrauchbar machte. Es stand fest, dass er weder zum Kistler[5] noch zum Schnitzer Talent besaß. Sein Vater hatte immer gehofft, dass Wiggerl eines Tages als Zimmermann auf die »Walz« gehen und in der weiten Welt sein Glück machen würde, aber ohne Geschicklichkeit auf diesem Gebiet war dies ein aussichtsloser Wunsch. Weder für feinere noch für gröbere Holzarbeiten hatte Wiggerl Begabung, und für eine Laufbahn ohne Meistertitel galt man als »Pfuscher«. Was sollte er in seinem Leben anfangen? Die Schule hatte er mehr schlecht als recht hinter sich gebracht, die Perspektiven waren nicht besonders reizvoll. Sein bester Freund Barnabas half in der Fischerei am Würmsee aus, aber auch dieser Bereich reizte Wiggerl kaum. Mit dem bisschen Geld, das er in der Schreinerei verdiente, konnte er sich manchmal Fahrkarten nach München leisten, um dort eine Gaststätte oder ein Theater zu besuchen. Aber sollte das alles gewesen sein? Sollte er bis an sein Lebensende in seinem Elternhaus wohnen bleiben? Oder würde sich eines Tages alles ändern? Würde er vielleicht einmal eine Familie gründen? Mädchen hatten sich noch nie für ihn interessiert, vielleicht weil er durch seine nach wie vor manchmal nicht verhinderbaren Geräusche als Sonderling galt? Er wusste sowieso nicht wirklich, auf was er stand. Ihm gefielen viele Frauen, dabei spielte weder das Alter noch das Aussehen eine Rolle. Vielleicht der Geruch. Ja, das konnte er behaupten, dass der Geruch von Menschen sehr wichtig für ihn war. Konnte er eine Person nicht »riechen«, war diese meist fürchterlich. Wie der Ertl Franz, Feind seiner gesamten Schulzeit. Bei ihm war der

5 Kistler = einstiger Begriff für Tischler

Werdegang einfach, die Eltern hatten schon seit Generationen eine Metzgerei, da blieb keinem Nachkommen die Wahl. Franz ging in die Lehre und würde eines Tages die väterliche Metzgerei übernehmen. Dieser Volldepp! Wiggerl schnaubte verächtlich, musste dann aber logischerweise lachen. Wo war er gedanklich stehen geblieben? Ach ja, bei den Frauen. Es waren in seinem Fall nicht nur die Frauen, die ihm gefielen. Fast jeder Mensch, sofern er oder sie das Erwachsenenalter erreicht hatte, wäre für Wiggerl als Liebespartner denkbar gewesen. Jeder Mensch, außer dem Ertl Franz. Er musste wieder lachen. Er begann, mit der rechten Hand seine linke Schulter zu streicheln, eine Gebärde, die er häufig gebrauchte. Das sanfte Streicheln über die Schulter beruhigte ihn. Was war er eigentlich? Als Ludwig geboren, Wiggerl gerufen und im Körper eines Mannes allmählich gereift. Wie oft jedoch war es vorgekommen, dass er sich gar nicht als Mann fühlte? Dass er sich an Gesprächen, die andere Burschen führten, nicht beteiligen wollte, beziehungsweise Gespräche von Mädchen viel interessanter fand. Sodomie[6] war ja eine Krankheit; er hatte von Leuten gehört, die wegen ihrer »Widernatürlichkeit« verfolgt und bestraft worden waren.

Er überlegte, wieso es beispielsweise strafbar war, wenn zwei Herren sich liebten. Wieso mischte sich das Gesetz in die Gefühle von Menschen ein. Wiggerl sah an sich herab. Er war im Körper eines Mannes geboren, aber fühlte sich schon als Knabe manchmal weder als Mann noch als Frau. Nun wurde sein Körper erwachsener, aber sein Geist und seine spirituelle Seele waren nicht festgelegt, er war zugleich Kind, Jugendlicher, Erwachsener, Knabe, Mädchen, Mann, Frau, Greisin, Greis, Ritter, Rittersfrau, Magd und Knecht. Er sah sein ganzes Wesen als ein individuelles Gesamtkonstrukt, das nicht manifestierbar war. Er wusste im Inneren seines Herzens, dass sein Geschlecht nicht aufgrund seiner angeborenen Männlichkeit existierte, sondern durch sein Leben, Handeln und Fühlen ausgedrückt wurde.

6 Veraltete diskriminierende Bezeichnung von »Homosexualität«, eigentlich »Geschlechtsverkehr mit Tieren«

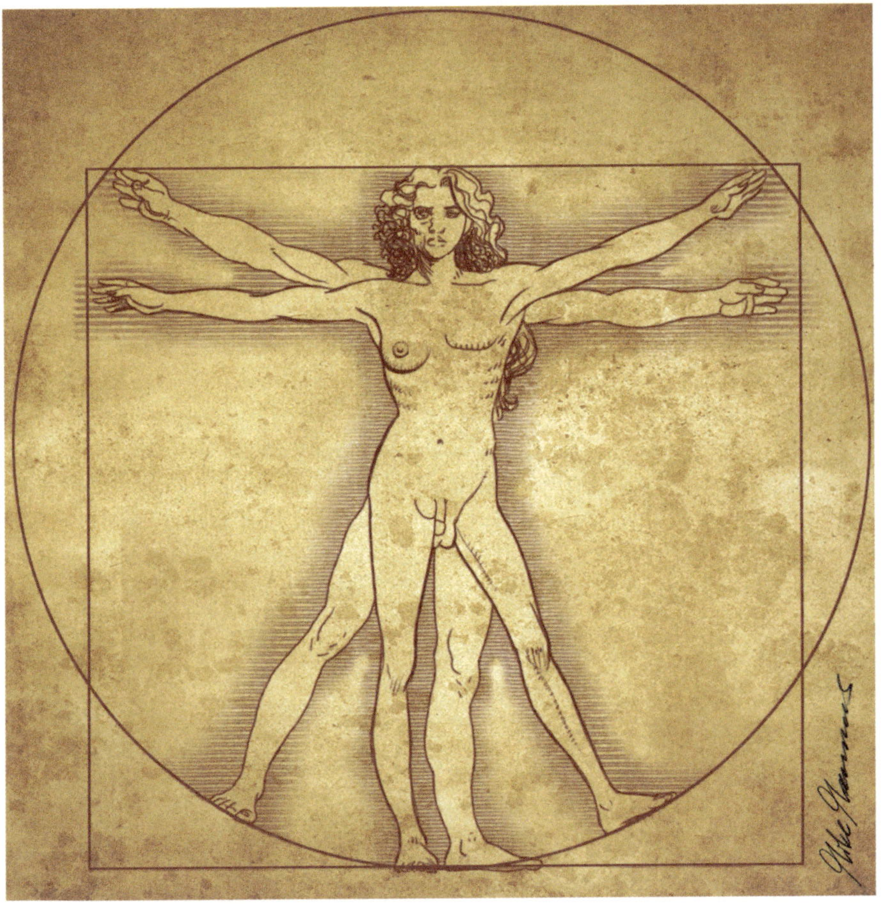

Und er war auch in seinem Lustempfinden nicht auf ein Geschlecht fixiert, ihm gefielen gleichwohl weibliche als auch männliche Mitmenschen. Aber wem hätte er das anvertrauen können? Barnabas war sein Freund, aber er scheute sich, ihm diese tiefen Empfindungen zu offenbaren aus Furcht, verspottet zu werden. Und es hatten sich auch bislang keine Gelegenheiten geboten, Liebesdinge zu erfahren; er war ja seit jeher ein Individualist, gehörte keinem Burschenverein und keiner Musikkapelle an, hatte außer Barnabas keine Freunde, da er den meisten Menschen aus dem Weg ging und im Gegenzug von fast allen gemieden wurde. Er musste aufgrund dieser Erkenntnisse weinen und schluchzte. Doch dieses Schluchzen erheiterte ihn auf der Stelle, es war ja auch ein wirklich sehr lustiges Geräusch. Er versuchte, nochmals absichtlich zu schluchzen, was ihm massiv misslang. Daraufhin konnte er nicht anders und lachte sich über sein eigenes Dasein kaputt. Während des nun einige Zeit anhaltenden Lachkrampfes überlegte er, ob er vielleicht in Wahrheit einfach nur unglaublich verrückt war. Glucksend fand er endlich seinen verdienten Schlaf.

2. Juni 1880

»Das Ensemble fürchtet sich. Bitte erklären Sie seiner Majestät, dass wir die Generalprobe unter keinen Umständen als Separatvorstellung spielen können.«

Der Regisseur war zornig erregt, seine Stimme bebte förmlich.

»Der König verlangt es aber«, erklärte Leibreitknecht Carsten ernst. »Ich verstehe Ihre Bedenken. Aber Seine Majestät verhält sich absolut zurückhaltend und dezent. Sie werden keinen Mucks von ihm vernehmen.«

»Das ist es ja. Wir wagen hier mit Henrik Ibsens Stück *Nora* eine kolossale Provokation. Die Schauspieler sind unfassbar aufgeregt, und allein die Vorstellung, dass der König wie ein Geist im Publikum sitzen wird, raubt den Akteuren und, offen gestanden auch mir, schon jetzt nahezu den Verstand.«

»Aber er ist immerhin der König von Bayern. Ich wüsste nicht, wie man ihm erklären soll, dass …«

»Mir ist zu Ohren gekommen, dass er bei manchen Passagen in anderen Stücken laut *Bravo* rief und bei Gefallen am Ende des letzten Aktes unausgesetzt zu applaudieren ansetzte, ja, mehrmaliges Verbeugen sämtlicher Mitwirkenden einforderte.«

»Gute Kunst soll ja auch gewürdigt werden. Nichts anderes ist die Absicht Seiner Majestät! Und er möchte dies in abgeschiedener Ungestörtheit genießen, indem er allein in der Fürstenloge sitzt. Gewöhnliche Gäste erträgt er nicht, er ist sehr sensibel, müssen Sie wissen.«

»Aber muss es denn unbedingt dieses revolutionäre Stück sein, in dem eine völlig unkonventionelle Sicht auf die Institution Ehe gezeigt wird? Kann er sich nicht *Der HerrGOTTschnitzer von Ammergau* meines lieben Freundes und Kollegen Ludwig Ganghofer im Gärtnerplatztheater ansehen?«

»Dieses Stück steht selbstverständlich ebenfalls auf dem Terminplan des Königs.«

»Der Autor und auch sein Kollege Ganghofer werden persönlich bei der Premiere anwesend sein.«

Leibreitknecht Carsten, der im Laufe der Jahre eine fast schon außergewöhnliche Stellung erreicht hatte, atmete leicht überfordert aus. »Was«, fragte er nach einer kurzen Denkpause, »ist denn außer dem Ehethema so außergewöhnlich an dem Theaterstück *Nora*?«

»Ich zitiere Ludwig Ganghofer. Er sagte, unsere Inszenierung würde die Seelen erschüttern! Es sei eine Vollendung! Er sprach von dem enormen Glück, eine Schar von Künstlern zu versammeln, unter denen sich für jede Gestalt des Stückes der jeweils vollkommene Darsteller gefunden habe. Gegebene Natur und meisterhaftes Können vereinigten sich in dieser Aufführung zu einer Harmonie und Wirkung ohnegleichen. Er durfte als Kollege einer Probe beiwohnen und …«

»Aha, Kollegen dürfen beiwohnen, Könige nicht! Wird hier mit zweierlei Maß gemessen?«

»Nein! Das Ensemble darf einfach nicht durcheinandergebracht werden, es muss sich konzentrieren. Wissen Sie, Ganghofer schwärmte geradezu und sagte, was er hörte und sah, umklammerte sein Herz, schnürte ihm die Kehle zu, machte ihn schwitzen und frieren, ließ ihn zittern mit allen Fasern seines jungen Lebens. Er fühlte: Da ist ein Neues, da ist ein starker und grandioser Mensch, der Tiefen aufreißt und Höhen zeigt, in Zorn verdammt und doch in Hoffnung begnadigen möchte, Morsches vernichtet und Würdiges erbauen will, die Menschen aufwärtszieht aus Schlamm und Ekel und für die Zukunft des Lebens klare, reinliche Straßen weist. Und dieses zerbrechliche Gut darf nicht durch die Gegenwart eines gespenstisch erscheinenden Monarchen gefährdet werden.«

»Leider muss ich Sie da enttäuschen«, sagte der Leibreitknecht Carsten und zuckte mit den Schultern.

»Meine Güte, kann der König denn nicht eine Woche nach der Premiere kommen? Wir spielen ihm auch gern eine Sondervorstellung.«

»Nein, das würde Seine Majestät niemals akzeptieren.«

Mit diesen Worten drehte sich Leibreitknecht Carsten um und beendete das Gespräch.

3. Oktober 1881

Wiggerl und Barnabas waren inzwischen beide siebzehn Jahre alt, hatten keinen wirklich ausgereiften Lebensplan, sprachen dagegen seit ihrem fünfzehnten Lebensjahr an mehreren Tagen der Woche kräftig dem Biere zu. Barnabas war mittlerweile etwas tapferer geworden. Der tollkühne Übermut seines Freundes, dessen Lachanfälle nur noch von Zeit zu Zeit auftraten, hatte etwas auf ihn abgefärbt; er war unbeschwerter und heiterer geworden. Oft mussten sie gemeinsam über merkwürdige Situationen oder Wörter kichern, was ihrer Freundschaft guttat, ihren Außenseiterstatus jedoch keinesfalls verbesserte.

Beide hatten nach der Beendigung ihrer Schulpflicht keinen Schimmer, wie sich ihr Berufsleben gestalten sollte, denn mit ihren ersten Gehversuchen in Schreinerei und Fischerei waren sie nicht zufrieden. Sie brauchten Geld für Wirtshausbesuche und folgten deshalb diversen Arbeitsangeboten. Barnabas hatte in der Zeitung eine Ausschreibung der Münchner Residenz entdeckt, die junge Männer als Küchenhilfen in der königlichen Küche suchte. Wiggerl war ja seit früher Kindheit vom Glanz des Königs beeindruckt und hätte sich nichts Schöneres vorstellen können, als dieser Tätigkeit nachzugehen. Auch seine Eltern würden vor Stolz vermutlich platzen. Also sprachen die jungen Männer eines Montagvormittags Anfang Oktober im Jahre 1881 in der Münchner Residenz vor. Sie trugen von den jeweiligen Vätern ausgeliehene dunkle Anzüge, die beiden Burschen etwas zu klein waren.

»Der Dienst beginnt um fünf Uhr nachmittags«, erklärte der oberste Hofküchenmeister den beiden Jungspunden. »Denn der König pflegt sehr spät aufzustehen. Zur Abenddämmerung muss ihm das Frühstück serviert werden. Hierzu bedarf es noch keiner Küchenkünste, er bevorzugt Hörnchen aus der Hofbäckerei und frisch gebrühten Kaffee. Danach arbeitet Seine Majestät. Gegen Mitternacht muss das Diner bereitstehen, der König ist sehr wählerisch, was die Speisen betrifft, darum gilt es, bei der Zubereitung keine Fehler zu machen. Ihre

Aufgabe ist also zunächst – neben einfachen Küchentätigkeiten – das Beobachten der Köche. Auch nach dem Diner heißt es wachsam zu sein, denn das Souper beinhaltet ebenfalls zahlreiche wissenswerte Details. Heute Nacht wird es neben einer aufgeschäumten Wildsuppe frische Flusskrebse in mit Calvados angereicherter Sahne geben, außerdem Rinderbouillon mit Nocken, indischen Reis an Renke aus dem Kochelsee, Blattsalate mit französischen Essigvariationen, Marzipan-Mousse in Schokoladensauce, Zimtgebäck, Vanille-Parfait mit Brombeeren und eine sanfte elsässische Käseauswahl. Die Herren erhalten außerdem eine kurze Unterweisung in die stets griffbereit stehenden Getränke, sprich: diverse Weine aus europäischen Regionen, unterschiedliche Quellwassersorten und die englischen Teegattungen.«

Sowohl Barnabas als auch Wiggerl rauchte bereits bei dieser Einführung der Kopf. Durch die Worte des Hofküchenmeisters war jegliche Hochstimmung verflogen. Die Burschen hatten weder Lust noch Muße, sich diesen enorm umfangreichen Anforderungen auszusetzen. So kam es, dass sie nicht, wie vereinbart, um fünf Uhr nachmittags in der Residenz erschienen, sondern bereits seit den Mittagsstunden auf dem gerade zufällig stattfindenden Oktoberfest in der neu eröffneten Ochsenbraterei hockten und sich vom Reisegeld, das ihnen die Eltern mitgegeben hatten, reichlich mit kühlem Sommerlagerbier betranken und mit Bratwürsten satt aßen.

Um sich etwas zu entspannen, flanierten sie nach der dritten Maß Bier über das Festgelände auf der Münchner Theresienwiese. Dort war Verschiedenes zu bestaunen, unter anderem gab es eine Ausstellung zu Trinkgefäßen aller Art, angefangen von Pokalen, Vasen, Bowlegefäßen, geschliffenen Wein-, Wasser-, Eis-, Punsch- und Liqueurgläsern, sowie etwa einhundertfünfzig bemalten, gravierten und beschlagenen Bierkrügen. Daneben wurden Leinen- und Baumwollstoffe in Form von Tischdecken, Vorhängen, Strümpfen, Korsetts, bestickten Unterjacken, aber auch Trachtenmoden für Damen und Herren feilgeboten. An einem riesigen Spieß wurde ein ganzer Ochse am offenen Feuer geröstet. Ein kräftiger Mann übergoss das knusprig gebratene Fleisch von Zeit zu Zeit mit Bier, es roch köstlich, und zahlreiche Passanten blieben stehen, um sich dieses beeindruckende Schauspiel anzusehen.

An einem Stand stellte ein Optiker, der sich »Hoflieferant« nannte, diverse Fernrohre, Brillen, Zwicker, Thermometer, Barometer und Feldstecher aus. Es gab Luftschaukeln, Schaubuden, Musiktribünen, Karussells, Stätten zur Verrichtung der Notdurft, Heringsbrater, Wurststände, ein Rettungszelt, ein Wachzelt, eine landwirtschaftliche Ausstellung mit Pflügen und einer elektrisch betriebenen Molkerei, Schießstände, Glücksräder, Zigarrenverkäufer, ein monströses Aquarium mit allerlei Wassergetier und, das imponierte Wiggerl besonders, eine Völkerschau mit echten Sioux-Indianern. Auf großen Schautafeln

wurde über die Herkunft dieses eindrucksvollen Volkes berichtet, über ihre sozialen Rollen, die nicht, wie in Bayern üblich, klare Definitionen zu den Aufgaben von Männern und Frauen hatten, sondern sich sämtliche Dinge des Lebens aufteilten, ja, selbst in der Wahl ihrer Bekleidung nicht an das jeweilige Geschlecht gebunden waren. Wiggerl war geradezu entzückt ob dieser Idee einer völlig losgelösten, freien Lebensform. Andererseits entsetzte ihn die Zurschaustellung von Menschen, als wären es Gemälde oder Skulpturen. Es musste doch ganz schön mühsam und kräftezehrend sein, den ganzen Tag in der Stammestracht herumzustehen und sich von Schaulustigen begaffen zu lassen! Aber womöglich bekamen diese Leute ja ein schönes Geld fürs Herumstehen, sodass Wiggerl nicht länger in diesem kurzen Anflug von Empörung verharrte, sondern seine Aufmerksamkeit weiteren Attraktionen widmete.

In einer Bierbude wurde Märzenbier angeboten, das hatten die beiden Freunde noch niemals getrunken. Der Spaziergang hatte sie durstig gemacht, also setzten sie sich zu einer Gruppe von Besuchern und bestellten sich zwei Krüge. Es schmeckte köstlich, schon der erste Schluck löste Hochstimmung aus. An ihrem Tisch waren zwei Herren, einer mit einem weißen Bart, der andere war wohl Wachtmeister des Königlich Bayerischen Gendarmeriekorps, denn neben seinem Bier im grauen Steinzeugkrug lagen ein Paar weißer Handschuhe und eine Schildmütze auf dem Tisch. Sein gezwirbelter Schnurrbart strahlte Erhabenheit und Strenge aus. Anhand seiner knollig verdickten, blauroten Nase mit vielen feinen Äderchen konnte man davon ausgehen, dass er ein Freund des Gerstensaftes war. Er öffnete in regelmäßigen Abständen eine ovale Schnupftabakdose, um mit Daumen und Zeigefinger eine kleine Prise herauszunehmen, die er dann genüsslich verschnupfte.

Die Laune war ausgezeichnet, der Mann mit dem weißen Bart hatte seinen Maßkrug leer getrunken und bestellte sich bei der Bedienung einen weiteren.

»Schön ists!«, sagte er zufrieden und prostete in die Runde. »Habts ihr heut frei?«

»Quasi«, sagte Wiggerl und machte wieder einmal das schnaubende Geräusch eines Rosses. »Es schmeckt halt einfach so gut, das Münchner Bier!«

»Des stimmt! Mei, als ich so alt war wie ihr, war ich Teil der Bierrevolution. Habts ihr davon schon amal gehört?«

»Nein, was ist das gewesen?«

»Der Herr Gendarm wird den Begriff kennen, schätz ich?«

»Freilich sagt mir das was«, bestätigte der Gendarm. »Obwohl ich damals noch ein Kind war. Aber das war seinerzeit ja eine berühmte Angelegenheit.«

»Und um was ist es gegangen?«, fragte Barnabas.

»Wir sind damals gegen die Bierpreiserhöhung vom König Ludwig aufgestanden«, sprach der ältere Herr mit dem Bart.

»König Ludwig?«, fragte Wiggerl. »Der Erste?«

»Genau! Der Großvater vom jetzigen König Ludwig. Ja, und der hat halt gemeint, er müsste das Bier wegen der Rohstoffknappheit um einen Kreuzer erhöhen, also von sechseinhalb auf siebeneinhalb Kreuzer. Das war damals eine Menge Geld. Kurz zuvor hat er schon den Preis fürs Brot teurer gemacht, das war gerade noch hinzunehmen. Aber den Bierpreis höher machen, ging dann doch zu weit.«

»Und wie habt ihr darauf reagiert?«

»Wir haben ein Mordsspektakel veranstaltet, es ging los mit Krawallen in der Innenstadt. Mindestens fünftausend Leut waren da dabei.«

»Da darf ich kurz korrigieren«, sagte der Gendarm. »Es waren offiziell rund zweitausend Bürger beteiligt.«

»Ja, das haben sie dann nachträglich so gedreht, damit die Bedeutung schwächer wird. Aber es waren fünftausend oder mehr, das dürft ihr mir glauben, ich war schließlich dabei! Na ja, da ist schon ganz schön ein Krawall ausgebrochen. Wir haben die Brauereien gestürmt,

Scheiben eingeschmissen und das Mobiliar in den Wirtshäusern kaputt gehauen. Es wurde sofort das Militär verständigt, die waren aber auf unserer Seite und haben den Befehl verweigert. Das waren noch harte Burschen damals.«

»Na, na«, verteidigte sich der Gendarm mit hochgezogenen Augenbrauen und scherzhaft erhobenem Zeigefinger. »Wir sind auch heut noch harte Burschen.«

»Von mir aus«, sagte der Alte. »Jedenfalls hat der König nach ein paar Tagen aufgegeben und die Erhöhung zurückgenommen. Und ein halbes Jahr später hat er den Bierpreis sogar gesenkt! Von sechseinhalb auf fünf Kreuzer! Das hat uns natürlich gefreut!«

»Ludwig der Erste hat sich ja im Gegensatz zum heutigen König noch für sein Volk interessiert. Der jetzige mag lieber Schlösser bauen, aber der Bierpreis schert den nicht«, sagte der Gendarm.

»Er denkt halt an die Zukunft«, widersprach Wiggerl. »Ich glaub kaum, dass eine Bierpreissenkung in den Geschichtsbüchern eine große Rolle spielt, prunkvolle Schlösser vermutlich schon eher.«

»Aber da hat der Herr Gendarm schon recht«, sagte der Alte. »Ludwig I. fand es einfach vernünftig, dem Militär und der arbeitenden Klasse einen wohlfeilen Trunk zu bieten. Wir waren damals schon sehr aufmüpfig, das hat die Obrigkeit beeindruckt.«

»Wann war denn das eigentlich?«, fragte Barnabas.

»1844«, sagte der Alte.

»Geh, so alt sind Sie doch noch gar nicht«, schmeichelte Barnabas.

»Wie alt schätzt mich denn?«

»Vielleicht fünfundvierzig.«

»Falsch! Ich werd im Frühjahr achtundsechzig!«

»Gut gehalten!«

»Danke!«

»Dann sind Sie Pensionär?«, fragte Wiggerl.

»Nein, ich arbeit immer noch ein bisserl.«

»Und in welchem Gewerbe?«

»Ich bin ein Hellseher.«

Der Gendarm, der die ganze Zeit nur mit einem halben Ohr zugehört hatte, wurde auf einen Schlag hellwach. Hellseher waren oftmals Betrüger, die ehrbaren Menschen das Geld aus der Tasche ziehen, das wusste er.

»A geh, ein Hellseher wollen Sie sein? Und damit verdienen Sie Geld?«

»Ist da jemand misstrauisch?«, fragte der Alte. »Das brauchens nicht, ich hab eine feste Kundschaft, die mich ernährt. Am Biertisch sag ich die Zukunft umsonst voraus.«

»Das ist gut. Umsonst hör ich mir das an«, sagte der Gendarm und hielt den Krug zum Prosit hoch. »Schießen Sie los.«

»Wollen die jungen Männer auch etwas erfahren?«

Wiggerl wusste, dass Barnabas wenig von solchen Sachen hielt, aber ihn interessierte es, sodass er Barnabas unter dem Tisch anstieß, damit er seine Skepsis für sich behielt.

»Ja, unbedingt!«, sagte Wiggerl.

»Gut«, sprach der Alte. »Ich sag euch ein bisserl was. Es schaut einerseits gut aus, andererseits schlecht. Gut ist, dass sehr bald auch einfache Leute eine Stimme bekommen werden und die Macht ganz anders verteilt werden wird. Das ist aber andererseits wieder schlecht, weil es vielen Menschen nicht bekommt, wenn man ihnen Macht gibt. Viele werden von der Hoffart befallen sein.«

»Hoffart?«, fragte Barnabas.

»Das ist ein anderer Begriff für Hochmut oder übertriebenen Stolz«, erklärte der Alte. »Männerleut und Weiberleut aus allen Verhältnissen, von den Armen bis zu den Reichen, werden Kleider in sämtlichen Farben tragen und wie die Gänse überall ihre Spuren hinterlassen. Bauern werden sich wie die Städtischen kleiden und ihren ganzen Dreck liegen lassen. Menschen werden die einsamen Berge besuchen und besudeln, keine schöne Gegend wird vor ihnen sicher sein, sie werden sich wie die Geißen herumtreiben, und kaum jemand kann sich vor ihnen schützen.«

»Und wann soll das eintreten?«

»Das kann ich nicht mit Bestimmtheit sagen. Vielleicht in fünfzig Jahren, vielleicht in hundert. Aber Vorboten werdet ihr schon noch erleben.«

»Das ist aber schon ein rechter Schmarrn, den Sie daherreden«, erboste sich der Gendarm. »Sie machen die jungen Leute ja völlig narrisch mit dem Krampf.«

»Ihr wolltet es wissen, drum hab ich es gesagt.«

»Mich würd interessieren, was die nahe Zukunft bringt«, sagte Wiggerl.

»Das kann ich euch schon sagen. Gleich wenn das nächste Jahr beginnt, wird es in Frankreich eine schlimme Geldkrise geben. Außerdem wird ein Arzt noch vor dem Osterfest den Erreger der Tuberkulose entdecken, und ein lange gesuchter amerikanischer Bandit wird durch eine Waffe zu Tode kommen. Falls ihr mal Fragen habt, kommt gern vorbei. Ich sitze normalerweise jeden Donnerstag und jeden Freitag ab Mittag im Hofbräuhaus, gleich rechts neben dem Eingang. Ich bin dort bekannt. Mein Name ist Wolken-Beppi. Ich wünsche noch einen schönen Tag!«

Der Mann setzte den Maßkrug an, trank den Rest in einem Zug aus, zog einen grauen Janker mit Hirschhornknöpfen an, stand auf und empfahl sich.

Der Gendarm blickte zu Wiggerl und Barnabas herüber.

»Ich glaub, das war nur ein Wichtigmacher«, sagte er und hielt den beiden höflich die geöffnete Schnupftabakdose hin. Seine Augen waren glasig, dennoch verriet sein Mienenspiel, dass er nicht nur aus Höflichkeit eine Prise ausgab, sondern noch irgendetwas anderes im Schilde führte. Die zwei inzwischen sehr angeheiterten und von den Worten des Hellsehers aufgekratzten Burschen bedienten sich an dem dunkelbraunen, angenehm minzig schmeckenden Pulver, das ihre Nasenwände erfrischend umschmeichelte, dann erhoben alle drei die Krüge zu einem weiteren Prosit.

»A scheens Presterl![7] Wo kemmts es na her?«[8], wollte ihr Gegenüber wissen. Er lallte leicht.

7 Ein schönes Prosit!

8 »Erlauben Sie mir, auf der Herren Wohl zu trinken! Woher stammen Sie?«

»Aus dem Großraum Starnberg«, antwortete Wiggerl artig.

»Es ist schon ein Kreuz mit dem Saufen«, fuhr der Gendarm fort. »Man gibt einen Haufen Geld dafür aus, dass man die Madame für eine Zeit lang vergessen kann, und kaum kommt man besoffen heim, sieht man sie doppelt.«

Die beiden Freunde lachten. Der Gendarm lachte nicht, plauderte aber heiter weiter.

»Die Weiber meinen allerweil, der Rausch wär ein Vergnügen! Oh mei. Wie schauts aus, trinken wir endlich mal?«

Man stieß an, und alle drei nahmen erneut einen kräftigen Schluck.

»Seid ihr extra fürs Oktoberfest in die Stadt gefahren?«

»Nein«, sagte Wiggerl. »Wir wollten uns als Köche in der Residenz bewerben.«

»Beim Kini?«

»Genau. Aber das war nix.«

»Seids froh. Unser Kini hat einen gewaltigen Dachschaden. Der teilt seine Schlafstätte mit den Dienern.«

»Wirklich?«

Wiggerl bekam schlagartig Sinnesverzückung. Auch wenn das Gesagte den König beleidigte. Doch die Vorstellung des Teilens der Schlafstätte mit dem König gefiel ihm.

»Wenn ichs euch sag. Der hat sich nur als Alibi verlobt, der hat nix für Weiber übrig. Außerdem interessiert er sich nicht für Politik, wie es sich gehören würde, sondern nur für Orchestermusik und irgendwelche wahnsinnigen Bauprojekte. Mit seiner Verschwendungssucht ruiniert der noch ganz Bayern.«

»Aber er schenkt seinem Volk doch schöne Schlösser«, verteidigte Wiggerl seinen geliebten Regenten.

»Wenn die Staatskasse leer ist, helfen einem Schlösser auch nicht weiter. Das nimmt kein gutes Ende mit dem, des sag ich euch. Prost!«

Erneut hoben sie die Krüge und tranken.

»Wir suchen grad kräftige Burschen für den Gendarmeriedienst. Habts kein Interesse?«

»Oh, also, wir …«

»Das ist ein hochinteressanter Beruf, man ist Freund und Helfer zugleich, die Kameradschaft wird großgeschrieben, und im Wachzimmer ist auch zur Winterszeit schön eingeheizt. Ich kann euch nur dazu anraten.«

»Glauben Sie, dass wir dafür geeignet sind?«

»Freilich! Ihr seid jung und stark, und ich hoffe doch, auch sittsam?«

Der Gendarm funkelte die beiden listig an. Wiggerl errötete leicht.

»Ja, klar sind wir sittsam«, bekannte Barnabas.

»Dann sehen wir uns nächste Woche in der Brucker Gendarmerieschule, ja? Montag früh um acht. Wartets, ich schreib euch die Adresse auf.«

»Da müssen wir erst noch überleg ...«

»Keine Widerrede! Kommts vorbei, es wird euer Schaden nicht sein! Los, Handschlag!«

Die beiden Freunde waren überrumpelt. Und es war ungemein aufregend. Bald würden sie eine feine Uniform tragen und eine ehrenhafte Aufgabe für das Land Bayern übernehmen.

24. Oktober 1881

Wiggerl und Barnabas wurden frühmorgens in der Gendarmerieschule, die sich in einer Kaserne in Fürstenfeldbruck befand, vorstellig. Wiggerls Vater hatte mehrere Male mit der Münchner Gendarmerie hin und her telegrafiert, bis alle Informationen eingeholt waren. Dann wurde ein Bewerbungsschreiben verschickt, dem wenige Tage später die offiziellen Einladungsbriefe zum Eintritt in die Gendarmerieschule folgten.

Beide Burschen waren sehr aufgeregt, trugen Sonntagsanzüge und hatten jeder dreihundert Mark von den Eltern bekommen, weil ihnen der Gendarm auf dem Oktoberfest gesagt hatte, dass sie verschiedene Sachen wie Dienstkleidung bei Beginn der Ausbildung kaufen müssten. In der Kaserne roch es nach einer Mischung aus abgestandenem Fett und verschiedenen Gewürzen, deren Bukett sich in die Wände eingebrannt hatte. Es galt, endlose Gänge zu durchschreiten, bis sie endlich in der Amtsstube ankamen. Dort mussten sie eine Menge Formulare ausfüllen und sich verschiedenen ärztlichen Untersuchungen unterziehen. Ein grauhaariger Herr mit Monokel und weißem Kittel empfing die beiden Neulinge.

»Bitte Schuhe, Hemd, Strümpfe und Hose ausziehen!«, befahl der Doktor.

»Aber ich hab nix drunter«, sorgte sich Barnabas.

»Des macht nix, es wird dir schon nix weggeschaut werden!«

Die beiden Freunde entkleideten sich, sodass Barnabas splitternackt dastand, während Wiggerl eine knielange helle Männerunterhose trug, mit Bundschnur, Knöpfen und einer Öffnung an der Vorderseite, die sein Vater *Eingriff* und Wiggerl selbst *Hosenstall* nannte.

Der Arzt marschierte um die beiden jungen Männer herum und musterte ihre Körper mit strengem Blick, was Wiggerl amüsant, Barnabas hingegen ausgesprochen peinlich fand.

»Angehende Gendarmen«, referierte der Arzt, nachdem er wieder vor den zwei Neulingen stand, »müssen leiblich und geistig gefestigt sein und eine gewisse sittliche Reife besitzen. Der Einsatz im Außen-, Wechsel- und Schichtdienst erfordert körperliche Belastbarkeit, auch, weil es durchaus zum körperlichen Einsatz gegen Personen oder den Gebrauch von Waffe oder Säbel kommen kann. Der Selbstschutz steht immer im Vordergrund. Zunächst werde ich die allgemeinen Daten erfassen. Name!«

Ruckartig warf er den Kopf in den Nacken, sodass seine Nasenspitze kurz auf Wiggerl deutete.

»Staudacher Ludwig.«

»Guad!« Er notierte Wiggerls Namen. »Name!«

Wieder warf er den Kopf nach hinten, diesmal zeigte seine Nasenspitze auf Barnabas.

»Sedlmayr Barnabas!«

»Danke schön! Jetzt bitte nacheinander auf die Waage.«

Wiggerl wog siebenundsiebzig Kilogramm, während Barnabas nur dreiundsiebzig Kilogramm auf die Waage brachte. Alsdann stellten sich beide an eine Wand, auf der ein Metermaß angebracht war. Wiggerl war einen Meter zweiundsiebzig groß und Barnabas einen Meter dreiundachtzig.

»Wie kann des sein, dass du so viel größer bist, aber viel weniger wiegst als ich?«, wunderte sich Wiggerl.

»Weil du a Unterhosn anhast, die wiegt ja sicher einiges.«

Beide fingen an zu kichern, was den Arzt wütend werden ließ.

»Da wird nicht gelacht, sonst könnts gleich wieder in euer Kuhdorf fahren, ihr Bauernfünfer!«, keifte der Doktor.

Es folgten Hör- und Sehtests, dann wurde die Lunge mit einem eiskalten Stethoskop abgehorcht, die Wirbelsäule in vorgebeugter Haltung kontrolliert und Muskulatur sowie Organe abgetastet. Barnabas hielt sich die gesamte Zeit mit den Händen sein relativ groß wirkendes Geschlecht zu, dennoch konnte Wiggerl ein paar Blicke darauf werfen. Allerdings bekam er hierdurch keine Sinnesverzückung, da er zu Barnabas rein freundschaftliche, fast brüderliche Gefühle hatte. Nun wurden mit einem Gummihammer die Knie-Reflexe geprüft. Als Letztes kontrollierte der Arzt noch Gebiss und einzelne Zähne, was

Wiggerl erheiterte, weil er so etwas bisher nur bei Pferden gesehen hatte. Er riss sich aber zusammen, damit er nicht erneut durch Kichern auffallen würde.

»Ihr seid tauglich! Ein Junggendarm wird euch eure Kammer zeigen.«

Sie bezogen ihr im zweiten Stock der Kaserne gelegenes Zimmer, in dem zwei Stockbetten standen.

»Wohnen hier noch andere?«, fragte Barnabas.

»Im Augenblick wohnt hier nur ihr«, sagte der Junggendarm, »aber in einer Stunde kommen noch zwei Neulinge. Wenn sie die Untersuchung beim Arzt bestehen, werden die bei euch einquartiert.«

»Wenn mich demnächst jemand im Wirtshaus nach meiner Tätigkeit fragt, was sag ich denn da?«, fragte Wiggerl. »Weil ich bin ja dann noch kein fertiger Gendarm.«

»Sagst halt *Gendarm in Ausbildung!*«

Sie bezogen ihre Betten, und der Junggendarm zeigte ihnen das Gebäude, die Toiletten, die Waschräume, die verschiedenen Eingänge und eine große Rasenfläche hinter dem Gebäude, die der Übungsplatz war.

In der Kleiderkammer bekamen sie ihre Uniformen ausgehändigt, die im Voraus bezahlt werden mussten. Die Uniform bestand aus einem grünen Uniformrock mit hohem, geschlossenem Kragen, Kragenspiegel, militärischen Schulterklappen, einem hohen schwarzen Tschako[9] mit Nackenschirm sowie schwarzen Schaftstiefeln mit Ledergamaschen. Der Tschako war aus Filz, Leder, Pappe und Wachstuchbezug gefertigt und hatte einen metallenen Kinnriemen mit Schuppenkette.

»Bitte in sämtliche Uniformteile, Stiefel und Kopfbedeckung zeitnah Namensschilder einzunähen«, sagte der Junggendarm.

Neben Wiggerl und Barnabas standen zwei junge Männer. Beide hatten blondes, kurz geschorenes Haar und hellblonden Flaum auf der Oberlippe, der wohl eines Tages ein Schnurrbart werden sollte.

9 Tschako = militärische Kopfbedeckung konischer Form

Der Kleinere der beiden war etwas rundlich, der Größere ziemlich kräftig gebaut.

»Man muss bei dem Eid drei Finger der rechten Hand spreizen«, erklärte der Rundliche.

»Ja, aber der Daumen muss den Ringfinger bedecken«, vervollständigte der Kräftigere.

»Das ist völlig egal, es geht drum, die Dreifaltigkeit zu zeigen.«

»Wer behauptet das?«

»Das weiß jedes Kind!«

»Heißt das, ich bin dumm?«

Der Kräftigere schaute sein Gegenüber drohend an.

»Ja freilich bist du dumm!«, antwortete der Rundliche. »Der Papa hat schon allerweil gesagt, dass von zwei Brüdern immer einer gescheiter ist und einer halt dumm.«

»Des hat der Papa nicht gesagt.«

»Doch, du Depp.«

Sofort fingen sie an, sich gegenseitig an den Haaren zu ziehen. Der Junggendarm griff ein.

»Auseinander!«, rief er und schlichtete. »Darf ich vorstellen, des san die Brüder Amnesbichler, Georg und Hans. Und des san der Staudacher Ludwig und der Sedlmayr Barnabas. Ihr bewohnt das gleiche Zimmer.«

Georg und Hans gingen auseinander. Höflich schüttelten sie die Hände ihrer neuen Mitbewohner.

»Servus. I bin der Barnabas.«

»Servus, i bin der Wiggerl.«

»Gfreit mi. Sepp.«

»Gfreit mi aa, i bin der Schorsch.«

Die Uniformen, Schuhe und Stiefel wurden genau angepasst und sahen schneidig aus.

»Und, passen die Knobelbecher?«, fragte Sepp.

»Wer?«, fragte Barnabas zurück.

»Die Stiefel!«

»Ja!«, sagte Barnabas, obwohl sie etwas drückten.

In einem separaten Kassenraum musste die Rechnung gegen Quittung bezahlt werden.

»Die Uniform kostet samt Schuhe einhundertneunundsiebzig Mark«, erklärte der Junggendarm.

»Wie viel verdienen wir eigentlich noch mal?«, fragte Sepp.

»Während der zweijährigen Ausbildung beträgt der Jahresverdienst neunhundertzweiundvierzig Mark. Danach steigert sich der Verdienst je nach Dienstgrad.«

Nach dem Bezahlvorgang brachte der Junggendarm die vier Burschen in ein Amtszimmer, um den Eid zu schwören. Wiggerl fing an.

»Ich, Ludwig Staudacher, schwöre zu GOTT dem Allwissenden und Allmächtigen einen leiblichen Eid, dass ich dem König von Bayern, Ludwig II., meinem allergnädigsten Landesherrn, in allen und jeden Vorfällen zu Lande und zu Wasser, zu Kriegs- und zu Friedenszeiten getreu und redlich zu dienen entschlossen bin.«

Diese Situation war für Wiggerl äußerst belustigend, so konnte er wieder einmal ein schallendes, längeres Gelächter nicht unterdrücken. Der Beamte, der ihm den Eid abnehmen sollte, reagierte äußerst verunsichert.

«Ich will die mir vorgelesenen Regeln überall befolgen, hahaha … und mich in Ausübung meiner sämtlichen, hihi, sämtlichen, hihihihi, sämtlichen …Pflichten jederzeit so betragen, wie es einem ehrliebenden und unverzagten Gendarmen eignet und gebühret. So wahr mir GOTT helfe! Hahahaha!«

»Aber sonst geht's Ihnen schon noch gut?«, fragte der Beamte scharf.

»Ja, bitte verzeihen Sie, aber ich musste irgendwie gerade so lachen.«

»Das ist mir schon aufgefallen. Wenn Ihnen das mal nicht bei einer Verhaftung eines Verbrechers passiert, Sie repräsentieren schließlich die Exekutive des Landes Bayern!«

»Jawoll, ich versuch … hahaha … versuch … mich daran zu hihihi … halten.« Barnabas stand mit hochrotem Kopf daneben und schämte sich fürchterlich.

Später aßen sie gemeinsam im Kasino zu Abend. Es gab saures Lüngerl mit Semmelknödeln und Früchtetee. Bier war nur den Älteren erlaubt, ein Umstand, der Wiggerl, Barnabas, Sepp und Schorsch stark beunruhigte.

24. Oktober 1881

»Es muss doch einen fachkundigen Dentisten geben, meine Güte, laufen denn in Bayern nur noch Scharlatane herum?«

Der König war außer sich. Er litt seit Wochen unter schrecklichen Zahnschmerzen und war mittlerweile bei drei Experten gewesen, die ihm sämtlich rieten, den Verzehr von Unmengen Süßigkeiten unverzüglich einzustellen. Das sah der Monarch jedoch nicht ein, er liebte jede Form von Schokolade, Kuchen, orientalisches Gebäck, Speiseeis, Zuckerwerk und Pralinen wie sonst fast keine Speise und wollte nicht akzeptieren, dass auch Monarchen unter gesundheitlichen Problemen leiden können.

»Diese Gebissarbeiter benötigen ja nicht einmal ein Studium, jeder Breznsalzer kann sich Zahnarzt nennen. Sind denn da nur noch Barbiere, Friseure, Gastwirte, Porzellanreisende, Goldarbeiter, Malergehilfen, Buchhändler, Lazarettverwalter, Kreisgerichtssekretäre, Kegelbahnwirte, Drechslergesellen, Kaminfeger und Invaliden zugange? Es kann doch nicht des Rätsels einzige Lösung sein, dass der König von Bayern auf süße Köstlichkeiten verzichten soll!«

Die Wanduhr schlug zehn Uhr abends. Die Schlafgewohnheiten Ludwigs hatten zur Folge, dass man hinter seinem Rücken vom »Mondkönig« sprach. Er war wie immer gegen sechs Uhr abends aufgestanden, hatte ein Bad genommen und sich zum Frühstück mit Vanillecreme und gemahlenen Mandeln gefüllte Crêpes auf Cidre-Schaum servieren lassen, nach deren Verzehr seine Zahnschmerzen erneut einsetzten.

»Diese verfluchten Nelken helfen überhaupt nix! Der ganze Kiefer schmerzt mir!«

»Vielleicht soll ich Eurer Majestät Opium bringen lassen?«, fragte Leibreitknecht Carsten.

»Meint Er, das hilft?«

Ludwig blickte zu Carsten hinüber wie ein Kind, das zum ersten Mal Schnee erblickt.

»Ich vermute, es wirkt gegen jede Art von Schmerzen.«

»Mir war es bislang nur als Mittel bei Schlafstörungen, Husten und gegen die grässliche Angewohnheit der Selbstbefriedigung bekannt. Aber wenn Ihr meint, schafft welches her! Wir wollen doch einen Ausflug nach Seefeld unternehmen, da kann ich keine Schmerzen gebrauchen!«

Sogleich wurde eine kleine Flasche mit süßlichem Saft gereicht. Der König öffnete den Verschluss, schnupperte, schloss die Augen und trank das Fläschchen ohne Hast aus. Das Opium wirkte rasch, die Laune Ludwigs II. verbesserte sich, möglicherweise auch durch die berauschende Wirkung der Droge. Das war gut, denn es war eine nächtliche Kutschfahrt mit dem Theaterdarsteller Joseph Kainz vom Schloss Berg an den Pilsensee bei Herrsching geplant. Der schlanke Schauspieler sollte nach einer nächtlichen Mahlzeit am Ufer einen Auszug aus dem Drama *Marion de Lorme* von Victor Hugo darbieten. Der König war seit einer kürzlich besuchten Privatvorstellung des großen Mimen ein begeisterter Anhänger von Kainz in der Rolle des Draufgängers Didier, der im Stück eine Liebesbeziehung mit dem Marquis de Saverny eingeht. Der König war begeistert und schenkte Kainz direkt nach der Vorstellung in der Künstlergarderobe einen wertvollen Brillantring und bot ihm eine schöne Summe für mehrere Privatvorstellungen. Kainz nahm das verlockende Angebot an und begleitete den König seither als Vortragskünstler auf vielen Reisen, unter anderem waren sie kürzlich in der Schweiz gewesen.

»Ich sehne mich nach dem Geruch des Wassers vom Pilsensee! Lasst Kainz kommen und die Kutsche vorfahren!«

»Sehr wohl, Majestät«, sagte Leibreitknecht Carsten und eilte zu den Gasträumen, in denen der Schauspieler sein Quartier bezogen hatte. Doch auf das energische Klopfen des Bediensteten erfolgte keine Reaktion. Carsten klopfte erneut. Ein leises Rascheln war zu hören. Dann die leicht gedämpft klingende Stimme von Kainz.

»Ich bin sehr müde. Bittet Eure Majestät, diesmal ohne mich zu fahren. Ich muss mich ausruhen, es stehen bald zeitfordernde Proben an«, krächzte Kainz durch die verschlossene Tür.

»Seine Majestät duldet, wie Ihr wisst, keinerlei Änderung seiner Pläne.«

»Aber ich bin bereits im Schlafgewand.«

»So bitte ich Euch inständig, so rasch es geht, Ihre Reisekleidung anzulegen. Die Kutsche soll in Kürze losfahren!«

Zähneknirschend beugte sich Joseph Kainz seinem Schicksal. Schweigend saß der gerade erst Dreiundzwanzigjährige eine Viertelstunde später neben Ludwig II. in der fahrenden Kutsche, was aber kein unnormaler Zustand war, da der König unterwegs nur wenig sprach. Es waren insgesamt drei Fahrzeuge unterwegs: eine Küchenkutsche mit zwei Köchen, die Kutsche des Königs und eine Gefolgskutsche mit vier Dienern.

»Sehen Sie einmal, der klare Himmel, lieber Didier«, sprach der Regent. Er wusste, dass Kainz es überhaupt nicht leiden konnte, wenn er als Privatperson mit einem Rollennamen angesprochen wurde, besonders bei Ludwig störte es ihn, da er wusste, dass der König die Fiktion des Theaters gerne mit der Realität verwob und Kainz am liebsten ununterbrochen in der Rolle des Didier gesehen hätte. Die gleichgeschlechtlichen Tendenzen des Königs waren überall bekannt, und es wurde gemunkelt, dass er sich nach einer liebenden Männerfreundschaft sehne, wenngleich es keinerlei Hinweise auf die tatsächliche Ausübung seiner Neigungen gab. Allerdings wurde Kainz geradezu mit Aufmerksamkeiten wie diamantenbesetzten Uhren, einem goldenen *Traumbecher* und einem Zigarrenetui aus Elfenbein bedacht.

Endlich kamen die Kutschen am Pilsensee an. Während die Köche einen Tisch und zwei Stühle für das bescheidene viergängige kalte Buffet aufstellten, machten Ludwig, Kainz, Leibreitknecht Carsten und zwei weitere Diener einen kurzen Spaziergang am Seeufer. Dann wurde gespeist. Schließlich stellte man den Stuhl des Königs so auf, dass er auf einen zum See hinführenden Steg blicken konnte, auf den sich Kainz stellen und rezitieren musste.

»Ich tue, was ich will, will aber, was ich muss«, sprach Joseph Kainz mit sonorer, kraftvoller Stimme. *»Bin ich nicht frei?«*

Ludwig atmete tief ein und aus. Er war geradezu ergriffen von dem nur für ihn dargebotenen Drama.

»Frei?«, rief Kainz. *»Frei? Sag mir, sind's jene auch, sie, deren Herzen Du gefesselt hältst?«*

Sanft wehte der Nachtwind durch die schön frisierten Locken des Königs. Die Zahnschmerzen waren vergessen. Das Opium wirkte nach wie vor. Ludwig lächelte.

11. April 1882

Die Grundausbildung war ausgesprochen hart. Wiggerl und seine Kameraden mussten täglich in aller HerrGOTTsfrühe aufstehen, stundenlang über den Kasernenhof rennen, Schieß- und Fechtübungen machen, Einsätze wie Theaterstücke einstudieren, Faustkämpfe überstehen, bei jedem Wetter, sei es Regen, Schnee oder Eis, im Freien agieren und bei all diesen Tätigkeiten eine tadel- und schadlose Uniform behalten. Einige Male standen die beiden Freunde kurz davor, den Dienst zu quittieren, stärkten einander dann aber selbst und zogen ihr Vorhaben durch. Am schlimmsten war der täglich um sechs Uhr morgens stattfindende »Weckruf«, bei dem auf dem Hof durch ein Horn eine kurze Marschmelodie geblasen wurde. Danach war zehn Minuten Zeit fürs Aufstehen, Bettmachen, Waschen, Ankleiden. Da allein die Stiefel ein paar Minuten in Anspruch nahmen, hatte sich Wiggerl einen Wecker mitgebracht, der immer schon zehn vor sechs läutete. Das wiederum störte die Gebrüder Amnesbichler, die allerdings aufgrund ihrer Aktivitäten zur Schlafenszeit keinerlei Gehör fanden. Aber das arg frühe Aufstehen schlauchte schon sehr.

Barnabas, der oft zu anderen Verpflichtungen in der Ausbildung eingeteilt war als Wiggerl, hatte sich zwischenzeitlich in ein junges Mädchen verliebt, genauer gesagt, die Tochter der Nachbarn seiner Eltern. Hierdurch wurden die privaten Freizeitunternehmungen mit Wiggerl seltener. Wiggerl hatte indes andere Probleme, weil er nicht mit seinen Kameraden duschen konnte, da ihm der Anblick anderer nackter Männer eine Erektion bescherte, ob er wollte oder nicht. Daher stand er immer vor allen anderen auf und war bereits fertig geduscht, wenn die ersten verschlafenen Junggendarm-Anwärter den Waschraum betraten.

Nach Dienstschluss waren die vier Zimmergenossen meist sehr müde und gingen früh zu Bett. Allerdings gab es bei den Brüdern Amnesbichler grundsätzlich Meinungsverschiedenheiten, die sie bis kurz vor dem Schlafengehen auslebten. Barnabas ging das gehörig auf den Wecker. Wiggerl allerdings fühlte sich bei den Zankereien eher wie ein Zuschauer in einem Lustspiel.

»Morgen haben wir Waffenmanöver«, sagte Schorsch. »Da müssen alle dran teilnehmen.«

»So ein Schmarrn, morgen machen wir Verhaftungsübungen für die Praxis«, widersprach Sepp. »Aber es stimmt, dass alle teilnehmen müssen.«

Schorsch stand auf, zündete ein Streichholz an und suchte im Schein des Feuers nach dem Zettel, auf dem der Wochenplan aufgedruckt war.

»Hier schau! Waffenmanöver! Wer lesen kann, ist klar im Vorteil.«

»Du bist blind wie eine Fledermaus, du Rindviech!«

Das Streichholz ging aus. Danach hörte man etwa zwei Minuten das Geräusch von Ohrfeigen, vermischt mit Lauten des Wehklagens.

»Könnt ihr vielleicht mal eine Ruh geben?«, jammerte Barnabas ins Dunkel des Raumes. Danach war für drei Minuten Ruhe.

12. April 1882

Tatsächlich stand am Vormittag Waffenmanöver auf dem Tagesplan. Hierbei wurden verschiedene Übungen mit dem Säbel angeleitet. Gendarmerieoffizier Lindner, ein aus der Armee verabschiedeter Halbinvalide, ließ die Männer zunächst zwei Stunden lang den Griff der gezogenen, penibel senkrecht gehaltenen Blankwaffe erst zum Gesicht, dann zur Brust führen, um den Säbel schließlich am ausgestreckten Arm niedersinken zu lassen.

»Warum führt man den Griff erst zum Gesicht und dann zur Brust?«, fragte Lindner.

»Weil die Waffe mit Herz und Verstand geführt wurde«, sagte Barnabas, der strebsam das Kapitel *Säbelführung* im für alle Gendarmen zugänglichen Werk *Waffenkunde* in der Hausbibliothek studiert hatte.

»Richtig!«, lobte Lindner. »Nächste Frage: Wie wäscht sich der Gendarm?«

»Mit Wasser und Seife?«, riet Schorsch Amnesbichler.

»Falsch! Mit nacktem Oberkörper!«

Lindner liebte kleine Späßchen.

»Wenn ihr euch als Gendarmen beweist, könnt ihr euch von der Wehrpflicht befreien lassen. Denn es werden dringend Gendarmen benötigt, deshalb ist es wichtig, dass im Kriegsfalle welche übrig bleiben, die hier nach dem Rechten sehen, während andere im Schützengraben das Vaterland verteidigen.«

»Ich dachte immer, man kann sowohl Soldat als auch Gendarm sein«, sagte Schorsch.

»Überlass das Denken den anderen. Jetzt präsentiert den Säbel! Was ist mit dir?«

Sepp stand etwas gekrümmt da und hielt den Säbel kraftlos und ziemlich schief in der Hand.

»Ich hab keine Kraft mehr im Arm«, sagte er.

»Das ist hier keine Geburtstagsfeier! Hier zählt Disziplin, Mut und Überwindungskraft. Du machst jetzt die Übung vernünftig oder ich lasse dich in der Mittagspause eine Stunde um den Kasernenhof laufen!«

»Aber ich …«

»Keine Widerrede! Wenn du ein Mitspracherecht möchtest, musst du Minister werden! Alle in Position! Präsentiert den Säbel!«

Lindner war im Grunde ein guter Mensch, wurde aber ungemütlich, wenn sich jemand seinen Anordnungen verweigerte. Traf man ihn beim Essen, erzählte er lustige Anekdoten, schwärmte von seiner Jugendzeit und gab interessante tagespolitische Neuigkeiten zum Besten. Im Anschluss betonte er die Wichtigkeit der Gendarmerie für Bayern im Besonderen, aber auch für sämtliche anderen Länder, da die bayerischen Gendarmen in seinen Augen vorbildlich waren. Manchmal rauchte er bei derlei Schwärmereien eine Zigarette, erwartete selbstverständlich das prompte Hinstellen eines Aschenbechers durch einen jungen Gendarmen. Erfolgte die Lieferung des Aschenbechers nicht oder zu spät, aschte Lindner auf den Boden und ließ später eine willkürlich gewählte, ihm unterstellte Person den gesamten Kantinenboden feucht durchwischen.

Bevor er zu den nachmittäglichen Übungen rief, erzählte er noch einen Witz.

»Ein Gendarm hält einen offensichtlich sehr betrunkenen Spaziergänger auf. *Hauchen Sie mich mal an!*, sagt der Gendarm. *Des kann i ned, weil i hab Asthma! – Gut, dann sagen Sie mal FISCHERS FRITZ FISCHT FRISCHE FISCHE. – Des kann i ned, weil i hab an Sprachfehler.* Jetzt wird der Gendarm wütend und sagt: *Dann gehen Sie fünf Meter geradeaus.* Daraufhin der Kontrollierte: *Geht erst recht nicht, mit meinem Saurausch kann ich das nicht mehr!*«

Nachmittags waren Gewehre dran. Erst wurde nach einem ähnlichen Prinzip wie bei den Säbeln das Salutieren geprobt, dann erklärte Lindner verschiedene theoretische Dinge.

»Die Gendarmen sind bei Ausübung ihres Dienstes von den ihnen anvertrauten Waffen Gebrauch zu machen befugt, wenn ERSTENS ein tätlicher Angriff oder eine Bedrohung auf ihre Person erfolgt und ZWEITENS, wenn ihnen ein auf die Vereitelung ihrer Dienstverrichtung abzielender tätlicher Widerstand entgegengesetzt wird. Die Dienstwaffe darf nur zur Abwehr eines Angriffs oder zur Überwindung des Widerstandes benutzt werden. Also erschossen wird mir keiner, damit wir uns verstehen. Nur im äußersten Notfall, wenn Lebensgefahr besteht oder Ähnliches.«

»Das ist jetzt aber wurscht, ob man einen Säbel oder eine Pistole benutzt, oder?«, fragte Schorsch.

»Ja freilich ist des wurscht. Des musst du halt einschätzen, ob jemand nur auf Krawall gebürschtet ist oder Mordabsichten hat. Deshalb bist du ja Gendarm, damit du da ein Gespür bekommst. Wenn jetzt jemand eine Waffe hat und du ihn aufforderst, diese sofort abzulegen, und er machts nicht sofort, solltest du dein Leben schützen und im Zweifelsfall von der Schusswaffe Gebrauch machen.«

»Und wenn jemand nicht bewaffnet ist?«

»Dann nimmst den Gewehrkolben und haust ihm eine aufs Haupt nauf.«

Lindner lachte.

»Wir können jetzt natürlich auch sämtliche in irgendeiner Form möglichen Situationen durchspielen, aber dafür langt die Zeit nicht. Jedenfalls merken wir uns ab heute und für alle Zeiten: Sollte eine Waffe in Einsatz kommen, muss dies stets ohne Leidenschaft, mit Vorsicht und mit möglichster Schonung geschehen, sodass auch in diesem Falle bei eigner Verantwortung nur insofern Gewalt angewendet wird, als zur Sicherung der Staatseinrichtungen und der Personen der Gendarmen erforderlich ist. Also erst einmal ermahnen oder sonst etwas Gelindes vorausschicken, dann löst sich das Problem häufig von allein. Bleibt jemand allerdings stur, nehmen wir ihn halt in Gewahrsam.«

»Ermahnen, ja, das versteh ich schon«, sagte Schorsch. »Aber was sag ich da jetzt genau?«

»Los geht es mit *Halt, Gendarmerie!* Dann, wie gesagt, im Falle, dass der Übeltäter eine Waffe oder etwas Waffenähnliches wie eine Schaufel oder einen Knüppel hat, zum Ablegen der Waffen auffordern. Dann erst die Schusswarnung. Wenn jemand verletzt ist, lassen wir sofort einen Arzt rufen. Und unmittelbar nach jeder Aktion, ob Verhaftung,

Verwarnung oder gar Einsatz der Schusswaffe, muss sofort der nächste Vorgesetzte informiert und als Abschluss ein Bericht verfasst werden. Übrigens dürfen die Waffen nur eingesetzt werden, solang wir in Uniform sind. In Zivil sind wir keine Gendarmen, sondern Privatpersonen. Hält man sich an diese Vorschriften, bleibt man geschützt und hat keine Folgen oder Kosten zu befürchten.«

An diesem Abend zog sich Wiggerl früher zurück als sonst. Nicht, weil ihn der Tag geschlaucht hatte, sondern weil ihn etwas anderes seit Tagen massiv beschäftigte: Die Worte des Hellsehers waren sämtlich eingetreten. Der Wolken-Beppi hatte im Vorjahr auf dem Oktoberfest behauptet, dass es in Frankreich zu Jahresbeginn 1882 eine furchtbare Geldkrise geben werde. Im Januar war genau dies eingetreten, die Kurse fielen ins Unermessliche. Vor drei Wochen dann wurde bekannt, dass der berühmte Mediziner Robert Koch den Erreger der Tuberkulose entdeckt hatte. Und das Unheimlichste: Vergangene Woche war der berüchtigte amerikanische Bandit Jesse James erschossen worden. Die Vorhersagen vom Wolken-Beppi waren also verblüffend präzise! Barnabas wollte davon nichts hören und hielt alles, was mit Hellseherei zu tun hatte, für Scharlatanerie. Wiggerl hatte fest vor, dem Wolken-Beppi einmal einen Besuch an dessen Stammplatz im Hofbräuhaus abzustatten, hatte aber bedauerlicherweise niemals an den genannten Tagen Donnerstag und Freitag dienstfrei. Würde ihm der Seher auch sagen können, warum in ihm diese Begehrlichkeit tobte, über die er mit keinem Menschen sprechen konnte? Wenn er sich manchmal nachts heimlich auf das Klosett verzogen und sich selbst berührt hatte, stellte er sich gleichermaßen junge Männer und junge Damen vor, die auf einer Frühlingswiese unbekleidet übereinander herfielen und es ungehemmt miteinander trieben. War er krank? Oder seiner Zeit voraus? Ganz bestimmt würde der Wolken-Beppi in seiner unverfälschten Art etwas darüber sagen können. Wiggerl betete, dass er ihm möglichst bald wieder begegnen würde.

12. April 1882

Der König war stocksauer. Sein Lieblingsschauspieler Joseph Kainz hatte im vergangenen Jahr mehrere Privatvorstellungen abgesagt mit der Begründung, er sei am Limit seiner zumutbaren Belastungen angekommen. Ludwig hatte vergangene Woche mehrere schriftliche »Kammerbefehle« an den Mimen schicken lassen und ihn aufgefordert, nach Ostern wieder in die royalen Dienste zu treten. Es kam keine Antwort.

Sarah Hutzler, die Gattin von Joseph Kainz, schrieb in ihr Tagebuch: *Die Vertraulichkeit ihres Verkehrs ließ die Scheidewand, die in der Stellung des Künstlers zum Monarchen lag, völlig sinken. Und so geschah es, dass sich im Laufe der Tage nicht mehr Künstler und König, sondern Mensch und Mensch gegenüberstanden. Der Künstler muss allmählich seine Scheu vor der Majestät verlieren, und bei der Ursprünglichkeit seines jugendlichen Herzens mochte er wohl des Öfteren zu weit über die Kluft der Stellungen hinweggesprungen sein, sich zu oft als bevorzugter Freund gefühlt haben, als berechtigt zu sprechen, wie er mochte, und zu denken, wie die Gedanken gerade kommen.*

29. April 1882

Wiggerl und Barnabas spazierten an der Isar in der Nähe der Fraunhoferbrücke herum. Es war Samstag, sie hatten eine anstrengende Woche hinter sich. Angefangen von ein paar aufmüpfigen Radaubrüdern, die in Gewahrsam genommen wurden und bei Barnabas böse Schrammen hinterlassen hatten, über einen angeblichen Heiratsschwindler, der dann doch keiner war, bis zu einem Wilddieb und einer Dame, die sich unter Vortäuschung adliger Herkunft in die feine Gesellschaft eingeschlichen hatte, aber von ihrem ehemaligen Verlobten enttarnt und angezeigt worden war. Der Gendarmenberuf war höchst interessant, aber auch kräftezehrend. Eigentlich wollten die beiden Freunde und Kollegen an ihren freien Tagen etwas um die Häuser ziehen und die Wirtschaften unsicher machen, da aber lockte sie das schöne Wetter; und so zogen sie es vor, erstmal etwas frische Frühlingsluft zu schnuppern.

»Wie war die Hochzeit von deiner Cousine letztes Wochenende?«, fragte Wiggerl. Während ihres Dienstes kamen sie so gut wie nie dazu, private Dinge zu besprechen.

»Ganz gut«, berichtete Barnabas. »Am Nebentisch ist ein sehr schönes Mädchen gesessen. Sie war mit ihren Eltern dort. Verwandte des Bräutigams.«

»Oh, bist du verliebt?«, fragte Wiggerl.

»Ich glaub schon. Aber sie wohnt im Rheinland. Und ich glaub nicht, dass sie mich auch gut fand.«

»Warum nicht?«

»Sie hat immer weggeschaut. Das war blöd, weil ich immer hingeschaut hab. So oft, dass mein Vater mich angestoßen und gemeint hat, dass sich das nicht gehört, andere Menschen anzustarren.«

»Hast du mit ihr geredet?«

»Nein, es hat sich keine Gelegenheit ergeben. Und ich kann ja nicht wildfremde Leute ansprechen.«

»In unserem Kulturkreis ist man schon sehr festgefahren in Konventionen und Anstandsregeln.«

»Wir sind eben keine Primitivlinge, die einfach wie Viecher übereinander herfallen.«

»Das mein ich gar nicht. Ich glaub, dass es mehr zwischen Himmel und Erde gibt, als wir wissen.«

»Ach so, und was gibt's da deiner Meinung nach?«

»Die Geschlechter sind durch unsere Gesellschaft und die Konfessionen festgelegt. Das ist aber nicht überall so. Erinnerst du dich noch an die Indianerausstellung auf dem Oktoberfest?«

Barnabas nickte.

»Dort stand auf den Schautafeln, dass es bei den meisten Stämmen keine Kleiderordnungen gibt, die auf das Geschlecht festgelegt sind.«

»Was soll denn das heißen?«

»Das bedeutet, dass wir in unseren Strukturen gefangen sind, während die Indianer frei sind.«

»Die sind doch nicht frei! Denkst du, dass die sich unaufgefordert hinstellen, damit die Wiesnbesucher sie anglotzen können?«

»Da hast du natürlich recht. Ich meine allgemein, wenn sie nicht eingefangen und ausgestellt werden. Dann leben sie ganz anders als wir. Da haben Frauen ebenso viele Rechte wie Männer. Ich könnte mir vorstellen, dass bei den Indianern auch mal die Frau auf die Jagd geht und der Mann die Kinder erzieht und den Haushalt schmeißt.«

»So ein Blödsinn!«, regte sich Barnabas auf. »Weil Männer die Kinder erziehen und den Haushalt schmeißen können! Das glaubst du doch selber nicht.«

»Na ja, wenn einer Witwer ist oder sonst was, muss er es ja auch schaffen.«

»Dann sucht er sich eine neue Frau.«

»Kannst du dir nicht vorstellen, dass das möglich ist?«

»Vielleicht bei irgendwelchen Indianern, die halt einfach völlig anders leben als wir.«

»Aber es könnte doch sein, dass es Menschen gibt, die kein Mann sind und keine Frau.«

»Also ein Zwitter.«

»Nein, etwas ganz Eigenes. Menschen, die sich außerhalb dieses vorgefertigten Systems befinden.«

»Du quatschst wie ein Professor. Ein wirrer Professor. Vielleicht solltest du einfach mehr saufen«, sagte Barnabas, der das Gespräch am liebsten rasch beendet hätte.

»Man bekommt das doch von außen aufgedrückt«, sprach Wiggerl beharrlich weiter. »Männer sind so und so, Frauen sind so und so, Mütter sind zu Hause und kochen, Väter müssen schuften, Katholiken heiraten keine Mohammedaner, Reiche treffen sich nicht mit Armen, dieser ganze Schmarrn. Aber vielleicht ist das ja nicht die ganze Wahrheit. Vielleicht gibt es eine Person von Tausenden, die oder der anders ist.«

»Ja, das gibt es. Das nennt man Homo.«

»Homo ist das lateinische Wort für Mensch.«

»Ich glaub echt, du liest zu viel. Das tut dir nicht gut.«

»Ich will, dass du mich verstehst.«

»Wieso denn? Was soll das ganze Gelaber? Worum geht's? Können wir aufhören, hier solchen Dreck zu besprechen und uns lieber um die wesentlichen Dinge kümmern? Wo können wir schöne Hasen kennenlernen? Wo gehen wir zum Biertrinken hin? Das sind Fragen, die mich interessieren.«

»Ich würd gern ins Hofbräuhaus gehen. Vielleicht ist ja der Wolken-Beppi dort.«

»Wer?«

»Der Hellseher von der Wiesn.«

»Ach geh, der Spinner. Ich möcht doch keine alten verrückten Kerle treffen.«

Wiggerl merkte, dass er bei seinem einzigen Freund nicht weiterkam. Er beschloss, dieses Thema erst einmal ruhen zu lassen und sich wie üblich dem Biergenuss zu widmen, auch wenn das Thema der Geschlechtlichkeit stark an ihm nagte. Insgeheim jedoch spürte er, dass eines Tages seine Zeit kommen würde. Und er spürte, dass dieser Tag nicht in allzu weit entfernter Zukunft lag.

4. Juni 1882

Die Schankstube an der Münchner Kanalstraße, kurz vor dem Isartor, war wie immer gut gefüllt. Hier trafen sich Bäcker, Zimmerleute, Hutmacher, Schuster, Metzger, Pfarrer, Advokaten und Kesselflicker gleichermaßen, unterhielten sich über die Dinge des Lebens und sprachen dem Bier zu.

»Seit ich nimmer gescheit laufen kann«, sagte Hubert Pichl, ein zaundürrer Greis mit schiefer Nase und langem Backenbart, »freu ich mich über die Groschenwagen[10]. Ich wohn ja in Neuhausen, da kann ich direkt bis zum Promenadeplatz durchfahren, wenn ich in die Stadt möcht. Das ist schon eine feine Sach.«

»A geh, man sagt doch nimmer Groschenwagen, das ist die Pferdetram«, erklärte der Tapezierermeister und Speditionsunternehmer Johann Valentin Fey. »Da kannst am Stachus umsteigen und direkt bis zur Zweibrückenstraß vorfahren.«

»Ich weiß, aber ein paar Schritte tun mir ganz gut.«

»Bald soll es eine Ringlinie geben, die ohne Pferde fährt«, schwadronierte Fey weiter.

»So ein Krampf, die müssen auch jeden neumodischen Kas mitmachen, die Schwammer, die windigen«, echauffierte sich Pichl und tat einen tiefen Schluck aus seinem Krug.

Das Lokal hatte gutes, kühles Bier mit festem Schaum. Pro Tag wurden etwa zwei Hektoliter ausgeschenkt. Der Durst der Gäste war groß. Am großen Biertisch befand sich neben dem Fey und dem Pichl auch der hellsichtige Wolken-Beppi, den die Umsitzenden jedoch für einen Wichtigtuer und einen Spinner hielten.

»Es wird einmal der Tag kommen«, prophezeite der Wolken-Beppi, »da gibt es Züge ohne Führerhäuschen und ohne Fahrer. Menschen werden nicht mehr wissen, dass man bei Kälte erfrieren kann, manche werden in ihrer Eitelkeit noch maßloser sein, als jemals vorstellbar, es wird tausend Nachrichten geben, und keine Mensch wird sicher sein,

10 Alter Begriff für Straßenbahn

was wahr ist und was nicht, die Unzucht wird zur unsichtbaren Tugend, doch geheuchelte Sittlichkeit wird die Richtschnur sein, die Kirchen werden leer sein und die Speisekammern voll, niemand wird mehr …«

»Hoit dei Mei und sauf, du oida Depp!«[11], sagte der Pichl und schlug dem Wolken-Beppi kernig auf den Rücken, sodass dieser husten, aber auch lachen musste.

Da kam eine Ordensschwester in die Bierstube, was ungewöhnlich war, da sich dort nur sehr selten Damen und noch seltener Nonnen einfanden.

11 »Halt den Mund und trinke, du seniler Trottel!«

»Herr Fey!«, rief sie dem Tapezierermeister und Speditionsunternehmer zu. »Rasch, Sie müssen kommen! Ihre Frau hat soeben entbunden!«

»Herrschaft, das Kind hat es aber eilig gehabt«, sagte Fey. »Ist es denn ein Knäblein oder ein Mädelchen?«

»Ein Bub ist es, ein recht ein fideler!«, sagte die Schwester.

»Reschpekt!«, würdigte der Pichl das Ereignis. »Ein Prost auf den Nachwuchs! Das ist dein dritter Bub, oder?«

»Richtig!«, rief Fey und erhob seinen Krug in die Runde. »Meine beiden ersten heißen Karl und Barnabas. Mein dritter Sohn soll meinen Namen bekommen: Valentin! Und als zweiten Vornamen den Namen unseres Königs, der die Kunst und die Kultur und sein Bayernland so liebt. So werde ich ihn Valentin Ludwig nennen! Prosit!«

Bereits fünfundvierzig Minuten und zwei Krüge Bier später begleitete Fey die Ordensschwester nach Hause, um sein drittes Kind zu begrüßen. Er ahnte in diesem Augenblick noch nicht, dass der aufgeweckte Bengel eines Tages unter dem Namen Karl Valentin einer der größten bairischen Komiker werden würde.

4. Juni 1882

Der junge Koch Benedikt Fröttmaninger kniete an einem Schemel und schrieb etwas mit Tinte und Füllfederhalter auf ein Pergament. Der König selbst hatte den Text formuliert, den er zu schreiben hatte, weil er ihn versehentlich angesehen hatte. Der Regent wünschte die handschriftliche Entschuldigung jedes Bediensteten bei diesem Vergehen:

Hiermit bitte ich Seine Majestät den König Ludwig II. von Bayern in höchster Form um Vergebung, da ich ihm unbeabsichtigt in das Antlitz geblickt habe. Ich gelobe, darauf zu achten, dass dieses Missverhalten niemals wieder vorkommt.

5. Juni 1882

»Das nächste Mal kommt ihr gefälligst nicht sturzbesoffen zu mir«, keifte die junge Frau, während sich Wiggerl und Barnabas hastig aus dem Staub machten. Ihr Plan, eine Prostituierte aufzusuchen, war durch den zuvor erfolgten Wirtshausbesuch ordentlich danebengegangen. Barnabas konnte seine Augen kaum noch öffnen, während Wiggerl sich vor Lachen schüttelte. Von einem Kollegen hatten sie die Adresse jenes »Etablissements« am Sendlinger Tor bekommen, aber durch die Trunkenheit und das arglose Verhalten der beiden Freunde kam das gewünschte Geschäft nicht zustande. Als sie auch noch in einer Bierstube abgewiesen wurden, wussten sie, dass sie besser die Heimreise antreten sollten. Barnabas legte sich fünfzig Meter vor dem Hauptbahnhof auf das Trottoir[12] und rief, als Wiggerl ihm aufhelfen wollte, in einer Mischung aus Übermut und Halluzination: »Lasst mich nur liegen. Ohne mich könnt Ihr es vielleicht schaffen.«

12 Fußweg

25. Dezember 1882

»Spieglein, Spieglein an der Wand, wer ist der Edelste im Land?«, fragte Ludwig II. sein Spiegelbild. Seine Zweifel an der Menschheit wurden täglich ärger, funktionierte irgendetwas nicht so, wie er es sich gewünscht hatte, verlor er rasch das Vertrauen in ihm nahestehende Menschen. Am schlimmsten waren Mitglieder seiner Regierung, sodass sein Verschleiß an Kabinettssekretären sehr hoch war, was ein Problem darstellte, denn die bayerische Verfassung sah gar kein Sekretariat vor, und es hagelte weiterhin Vorwürfe wegen seiner angeblichen Verschwendungssucht. Er hielt sich im Schloss Berg auf und hatte wie jedes Jahr die schöne hölzerne Krippe mit dem Jesuskind, Maria, Josef, Ochs und Esel aufgestellt. Der junge Ludwig im Spiegel sah heute sehr blass aus, fast ein wenig übermüdet.

»Oh König, im Wesentlichen seid es Ihr. Doch edel sein ist keine Zier«, antwortete das junge Spiegelbild.

»Wie meint Ihr das?«

»Nun«, sagte das Spiegelbild fürsorglich. »Ihr zieht Euch möglicherweise zu stark zurück. Nicht jeder kann Eure Stärken und Ziele nachvollziehen.«

»Ich bin zu schwach zum Regieren, das sollen andere für mich tun.«

»Es könnte sein, dass der Preis, den Ihr dafür bezahlen müsst, sehr hoch ist.«

»Etwa mit dem Tode?«

»Unter Umständen!«

Ludwig schauderte. Immerhin stand ihm die erste Raunacht bevor. Als Kind hatte er noch gewöhnliches Unbehagen in dieser Zeit, mittlerweile mischte sich seine generelle Furcht mit Argwohn und unbegründeten Vermutungen; daher löste die Prophezeiung seines Spiegelbildes enorme Beklommenheit in ihm aus. Raunächte bedeuteten Gefahr für Leib und Seele. Die Wintergöttin Percht holt sich die Seelen der Sterbenden. Ludwig wurde angst und bange.

HISTORIKER DR. JOHANNES RONCZKA:

Die bayerischen Raunächte sind die zwölf Nächte nach Weihnachten – die Nacht nach Heiligabend bis zum Erscheinungstag des HERRN am 6. Januar –, in denen nach dem Volksglauben alle Menschen problemlos und direkt in Kontakt zu Gespenstern, Fabelwesen und Dämonen treten können. Deswegen ist diese Zeitspanne der Legende nach gerade bei den Untoten besonders gefürchtet, da sie ja die restliche Zeit des Jahres größtenteils ihre Ruhe vor den *Sterblichen* haben. Die Untoten müssen sich also einerseits vor den Lebenden schützen, damit sie nicht von Geisterjägern vernichtet werden. Der Name stammt sowohl vom Räuchern als auch von den *rauen* haarigen Ungeheuern, die in jenen Nächten ihr Unwesen trieben. Die bedeutendsten Raunächte sind die Christnacht, die Silvesternacht und die Nacht zum Dreikönigstag.

Weckt man die Geister während jener Periode auf, kommen vereinzelt furchterregende Kreaturen zum Vorschein, allen voran Frau Percht, die Personifikation der winterlichen germanischen Fruchtbarkeitsgöttin Freya, die Beschützerin der Frauen, Kinder, Tiere und Häuser. Sie verkörpert einerseits Liebe und Sinnlichkeit, andererseits aber auch Vergeltung und Strafe. Sie ist das Ebenbild von »Frau Holle«, bestraft faule Menschen mit Albträumen und belohnt Hilfsbereitschaft und Fleiß mit Gold und sinnlichen Begegnungen. Der Name *Percht* ergibt sich möglicherweise aus dem althochdeutschen Wort *peraht* und bedeutet so viel wie *heller Glanz*. Der Legende nach holt die Percht die Seelen der Sterbenden zu sich, indem sie aus den Bergen ins Tal hinuntersteigt, um nachzusehen, ob sich die Männer wohl verhalten. Ist sie zufrieden, geschieht nichts. Packt sie jedoch der Zorn, braust sie mit ihrer wilden Horde durchs Land, zerstört Zäune, Gärten und Brunnen, um Müßiggänger zu bestrafen. Grobiane, Trunkenbolde und Unholde werden im geringsten Falle von der Percht erschreckt oder in eine Pfütze geworfen, bei schlimmeren Vergehen getötet. Das Symbol der Percht ist die Spindel. Damit die Frauen in der Zeit der Raunächte ausruhen können, ist es der Sage nach verboten zu waschen, zu häkeln, zu stricken, zu spinnen, zu putzen oder zu weben. Wer diese Weisung nicht befolgt, läuft Gefahr, von den Geistern getötet zu werden, die dann die aufgehängten Bettlaken als Totenhemd benutzen. Einst wurde süßer Brei für die Percht und ihre Gefolgschaft ins Freie gestellt, um sie milde zu stimmen. War die Schüssel am nächsten Morgen leer gegessen, galt dies als gutes Omen. Da Landstreicher diesen Brauch kannten, schlichen sie sich gerne in den Raunächten in fremde Gärten und aßen sich satt. In vielen Teilen Bayerns und Österreichs gibt es bis heute die *Perchtenläufe*, wo sich Menschen gruslige Masken aufsetzen und sich mit Peitschen und Ruten bewaffnen, um die Geister samt Percht fernzuhalten. Abergläubische Bürger segnen ihre Wohnstätten mit Weihwasser, räuchern mit einer Weihrauchmischung aus Myrrhe, Rosenblättern und Lavendel und verschließen alle Tore und Türen, damit sie vom Unheil verschont bleiben.

25. Dezember 1882

»Jedes Gericht, dass an Weihnachten serviert wird, hat eine eigene Kraft«, erklärte Wiggerls Vater Leopold Staudacher, als seine Gattin Maria als Vorspeise die Graupensuppe servierte. »Graupen haben eine besondere Schutzwirkung gegen Erkältung, was besonders im Winter sehr wichtig ist.«

Die drei Familienmitglieder falteten die Hände zum Gebet, so wie sie es immer taten.

»Vater segne diese Speise«, sagte der Vater andächtig. »Uns zur Kraft und dir zum Preise. Amen. An Guadn![13]«

»An Guadn!«

»An Guadn!«

Sie aßen schweigend. Nur gelegentliches Schlürfen war zu hören. Auf dem Küchentisch in Wiggerls Elternhaus stand neben dem schönen alten Geschirr auch eine in Kunstfell gehüllte Flasche Enzian-Schnaps. Der Deckel hatte einen Katzenkopf, der schauderlich dreinblickte.

»Zum Appetitanregen vor dem Hauptgang«, erklärte Leopold Staudacher, als sie die Suppe verspeist hatten, »gibt es für alle Familienmitglieder ein Glaserl aus der Schnapskatze.«

Er schraubte den Katzenkopf ab und schenkte drei kleine Schnapsgläser randvoll.

»Für mich nur ein bisserl«, bat die Mutter, doch ihr Ehemann kannte kein Erbarmen.

»Weihnachten verträgst du schon einmal ein Glas, Frau.«

Er prostete, Wiggerl und Maria taten ihm gleich. Sie tranken, das Zeug schmeckte grauenhaft. Wiggerl verzog das Gesicht. Die Mutter hatte nur sehr wenig genippt, da sie wusste, dass sie beim Genuss von hartem Alkohol nicht mehr zurechnungsfähig war. Eigentlich mochte sie den bitteren Gebirgs-Enzian, allerdings genügten ihr wenige Tropfen für den Geschmack.

....

13 »Guten Appetit!«

»Du hast dir ja einen schönen Bart wachsen lassen«, sagte Maria Staudacher.

»Ja, es hat eine schöne Zeit gedauert, bis er gewachsen ist«, antwortete Wiggerl.

Der gezwirbelte Schnauzer in Kombination mit dem spitzen Kinnbart sah, besonders zur Uniform, schneidig und stattlich aus. Zudem machte es ihn männlicher, weil er sonst schon ein, wie er fand, ziemliches Knabengesicht hatte.

»Hast eine rechte Freud als Gendarm?«, fragte Maria Staudacher.

»Mei, Freud ist des jetzt nicht wirklich«, erklärte Wiggerl und genoss den Augenblick, als der unangenehme Schnapsgeruch allmählich aus seinem Mund verschwand und der vorherige Geschmack der Suppe wiederkehrte. Die Suppe hatte ganz hervorragend geschmeckt. Er war durch die schlichten Mahlzeiten in der Kaserne seit Langem nichts mehr wirklich Gutes gewöhnt. »Man ist jetzt nicht unbedingt überall beliebt als Gendarm.«

»Musst oft Leut verhaften?«, fragte der Vater.

»Nein, aber es gibt viel Schreibkram, und wir sorgen für Ordnung, wenn etwas aus den Fugen gerät.«

»Was war denn deine aufregendste Verhaftung?«, fragte der Vater weiter.

»Wie gesagt, wir verhaften eigentlich selten wen. Mein Einsatzgebiet sind häufig Wirtshäuser, da wird geschlichtet oder herumgestritten, aber mitnehmen tun wir selten jemanden.«

»Macht ja nix«, brummte der Vater und schenkte sich und Wiggerl noch einen Schnaps ein. »Musst ja ned.«

»Die Suppe tut gut, Mutter!«

Wiggerls Mutter freute sich. Der Vater trank seinen Schnaps aus.

»Aber a paar Bösewichter wirst doch verhaften, Bua?«

»Nein, das passiert wirklich nur sehr selten, dass …«

»Brauchst es auch nicht zu erzählen, wenn du nicht magst.«

Den Weihnachtsfeiertag verbrachte Familie Staudacher im kleinen Kreis. Die inzwischen recht betagte Großmutter war traditionell an

Heiligabend zu Besuch gewesen, man aß gemeinsam, dann ging man zu den Böllerschützen auf dem Marktplatz, die das Jesuskind mit dem alljährlichen Christkindlschießen begrüßten, und besuchte später die Christmette.

Wiggerl betrachtete seine Eltern. Die scharfgeschnittene Falte zwischen Vaters Augen war noch deutlicher zu sehen als noch vor ein paar Jahren. Sonst hatte er sich kaum verändert, bis auf die Nase, die durch einzelne lilafarbene Adern immer mehr einer reifen Zwetschge glich. Vermutlich hatte der Schnaps ganze Arbeit geleistet. Seine Mutter sah ziemlich entspannt aus. War sie von ihrer Nervenerkrankung genesen? Wiggerl dachte an die merkwürdigen Arztbesuche in seiner Kindheit zurück.

»Ist der Herr Doktor Amperer noch manchmal da, um die Mutter zu behandeln?«, fragte er.

»Nein, der hat sich zur Ruhe gesetzt.«

»Wie geht es dir von der Gesundheit her, Mutter?«

»Ach, es geht schon, Wiggerl.«

Wiggerl wusste, dass es sich nicht gehörte, über private Dinge zu sprechen, deshalb hakte er nicht weiter nach. Er hatte Bierdurst. Das ortsansässige Wirtshaus hatte wie jedes Weihnachten bis vier Uhr nachmittags geöffnet, damit sich die Familien in der Gassenschenke mit ausreichend frischem Bier versorgen konnten. Wiggerl hatte mit seinem Vater vier Liter geholt. Als die Suppe abgeräumt war, genehmigten sie sich einen großen Schluck. Mutter Staudacher trank wie immer Quellwasser.

HISTORIKER DR. JOHANNES RONCZKA:

Im 19. Jahrhundert wurde der Verzehr von Bier in Privathäusern immer populärer. Seinerzeit wurde Bier von den Brauereien ausschließlich in Fässern ausgeliefert, auch gab es nicht genügend Kühlmöglichkeiten, sodass die einzige Möglichkeit für den Biergenuss in den eigenen vier Wänden darin bestand, sich den guten Gerstensaft frisch in ein mitgebrachtes Gefäß zapfen zu lassen. Da die Nachfrage sich allmählich steigerte, richteten viele Wirte außerhalb des Gastraumes sogenannte Gassenschenken ein, damit der reguläre Wirtshausbetrieb nicht durch den Straßenverkauf beeinträchtigt wurde. Ende des 19. Jahrhunderts wurde Flaschenbier eingeführt, dennoch blieb das *Frischgezapfte* für die Laufkundschaft noch lange Zeit sehr beliebt.

Die gesamte Stube war wie jedes Jahr mit blühenden Barbarazweigen und getrockneten Blumen und blank gewienerten Äpfeln dekoriert, die an Adam und Eva erinnern sollten. Auf der Anrichte stand ein großer Teller mit selbst gebackenen Lebkuchen. Überall standen schöne Kerzen und auf dem Wohnzimmertisch ein Paradeisl, eine mit Nüssen, Kerzen und Gebäck verzierte kleine hölzerne Pyramide mit vier roten Äpfeln.

Als Kind hatte Wiggerl einmal zwei der Äpfel aus dem Paradeisl gegessen, was ihm eine Ohrfeige vom Vater und langes Wehklagen der Mutter beschert hatte.

»Es wird Unheil übers Haus kommen«, hatte sie gewimmert. Wiggerl war in den Keller geschlichen, um zwei neue Äpfel zu holen, aber die Mutter hatte nicht aufgehört. Im Jahr darauf geschah nichts Besonderes, kein Unglück, keine Krankheit, kein Leid – die verspeisten Früchte zeigten keinerlei Wirkung.

Ein anderes Mal, mit etwa sechs Jahren, hatte er im Schnee gespielt und kam mit nassen Sachen heim. Er hängte Hemd und Socken über eine Stuhllehne beim Ofen und hüllte sich in eine Decke ein. Als die Mutter die feuchten Wäschestücke sah, traf sie beinahe der Schlag.

»Hast du gewaschen, du Unseliger?«

»Nein, Mama, ich hab nur das nasse Gewand aufgehängt.«

»Die Percht macht keine Unterschiede, ob man gewaschen hat oder nicht. Nimm das Glump sofort wieder runter!«

»Und wohin soll ichs dann hängen?«

»Man darf keine Wäsch aufhängen in der Zeit nach Weihnachten! Warum hat mich der liebe GOTT mit solch einem dummen Buben bestraft?«

Wiggerl hatte die Sachen abgenommen und zwischen zwei Tücher in den Schrank gelegt. Am nächsten Tag hatte er die noch immer klammen Stücke angezogen und durch seine Körperwärme getrocknet.

Das musste jetzt mindestens acht Jahre her sein. Oder länger. Wiggerl trank einen Schluck Bier. Es duftete gut, die Mutter nahm sich stets viel Zeit für die Zubereitung des Essens, besonders am Weihnachtstag. Da fiel Wiggerl ein, dass er während seiner Schulzeit in den Weihnachtsferien ab und zu Bäume umarmt hatte. Er wusste aber nicht mehr, warum.

»Vater, ich erinner mich, dass ich als Kind manchmal Bäume geherzt habe.«

»Das heißt man BAUMBUSSELN. Das machen alle Kinder.«

»Warum macht man das?«

»Wegen der Ernte.«

»Und wann is das?«

»Irgendwann am Anfang vom Jahr. Marerl«, rief er seine Frau Maria bei ihrem Kosenamen. »Wann is noch mal das Baumbusseln?«

»Am Tag vor Dreikönig!«, antwortete Wiggerls Mutter aus der Küche.

»Siehst«, triumphierte der Vater, »also am 5. Januar. Sozusagen vor der letzten Raunacht. Da geht man mit allen Familienmitgliedern durch die Obstgärten und macht an jedem Obstbaum halt. Dann müssen die Kinder die Bäume umarmen und abbusseln, um sich für die Geschenke des Baumes im alten Jahr zu bedanken. Und danach gibt's Schmalznudeln für die Kinder.«

Die Mutter kam mit dampfenden Schüsseln an den Tisch. Es gab Mettensaubraten mit Blaukraut und Semmelknödeln.

»Wenn alle ihre Portion von der Mettensau aufessen«, erklärte Vater Leopold Staudacher, »wird der Geldbeutel im nächsten Jahr niemals leer sein. Das ist bekannt. Also, lasst es euch recht gut schmecken.«

Wiggerl war zufrieden. Es war einer der wenigen privaten Momente, an denen er nicht über seine Triebe nachdachte, sondern nur die familiäre Atmosphäre und das Essen genoss. Auch der Braten war großartig. Jetzt freute er sich schon auf das Kletzenbrot, ein süßes Gebäck aus Dörrzwetschgen, getrockneten Birnen, Feigen, Nüssen und Roggenteig. Das Endstück des Kletzenbrotes, das die Mutter liebevoll »Ranftl« nannte, wurde ins Herdfeuer geworfen. Vermutlich, um die Percht milde zu stimmen, da war sich Wiggerl sicher.

13. Juni 1885

»Eure Majestät ist ins Gerede gekommen«, sagte Leibreitknecht Carsten. »Es ist eine Katastrophe.«

»Ach, was solls«, seufzte der König. »Die Leut müssen halt immer was zum Schwätzen haben.«

»Nun, selbst die amerikanische Presse schreibt von einem ungewöhnlichen Lebenswandel und mutmaßt, Majestät seien auf bedenkliche Weise erkrankt.«

»Diese Hornochsen! Es ist ja genau das Gegenteil der Fall, ich bin gesünder denn je! Seit ich mich nicht mehr mit den ganzen Speichelleckern und manipulativen Schwachköpfen abgebe, fühle ich mich deutlich freier als zuvor.«

»Nun, Majestät, allerdings macht Ihr Euch dadurch auch verwundbar. Viele würden gerne Euer Abdanken sehen.«

»Ich weiß. Sie halten mich für verrückt. Es ist grauenhaft. Wieso ist es einem König heutzutage nicht mehr gestattet, sich gewisse finanzielle Freiheiten rauszunehmen, ohne dass gleich der Geisteszustand angezweifelt wird. Dabei hab ich in nächster Zeit nicht allzu viel vor; die sollen sich nicht so haben. Lediglich der Kauf der Burgruine Falkenstein steht an. Und in einigen Monaten der Bau eines byzantinischen und eines chinesischen Palastes. Sonst nichts.«

»Tja, aber die Schulden sind hoch, und diverse Handwerker, die längere Zeit auf die Begleichung ihrer Rechnungen warten, werden allmählich ungeduldig. Nicht dass Majestät am End noch auf die Gant kommen.«[14]

»Wisst Ihr, wie hoch wir verschuldet sind? Ich habe da kaum einen Überblick.«

»Acht bis zehn Millionen Mark.«

»Ist das viel?«

»Ja.«

»Hm.«

14 »Auf die Gant kommen« = altbairisch für »pleite gehen«

König Ludwig ging zum Fenster. Er schnaufte etwas, was möglicherweise an seiner Gewichtszunahme lag, die ihm sehr zu schaffen machte. Zum einen war dadurch vieles wesentlich anstrengender, denn schon kleine Aktivitäten verursachten Erschöpfung und Kurzatmigkeit. Zum anderen musste er bei Fotografien ständig darauf achten, dass er eine gute Figur machte; teilweise hatte er selbst an heißen Sommertagen warme Wintermäntel getragen, da er darin herrschaftlich und gut aussah. Er blickte hinaus auf die feudale Gartenanlage von Schloss Linderhof. Die fünfundzwanzig Meter hohe Fontäne im Wasserbecken vor dem Spiegelsaal im Südtrakt des Schlosses entfaltete ihre volle Wirkung. Die drei Terrassengärten waren von einer edlen Schönheit und der Rundtempel samt der uralten Linde rundeten das Bild grandios ab. Die Parkbäume, bestehend aus Buchen, Eichen und Linden, standen in voller Pracht da, während der Fertigstellung des Schlosses vor ein paar Jahren hatte eine massive Düngung von jährlich hundert Fuhren Rindermist zum raschen Wachstum beigetragen. Die vielen Statuen und Säulen, der Neptunbrunnen und der Musikpavillon erfüllten Ludwig mit heller Freude. Die Kaskade mit den dreißig Marmorstufen, über die das Wasser sich den feinen Weg hangabwärts bahnte, war vollendet. Noch etwas beschäftigte ihn. Heute war der 13. Juni, es waren etwa noch zehn Wochen bis zu seinem vierzigsten Geburtstag. Bald würde er seinem seelenverwandten Pendant namens Ludwig begegnen, jenem Mann aus dem Volke, der schon seit seiner Kindheit vorbestimmt war, das Schicksal des Königs zu beeinflussen, in welcher Form auch immer. Es drängte Ludwig II. mit schwer ertragbarer Ungeduld, diesen Moment zeitnah erleben zu dürfen. Sollte er abwarten, was das Schicksal ihm bescheren würde, oder erneut den Wolken-Beppi befragen? Er entschied sich, sich zu fügen, und Augen und Ohren nach dem herbeigesehnten anderen Ludwig offen zu halten. Inwiefern würde dieses Zusammentreffen seine Fügung verändern? Würde er den Mann einmal treffen oder mehrmals? Wäre er in der Lage, die belastete Seele des Königs zu befreien oder wenigstens zu entlasten? Oder wäre es gar kein Wohltäter, sondern ein Strauchdieb, der seinen kompletten Ruin befördern würde? Oder war es ein

Mörder? Oder aber ein ebenbürtiger Freund der Musen, mit dem sich der Regent endgültig ins Reich der Künste und Träume verabschieden könnte? Wie wohltuend wäre es, endlich nicht mehr im Wissen zu existieren, dass die Menschheit immerfort Schwätzen muss! Hatten die Leute keine anderen Sorgen?

»Dieses ewige Getratsche ist wirklich nur mühsam zu ertragen«, sagte Ludwig. »Und bloß, weil ich zu manchen Personen, die in meinem Dienst stehen, eine enge freundschaftliche Beziehung pflege, unterstellen mir manche Kreise Abnormalität! Aber, mein lieber Carsten, Ihr könnt es am besten bezeugen – habe ich mich jemals ungebührlich verhalten, eine Unhöflichkeit begangen oder über das Händeschütteln hinausgehende Berührung getätigt?«

»Nein, Majestät, beim besten Willen nicht, so wahr mir GOTT helfe. Ich weiß, die Gerüchteküche brodelt, es ist zum Haareraufen.«

»Was für eine verdrehte Welt!«, klagte der König. »Freilich neige ich zu Überschwänglichkeit, gebe Komplimente, lasse meiner Vorstellung von Romantik freien Lauf, wie es auch Schiller in seinen Briefen tat. Es ist doch nichts Verwerfliches, wenn ich etwa meiner geliebten Cousine Sisi blumig von meiner Zuneigung schreibe, dies aber aus reiner Herzensliebe, ohne jeglichen Hintergedanken. Mit ihr verbindet mich eine Spiritualität, die den wenigsten Menschen zu eigen sein scheint. Auch ihnen, mein lieber Carsten, habe ich – wie vielen anderen mir nahestehenden Personen – schon über meine Freude und mein Glück, Sie an meiner Seite zu wissen, geschrieben. Wer mich kennt, weiß, dass ich für mich selbst die platonische Liebe bevorzuge, anderen jedoch jedes Vergnügen gönne. Ach, wenn diese Unwissenden auch nur einen Funken der Wahrheit kennen würden …«

»Zum Glück seid Ihr ja verschwiegen, Majestät. Dafür dankt Ihnen jeder Ihrer Bediensteten herzlich.«

»Ich selbst bin zu sehr mit meinem Innersten beschäftigt, als dass ich mich mit Schwerenöterei befassen könnte. Aber meine Diener, meine Stallknechte, meine Mägde, meine Köche, meine Zimmermädchen und nicht zuletzt mein Leibreitknecht sollen doch ein ausschweifendes Dasein genießen können, ein Leben voller Sinnesfreuden, Lust und Zärtlichkeit. Ich finde es zudem sehr modern, dass sowohl die Gefährten als auch die Gefährtinnen jener Zunft die gleichgeschlechtliche Liebe zelebrieren. Mir werden die Vergnügungen der körperlichen Beiwohnung und der Fleischlichkeit wohl für immer verschlossen sein, was mir aber keinen Kummer bereitet, weiß ich doch meine engsten Vertrauten in dieser Hinsicht wunderbar aufgehoben.«

»Einen gütigeren Herrscher als Euch gibt es nur im Märchenbuch.«

»Ich glaube, jeder Liebesakt ist, ausreichend unbekümmert und enthemmt durchgeführt, ein Kunstwerk für sich. Da ich schließlich ein Förderer aller Musen und Künste bin, erachte ich all eure Unkeuschheiten für unterstützenswert. Und da wir ja alle beinahe gleichermaßen im Einverständnis handeln, ist auch die Beichte hinfällig.«

»Es würde den Beichtvater vermutlich auch irritieren, würden ihm jene Dinge anvertraut werden.«

»Der Priester unterliegt dem Beichtgeheimnis und wäre zur Verschwiegenheit verpflichtet. Aber Ihr habt recht, wäre ihm das Ausmaß der Betriebsamkeiten am Hofe bekannt, könnte das seine Seele und sein Gewissen belasten. Es ist gut, dass es bleibt, wie es ist.«

»Ihr habt ein wunderbares Wesen, Majestät.«

»Danke, danke. Keine Ursache. Doch das Gerede in der Öffentlichkeit ist schon ein Unding. Ich hoffe schwer, in den Geschichtsbüchern einst als Künstlerkönig dargestellt zu werden und nicht als seinen Trieben ausgelieferter Halbirrer mit Schlafstörungen.«

»Das hoffe ich auch, Majestät.«

HISTORIKER DR. JOHANNES RONCZKA:

Die Gerüchteküche über die zwischenmenschlichen Beziehungen Ludwigs II. zu seinen männlichen Begleitern kochte besonders in den letzten Lebensmonaten des Königs. An Stammtischen und in Waschhäusern wurde unter vorgehaltener Hand gemunkelt und getuschelt. Seine Nähe zu Reitknecht Joseph Völk, dem Schauspieler Joseph Kainz, dem Marstallfourier Karl Hesselschwerdt und zum königlichen Privatsekretär Richard Hornig, die den König samt dessen Gefolge bei vielen Unternehmungen, Spazierritten und Reisen begleiteten, sorgte für allerlei, bis heute unbestätigte Theorien und Spekulationen über den Aufenthalt von Getreuen und Reitersoldaten am königlichen Hofe. König Ludwig II. suchte bewusst den nahen Kontakt zu seinen Vertrauten und schätzte ihren Rat bei der Begutachtung und Anschaffung von Kunstwerken und bei Bauprojekten sowie ihre freundschaftliche Gesellschaft durchaus. Zu den Aufgaben der Reitknechte zählten unter anderem die Fourierdienste, sprich: die Abwicklung der Fahrten samt Pflege und Versorgung der Pferde. Als der König von den zahlreichen Gerüchten rund um seine angeblichen Neigungen erfuhr, reagierte er sehr entrüstet und enttäuscht, da er ein eher scheuer, zurückhaltender und schüchterner Mensch voller Ängste und Schuldgefühlen war. Briefdokumente bezeugen den inneren Kampf des Königs, der seine eigene Körperlichkeit als sündhaft empfand und sein Leben lang unterdrückte und, teils mit ärztlicher Hilfe, bekämpfte. Die Nähe zu seinen Vertrauten war nach Einschätzung vieler Historiker rein freundschaftlicher Natur, alle anderen Spekulationen werden von diversen Wissenschaftlern und Ärzten als unseriöse, marktschreierische Sensationslust und Effekthascherei eingestuft. Die fortschreitende Vereinsamung des Regenten, unterstützt durch nicht ausgelebte Bedürfnisse, und misanthropische Sozialphobie beförderten die Flucht in seine Leidenschaft zum Erbauen von Schlössern, die einer nicht stoffgebundenen Verhaltenssucht gleichkam, wie sie bei Glücksspielsüchtigen zu beobachten ist.

»Gibt es schon Neuigkeiten zur Fertigstellung des neuen Schlafzimmers in Burg Falkenstein?«, fragte der König. Er hatte stets alle Projekte im Kopf und wollte immer über den derzeitigen Stand Bescheid wissen.

»Im Augenblick werden noch die Reichen Zimmer vom einstigen Kurfürst Karl Albrecht von Bayern mit dem jetzigen Schlafzimmer verglichen, damit die Maße sich bis ins Detail gleichen, wie von Eurer Majestät angeordnet.«

»Wichtig ist, dass die Stickerei der Wandbespannung exakt übernommen wird. Ebenso der Plafond des Betthimmels, die Taube mit dem Ölfläschchen, Strahlen, Sterne und Wolken.«

»Ich werde es notieren und genauso anweisen lassen. Ach übrigens, der norwegische Dramatiker Henrik Ibsen möchte wieder nach München kommen.«

»Er ist ein großer Wortkünstler und wird die kunstliebenden Menschen unsere Stadt mit famosen Theaterstücken erfreuen.«

»Ibsen hat nachgefragt, ob Majestät möglicherweise an weiteren Stücken interessiert sind.«

»Durchaus! Richten Sie ihm meine Hochachtung und innere Freude über seinen Entschluss aus! Ich möchte gern wieder als stiller Gast einzelne Proben und nach Vollendung der Inszenierung Separatvorstellungen genießen.«

»Sehr wohl, Majestät!«

»Obwohl, wenn wir Gelder einsparen wollen, sollten wir uns das noch mal überlegen, oder?«

»Nun ja, es wäre ein Signal für einen guten Vorsatz.«

»Behalten wir diesen Gedanken vorsichtshalber im Auge.«

10. April 1886

Am 10. März 1886 war der zweiundzwanzigste Geburtstag vom Wiggerl gewesen. Doch leider plagte ihn die Grippe, so dass er die Feier wieder und wieder verschieben musste. Schließlich entschied er sich, einen Monat später, am 10. April zu feiern. Es war ein Samstag und damit fabelhaft geeignet, um am nächsten Tag den Rausch auszuschlafen.

Wiggerl und Barnabas fuhren mit dem Zug nach München und liefen vom Hauptbahnhof in das nahe gelegene Wirtshaus »Zum bayerischen Löwen«, im Volksmund »Mathäser« genannt, weil ein ehemaliger Besitzer so hieß. Im oberen Stock fanden sich die feinen Leute ein, im unteren Teil, in der sogenannten Schwemme, das einfache Volk, bei dem sich die beiden Freunde viel wohler fühlten als bei all den »Besseren«. Eine ältere Dame mit moderner Kopfbedeckung zog ihre beiden Enkelinnen vorbei, als Wiggerl und Barnabas gerade die zweite Runde Bier serviert bekamen.

»Wir gehen nach oben. Wir setzen uns nicht in die Schwemme zu den Grattlern[15]«, sprach sie und zog die beiden überrumpelt wirkenden Mädchen Richtung Treppe. Am Nebentisch waren Handwerker, was man an ihrer Montur und den Farbflecken auf den Unterarmen erkannte.

»Unsern Kini sigt ma überhaupts nimmer«[16], schwadronierte einer von ihnen. Er hatte einen Schnurrbart wie ein Seehund.

»Der is nur noch auf seine Schlösser«, wusste ein Zweiter mit Backenbart.

»Oder auf oana vo seine Berghüttn«, vermutete der Erste. »Man sagt, er frisst nur noch Siasszeig und hat keine Zähn mehr im Mei.«[17]

»Mei«, winkte der Dritte mit rötlichem, schütterem Haar, ab, »der

15 Heruntergekommene, Fußvolk

16 »Der König lässt sich in der Öffentlichkeit kaum noch blicken.«

17 »Es wird gemunkelt, er ernähre sich überwiegend von Süßigkeiten und habe kaum noch Zähne im Munde.«

Mondkini macht halt oiwei die Nacht zum Tag.[18] Ma sagt, er wird allmählich verrückt.«

»Ned nur des«, sagte der Seehundbart, »er macht aa an Haufa Schulden und die Minister ham eam an Geldhahn längst zuadraht.«[19]

»Sechs Millionen hat er wolln, der Spinner. Sechs Millionen! Geh, da wann i nur a hundertstl hätt, na dad i nix mehr orwan«[20], träumte der Dritte.

»Außerdem soll er ja Unzucht mit seine Kammerzofen treiben«[21], betonte der Seehundbart.

»Da kanntn mir ja froh sei, wenns die Kammerzofen wären«, zischte der Backenbart. »Es san eher Stallknecht, mit denen ers treibt. Des woass i aus erster Quelle, mei Großonkel hat oans vo de Badezimmer in Neuschwanstein verputzt. Unser Kini is oana vom andern Ufer!«[22]

Die zwei anderen glotzten den Backenbart verblüfft an.

»Du woasst fei scho, was du da sagst!«, äußerte der Rothaarige. »Des san heftige Anschuldigungen, des wenn stimmt, na is der König ja a Abartiger.«[23]

»Wenn ichs dir sag! Treiben tut ers mit de Stallknecht, tagein, tagaus, der Spinatstecher, der Elendige! Drum lässt er sich ja nicht mehr blicken, weil er außer Fressen und Bauen nur noch des Oane im Sinn hat.«[24]

»Mei, jeder wiara mag. Solang er ned as Bier abschafft, solls mir

18 »Was soll man machen, man nennt ihn ja Mondkönig, weil er nachts wacht und tags schläft.«

19 »Nicht nur dies, sein Schuldenberg wächst, und die Minister geben ihm kein Geld mehr.«

20 »Sechs Millionen Mark verlangte dieser Fantast. Sechs Millionen! Ei, hätte ich nur ein Prozent davon, ich legte meine Tätigkeit zeitnah nieder.«

21 »Es wird zudem gemunkelt, der Monarch triebe Unzucht mit seinen Kammerzofen.«

22 »Man könnte von Glück reden, wenn es lediglich Kammerzofen wären. In Wahrheit handelt es sich um männliche Stallknechte. Dies darf ich aus erster Hand berichten, mein Großonkel war mit dem Verputz eines Badezimmers in Neuschwanstein betraut. Unser König ist ein Homosexueller!«

23 »Dies sind gewagte Anschuldigungen, die du hier äußerst. Wenn sie der Wahrheit entsprächen, wäre unser König in der Tat ein Abseitiger.«

24 »Glaube mir, ich spreche die Wahrheit! Er beschläft nahezu täglich seine Stallknechte, dieser verwünschte Gleichgeschlechtliche! Dies ist auch der Grund, weshalb man unseren Regenten kaum noch zu Gesicht bekommt, da er außer Speisen und Bauen nur noch das eine im Sinn hat.«

recht sei!«[25], rief der Seehundbart und erhob seinen Krug. Alle lachten und stießen an. Doch da mischte sich ein junger Bursche mit gezwirbeltem Bart ein.

»Unserem König geht's nicht gut«, sagte er ernst. »Ich bin am Würmsee als königlicher Leibfischer und Seewart beschäftigt. Wir müssen uns wirklich Sorgen machen. Alle Bayern sollten ihn in ihre Gebete einschließen, damit wir ihn behalten.«

»Aha, a Leibfischer bist du?«, fragte der Backenbart. »Derfst du dann auch ab und zu ins Schlafgemach von Eurer Majestät?«

»Hoits Mei!«, plärrte der Leibfischer. »Wennst scho koa Ahnung hast, na schweig gefälligst, du Hanswurscht!«[26]

Eine Rauferei stand knapp bevor. Barnabas, der sich nur zu gut an seine schlimmen Momente auf dem Schulhof erinnerte, schob seinen Stuhl unauffällig nach hinten und verdrückte sich in ein für ihn sicheres Eck des Wirtsraumes.

»Geh weider, Lidl, hock di wieder nüber«[27], rief ein älterer Herr, der am Tisch des Leibfischers saß.

»Du kummst ma grad recht«, fauchte der Backenbart. »I lass mir doch ned von am warmen Bruder, der mit der Obrigkeit eine Sodomie betreibt, as Mei verbieten! Kümmer dich um deinen eigenen Dreck.«[28]

Der Leibfischer schüttelte den Kopf und setzte sich wieder auf seinen ursprünglichen Platz, um mit den Seinigen über die Verkommenheit mancher Mitmenschen zu schwadronieren, während sich die anderen wieder heiteren Themen zuwandten.

»Sauf ma no an Schlund voi Bier?«[29], fragte der Seehundbart. Es war eine rhetorische Frage. Bald servierte die Bedienung einen Schwung schäumender Krüge. »Magst mir aa no a hoibats Hendl bringa? Und a

25 »Nun denn, es sind nicht alle Geschmäcker gleich. Solange wir noch Bier trinken dürfen, ist mir alles recht.«
26 »Halt die Klappe! Wenn du schon nicht Bescheid weißt, dann sei wenigstens still, du Schwachkopf!«
27 »Los, Lidl, lass dich wieder auf deinem eigentlichen Sitzplatz nieder.«
28 »Du hast mir gerade noch gefehlt. Ich lasse mir doch nicht von einem vom anderen Ufer, der mit den Vertretern der Regierung Unzucht vollzieht, den Mund verbieten! Scher dich um deinen eigenen Mist.«
29 »Genehmigen wir uns noch einen kräftigen Schluck Bier?«

Brezn«[30], rief ihr der Rothaarige zu.

»Die Brezn san nix gscheits mehr«, sagte der Seehundbart. »Zoag ma heit no an gscheidn Bäcker.«[31]

»Du geh, dass di fei zamreißt«, sagte der Rothaarige und drohte scherzhaft mit dem Zeigefinger. »Mir ham dahoam a guade Bäckerei.«[32]

»Ageh, na bring halt amoi a paar Brezn mit. Mir dadns scho zamhaun.«[33]

»Aber ned bei uns«, mahnte die Bedienung. »Im Biergarten könnts euch a Brotzeit mitnehma, aber mir san a anständigs Lokal, wo ma as Essen aus da Küch bstellt. Oiso, a hoibats Hendl und a Brezn. Sonst no jemand was?«[34]

»Naa, a Hendl iss i nur mehr auf da Wiesn, da hams die besten. Schee mit Fassbutter und schee würzig«[35], sagte der Backenbart.

»Mir nehma aa Fassbutter her«[36], verteidigte sich die Bedienung und entfernte sich.

»Heuer wollens in die Bierbuden aufm Oktoberfest a elektrischs Licht eibaun«, wusste der Backenbart zu berichten. »Des duad koa guat ned.«[37]

Barnabas, der inzwischen wieder auf seinem Platz hockte, wusste nicht, was daran schlecht sein sollte.

»A elektrischs Licht is doch a feine Gschicht«, sagte er. »Na sigt ma

30 »Fräulein, wären Sie so lieb und brächten mir noch ein halbes Brathähnchen? Und eine Salzbrezel.«

31 »In unseren Tagen ist die Qualität der Brezeln enorm gesunken. Zeig mir heutzutage noch einen vernünftigen Bäcker.«

32 »Ich ersuche dich um Zurückhaltung. Meine Eltern betreiben eine ordentliche Bäckerstube.«

33 »In Ordnung, wie wäre es denn, wenn du uns einmal einen Schwung Brezeln mitbrächtest? Wir werden sie schon vertilgen.«

34 »Vorsicht, bitte nicht in unserem Lokal. In einen Biergarten dürfen Sie sich ein Picknick mitbringen, jedoch sind wir ein achtbarer Wirtsbetrieb, bei dem die Gäste die Speisen in der Küche zubereiten lassen. Also, ich wiederhole nochmals die Bestellung: ein halbes Brathähnchen und eine Salzbrezel. Noch jemand einen Wunsch?«

35 »Danke schön! Ich verzehre Brathähnchen nur noch auf dem Oktoberfest, da werden die qualitativ hochwertigsten, mit feinem tierischem Fett und pikant gewürzt, angeboten.«

36 »In unserer Gaststätte wird ebenfalls feines tierisches Fett verwendet.«

37 »In diesem Jahr plant man künstliches Licht in die Bierbüdchen einbauen. Das nimmt kein gutes Ende.«

wenigstens aa aufd Nacht, ob guad eigschenkt is.«[38]

»Schmarrn!«, rief der Backenbart, dessen Kopf einen leichten rosafarbenen Schimmer bekommen hatte. »Die wolln uns doch jede Form der Gmiatlichkeit kaputt macha. Ma muass ned oiwei mit der Zeit geh, ma kann auch amal was Altbewährtes einfach so steh lassn.«[39]

»Heuer soll der Maßpreis auf der Wiesn ja auf 27 Pfennig pro Maß naufgschraubt werden«[40], gab der Seehundbart zu wissen vor.

»Irgendwann wird's unverschämt! Wenn der Preis amoi auf 30 Pfennig steigt, dad i sagen, dass mir nimmer higeh.«[41]

»Immerhin«, sagte Wiggerl, »kost die Wiesn koan Eintritt und bietet höchsten Unterhaltungswert.«[42]

»Da hast recht.«[43]

»Und, wenn i dös noch anmerka derf«, sagte die Bedienung und servierte die Brezn und zwinkerte Wiggerl zu, »es ist doch erstaunlich, dass der Bierpreis trotz der hohen Qualität nach wie vor so günstig ist.«[44]

Der Abend endete für die beiden Junggendarmen zufrieden und betrunken, dennoch machte Wiggerl Staudacher sich große Sorgen um die Zukunft Bayerns. Die Informationen über Ludwig waren rar und, wenn man etwas über ihn hörte, waren es in der Regel ungute Botschaften.

38 »Künstliches Licht ist ein Segen, da man dadurch auch in den späten Abendstunden die ordnungsgemäße Menge des eingeschenkten Gerstensaftes überprüfen kann.«

39 »Unsinn! Man möchte uns wissentlich jede Form der Behaglichkeit zerstören. Es gibt schließlich keine festgeschriebene Regel, dem Zeitgeist zu frönen, im Gegenteil: es ist durchaus legitim, eine probate Lebensform unverändert existieren zu lassen.«

40 »In diesem Jahr soll der Liter Bier auf dem Oktoberfest auf 27 Pfennige angehoben werden.«

41 »Einst wird es dreist. Sollte der Preis für den Liter Bier jemals auf 30 Pfennige ansteigen, plädiere ich dafür, diese Veranstaltung zu boykottieren.«

42 »Zumindest darf das Volk kostenlos eintreten und verweilen, und das Oktoberfest bietet kolossalste Erquickung.«

43 »In diesem Falle kann ich dir nur, wenngleich ich noch Skepsis hege, zustimmen.«

44 »Und wenn es mir gestattet ist, einen abschließenden Kommentar abzugeben, ist es nicht bemerkenswert, dass das Gerstengetränk trotz der hohen Güteklasse noch immer so preiswert angeboten wird?«

HISTORIKER DR. JOHANNES RONCZKA:

Die Elektrifizierung von Bierbuden auf dem Oktoberfest begann 1880. 1896 dann wurde das große Festzelt vom Schottenhamel komplett illuminiert – ausführende Firma war die Elektrotechnische Fabrik J. Einstein & Cie aus der Adlzreiterstraße. Eine sechseinhalb Kilometer lange Leitung brachte vom Firmengebäude aus neuen Glanz auf die Wiesn. Die Oktoberfestzeitung schwärmte vom »märchenhaften Licht« der Bogenlampen. Der siebzehnjährige Sohn des Firmeninhabers, Albert Einstein, verdiente sich damals sein Taschengeld, indem er bei der Montage der Leuchtkörper mithalf.

10. April 1886

»Mein lieber Carsten, leider ist es nun so weit. Es wird verlangt, dass ich mich von meinen engsten Vertrauten trennen soll.«

»Was ist denn damit gemeint?«, fragte der königliche Leibreitknecht.

»Ich habe einen Brief von Minister Lutz erhalten. Er fordert mehrere Unverschämtheiten, unter anderem die Beendigung sämtlicher Bauvorhaben und die Entfernung der Reitersoldaten vom Hofe.«

»Wie lautet denn um Himmels willen die Begründung?«

»Er unterstellt mir erneut sündhafte Beziehungen zu meiner Gefolgschaft und behauptet, ich würde meine Abnormalität mit ungemeiner Geschicklichkeit der Öffentlichkeit verbergen. Es ist wirklich eine Frechheit! Die wahren Verbrecher laufen frei herum, aber ehrbare Menschen mit edlen Zielen werden verleumdet! Sollten das Ministerpack und ihr rebellisches Gerichtsgesindel es wirklich wagen, sich am königlichen Eigentum zu vergreifen, werde ich diese schauderhafte Gegend verlassen oder mich selbst töten! Dann wird die ganze Wucht der Schuld auf die fallen, welche durch rechtzeitiges Verhindern jenem Unglück nicht vorgebeugt haben.«

»Das könnt Ihr Eurem Volk nicht antun, Majestät! Und Euren treuen Untergebenen auch nicht!«

»Ich weiß selbst im Augenblick keinen Rat. Niemand will mir Geld borgen, selbst mein Versuch, mir bei der in manchen Kreisen als unseriös geltenden Geldvermittlerin Nanette Wagner ein Darlehen zu organisieren, wurde vereitelt! Ich sandte meinen Leibfriseur aus, um ein neues Ministerium zu bilden, was ihm nicht gelang. Innenminister von Feilitzsch weigerte sich, die Schlösser zum Schein ins Inventar der Zivilliste einzutragen, um sie vor einer Beschlagnahmung zu schützen. Und meine, wie ich finde, nach wie vor gute Idee, Banken in Berlin, Stuttgart oder Paris zu überfallen, erntete wenig Begeisterung. Dabei ist doch das Weiterführen meiner Bauprojekte meine Hauptlebensfreude, und wenn man mir nun noch meine Vertrauten nimmt …«

12. April 1886

Wie geplant, hatte der Sonntag nach der Feier im Mathäser dem verdienten Schlafe gedient. Am Montagmorgen fanden sich Wiggerl und Barnabas pünktlich und ausgeruht in ihrer Gendarmeriestation ein. Wie immer mussten die Schuhe blitzblank gewixt, die Säbel poliert, die Uniformen ausgeklopft und gebügelt und sämtliche Regale feucht gereinigt werden, ehe sich die elf diensthabenden Gendarmen zum »Morgenritual« im Hof aufstellen mussten. Dort war stets der gleiche Ablauf: Gendarmerieoffizier Lindner stellte sich vor den Männern auf, musterte einen nach dem anderen gründlich, atmete kurz aus, um nach dieser dramaturgisch eindrucksvollen, ja beinahe theaterreifen Vorstellung seine Rede zu beginnen. Manchmal bezog sie sich auf Ereignisse der vergangenen Nacht, manchmal ging es um die Dienstpläne, oft hielt er nur eine allgemeine Ansprache, bevor dann die verschiedenen Aufgaben verteilt wurden.

»Meine Herren, zunächst eine allgemeine Ansage. Der Verzehr von Bier ist ab sofort nur noch in den Nachmittagsstunden gestattet, sofern kein Einsatz geplant ist. Das heißt, Bier darf nur noch innerhalb der Wachstube getrunken werden. Sollten Sie zur Mittagsstunde in einem Wirtshaus einkehren, darf höchstens ein Liter Bier pro Mann getrunken werden. Zuwiderhandlungen werden bestraft.« Er schmunzelte in seinen gezwirbelten Schnurrbart, denn er wusste, dass diese Ansage im Prinzip sinnlos war, da sich vermutlich ohnehin niemand daranhalten würde. Aber Beschluss ist Beschluss, und er hatte seine Pflicht getan, indem er die Ansage getätigt hatte. Er stammte aus der Nähe von Bad Tölz und sprach mit entsprechendem Akzent. Sein Kopf war stark gerötet, was vermutlich am starken Bierzuspruch am vergangenen Abend lag. Möglicherweise aber auch aus einem anderen Grund, mit dem er nicht lange hinterm Berg hielt. Seine Erzürnung äußerte sich auch in seiner ungewohnt derben bairischen Wortwahl, die er sonst in der Regel vermied: »So, jetzt was anderes. Männer, es gibt Probleme. Die Kollegen in Miesbach brauchen Verstärkung. Die Haberfeldtreiber machen mal wieder recht einen Ärger. Sie haben einen neuen Haberfeldmeister gewählt und planen heute zur Feier des Tages ein Haberfeldtreiben. Die meisten von Ihnen wissen, dass diese Brüder meine GANZ besonderen Freunde sind! Dafeide und verdormne Drecksgrippe san des, und a depperte Geheimsprach hams aa. I hab amal die wichtigsten Worte aufgschriem und versucht, verständlich zu übersetzen.«[45]

Lindner war seit Jahren hinter den im Geheimen praktizierenden Haberfeldtreibern her und hatte allerlei Kenntnis erlangt. Er präsentierte ein Papier, auf dem er sorgfältig mit Tinte allerlei Begriffe und deren Bedeutung niedergeschrieben hatte. Inzwischen hatte er sich wohl etwas beruhigt, da er in seinem gewohnten, auch für Nichtbayern verständlichen Hochdeutsch weitersprach.

»Früher«, so fuhr er fort, während die jungen Gendarmen die Liste aus der Ferne musterten, »hat man die Haberer an der Hahnenfeder erkannt, die sie eine Zeit lang stolz auf dem Hut präsentierten. Aber das wurde natürlich eines Tages abgeschafft, sonst wäre es ja kein vernünftiger Geheimbund, wenn sie jeder an der Feder erkennt.«

Einzelne Gendarmen lachten über den kleinen Scherz. Dann wurden in Ruhe die Begrifflichkeiten studiert. Wiggerl starrte auf die Liste.

»Oder, mach mers anders«[46], schlug Lindner vor. »Bevor ihr jetzt alle die Liste durchlest, verrat ich euch die wichtigsten Wörter der Haberer. Also, *Haberfeldtreiben* heißt nichts anderes als *Güterzertrümmerung*, sprich, mutwillige Sachbeschädigung. Wenn die Haberer von *Maurern* reden, meinen sie uns, die Gendarmen. Sagen sie *Metzger* oder *Oberknecht*, meinen sie einen Richter, *Biergeist* ist der Bürgermeister, eine *Viehweide* ist das Gericht, zur Gerichtsverhandlung sagen sie *Ostern*, Zeugen heißen *Zimmerleute, Stumpen* oder *Steinfahrer*, der

45 »Verfaulte und verkommene, verschmutzte in ihrer Bewegungsfähigkeit eingeschränkte Zeitgenossen sind das, und eine vermaledeite Geheimsprache wenden sie obendrein an. Ich habe auf einem Schriftstück die bedeutendsten Begriffe niedergeschrieben und versucht, eine einleuchtende Übersetzung zu liefern.«

46 »Augenblick, ich glaube, wir ändern die Marschrichtung.«

Gefängnisaufseher heißt *Fuchsberger* und das Zuchthaus selbst folgerichtig *Fuchsbau* oder *Gant*. Und *Mindelheim* ist das Geheimwort für München. Bitte alle ohne Hilfsmittel wiederholen.«

Lindner lachte selbst über sein Späßchen.

»Jedenfalls sind von unserer Wache vier Gendarmen als Verstärkung angefordert worden, damit der Schmarrn da heut aufd Nacht[47] unterbunden wird. Es werden auch noch Kameraden aus Füssen und Murnau zu Hilfe eilen. Freiwillige vor!«

Wiggerl stieß Barnabas in die Seite, denn das war doch bestimmt ein spaßiger Einsatz. Doch Barnabas sah das anders. »Auf koan Foi«, wisperte er. »I mecht da doch ned zu dene Grattler da nauf, die ham mir grad no gfehlt.«[48]

»Des is doch gwieß a Gaudi[49], da lernen wir andere Gendarmen kennen, magst ned mit?«

»Naa! Fahr du halt nauf, wenns dir eine Freud macht«, flüsterte Barnabas mit leicht eingeschnapptem Gesichtsausdruck. Wiggerl spürte eine Mischung aus Feigheit und Bequemlichkeit bei seinem besten Freunde. Aber es zog ihn dermaßen hin zu dem Ereignis, es war wie ein Zauber, der auf ihn wirkte. Er hatte freilich schon von den Haberfeldtreibern gehört, Geheimbünde faszinierten ihn, noch dazu solche mit Einfallsreichtum, dass sie sogar eine eigene Sprache erfunden hatten. Also trat er vor. Lindner nickte wohlwollend. »Drei brauch mer no! Oiso, vortreten, sonst wähl ich aus, wer hinfährt.«

Unverzüglich traten drei weitere Gendarmen nach vorne, Barnabas war nicht dabei.

Ein paar Stunden später fanden sie sich auf der Miesbacher Wache ein. Der leitende Gendarm erklärte: »Grüß GOTT beisammen! Also, der Habererbund trifft heute zusammen, um den neuen Haberfeldmeister zu wählen. Das wissen wir von einem sehr verlässlichen Informanten. Der ehemalige Posthalter Vogl Hansä, genannt der *Daxer von Wall*,

47 Des nächtens
48 »Niemals! Ich begebe mich doch nicht freiwillig zu jenen Taugenichtsen hin, die im Augenblick so gar nicht in meinen Lebensplan hineinpassen.«
49 »Dies ist doch bestimmt ein Mordsspaß.«

wurde unlängst wegen Bruch des Habereides abgesetzt. Jetzt ist es so, dass die Zusammenkunft wohl auf einem Feld stattfindet, anschließend soll eine uns noch unbekannte Person, beziehungsweise Personengruppe, das weiß man vorher ja nie, von den Haberern bestraft werden, das gehört nach einer Vorstandswahl bei diesen zwielichtigen Brüdern dazu. Unser Informant, ein Leidtragender mehrerer Haberfeldtreiben und daher bekennender Gegner der Haberer, hat uns ein Versteck in einer nahe gelegenen Scheune organisiert, da können wir bis zum Zugriff Stellung beziehen. Wir bräuchten zwei Gendarmen, die sich in Zivilkleidung in die Wirtschaft hocken und ein wenig horchen. Es müssen Herren sein, die nicht aus unserer Gegend stammen, damit sie keiner erkennt. Wie schaut es mit dir aus, Boppeler? Magst?«

Ein Mann mit einem runden Gesicht und einem hellen Spitzbart nickte und brummte: »Scho.«

»Dann noch jemand aus München vielleicht. Der Herr hier vorne?«

Der leitende Gendarm zeigte auf Wiggerl, der ebenfalls nickte.

Die Zivilkleidung wurde aus der Kleiderkammer der Miesbacher Wache zur Verfügung gestellt. Wiggerl wählte ein einfaches Bauerngewand, der Mann mit dem Spitzbart zog sich Kittel und Hose eines Handwerkers an. Dann zerstrubbelten sich beide die Haare. Die Tarnung war grandios, keiner hätte erkannt, dass sie in Wahrheit Gendarmen waren.

»Behaupten wir dann, wir sind Handwerker auf dem Weg nach München, oder?«, fragte der Mann mit dem Spitzbart.

»Logisch«, bestätigte Wiggerl den raffinierten Plan.

»Passt. Servus, übrigens. Boppeler Ferdinand.«

»Habe die Ehre«, sagte Wiggerl. »Staudacher Ludwig. Haben Sie sich auch freiwillig für den Einsatz gemeldet?«

»Nicht ganz«, antwortete Ferdinand. »Zwei meiner Männer haben den Katarrh, drum bin ich eingesprungen. Ich bin der Leiter des Polizeipostens in Füssen. Aber das Haberfeldtreiben hat mich stark interessiert, drum bin ich hergekommen.«

»Da sind wir uns gleich. Ich möchte doch gern wissen, was das für Burschen sind, die Haberfeldtreiber.«

»Ja, das könnt ein spannendes Erlebnis werden.«

»Bei denen muss man auf einiges gefasst sein, das sind, glaub ich, ganz ausgefuchste Gesellen. Aber ich fürcht nix. Weder Wind noch Wetter.«

»Des gefällt mir, so was gibt's heutzutage nicht mehr oft. Burschen wie dich könnten wir bei uns gebrauchen.«

»Füssen tät mich schon reizen. Bewacht ihr dann auch den König in Neuschwanstein?«

»Ja, das ist mein Amtssprengel. Vom König selber hört und sieht man ja nix, der lebt schon recht zurückgezogen. Ein, zwei Mal hab ich persönlich mit ihm zu tun gehabt, da muss ich allerdings sagen, dass er ein sehr feiner Kerl ist.«

»Das freut mich zu hören. Ich glaube, eine Luftveränderung tät mir bestimmt gut.«

» Wenn du was taugst, komm ich vielleicht auf dich zurück. Schauen wir mal an, wie der Einsatz nachher verläuft.«

Ferdinand Boppeler zwinkerte Wiggerl schelmisch zu.

»Folgender Plan«, erörterte der leitende Miesbacher Gendarm, »wir beziehen gemeinsam Stellung in der bereitgestellten Scheune. Die beiden in Zivil gekleideten Gendarmen begleiten die Mannschaft, damit sie das Versteck erkennen. Anschließend begeben sich die zwei möglichst natürlich und glaubwürdig in das Bauerndorf Wall, dort gibt es eine Schankstube, die vom Daxer betrieben wird, der ja wegen seiner enormen Schwatzhaftigkeit kürzlich abgesetzt worden ist. Dass da jetzt grad am heutigen Tag Fremde hereinschneien, ist unglaubwürdig, drum tät ich gleich mit der Tür ins Haus fallen und sagen, dass ihr auf der Durchreise seid und von dem Haberfeldtreiben gehört habt, und einfach ganz ungeniert fragen, ob ihr als Schaulustige dabei sein dürft.«

Wenige Minuten später setzte sich die Truppe in Bewegung nach Wall. Sie marschierten eine gute Stunde lang, vorbei an gepflügten Äckern, duftenden Wiesen und kleinen gemütlichen Waldabschnitten, überquerten dabei die Mangfall, ein kleiner, aus dem Tegernsee entsprungener Fluss, der bei Rosenheim in den Inn mündet. Der Himmel war klar, die Luft angenehm frisch. So gelangten die Gendarmen gegen fünf Uhr nachmittags an ihr Ziel, wo sie den Turm der spätgotischen Pfarrkirche St. Margareth erblickten. Kurz vor dem Ortseingang befand sich besagte Scheune. Alles war wie besprochen vorbereitet, und die Gendarmen konnten unerkannt hinein, es waren ausreichend Sitzgelegenheiten und eine ordentliche Brotzeit samt Trinkwasser vorhanden.

Ferdinand und Wiggerl prägten sich den Standort gründlich ein und wanderten weiter in Richtung Ortskern, wo sich die Bierwirtschaft vom Johann Vogl, dem Daxer von Wall, befand.

»Sagen wir der Einfachheit halber DU, ha?«, schlug Ferdinand vor.

»Guad, sagst Wiggerl zu mir.«

»I hoaß Ferdl.«

»Wo kommt der Brauch vom Haberfeldtreiben eigentlich her?«

»Mei, des is halt so a Art Volksjustiz. Die Bauern glauben, dass sie die eigentlichen Wächter über Sitte und Moral sind. Sie glauben ned an die Obrigkeit, a Zeit lang sans sogar vom ehemaligen Kini in Schutz gnomma worn.«[50]

»Welchem König?«

»Ludwig dem Ersten. Der hat verfügt, dass a Einschreiten gega die oide Sittn vom Haberfeldtreiben nur im Notfall zulässig is. Des woaß i so genau, weil der Opa vo unserm Nachbarn aa a Haberfeldtreiber war.«

»Ageh!«

»Wenn is dir sag.«

»Aber heitzutag wird des nimmer so locker gseng. Aber gschnappt hamma no koan bis jetzt. Weil ja aa ned wirklich was Schlimmes passiert, die Schuldigen werden halt sauber pratzlt.«[51]

50 »Sie hegen kein sonderlich großes Vertrauen in die Machthabenden. Vorübergehend hatte sie sogar der ehemalige Monarch verbal verteidigt.«

51 »Allerdings wird es in unseren Tagen nicht mehr so salopp gehandhabt. Dennoch haben wir bis dato noch niemanden in Gewahrsam genommen. Es passiert im Grunde ja auch nichts Drastisches, die Beschuldigten werden eben böse bloßgestellt.«

»Wer san eigentlich die Schuldigen?«[52]

»Meistens is Ehebruch im Spiel.«

Das Lokal war unschwer zu erkennen, da vor dem Eingang Tische mit bereits gut angetrunkenen Herren zu erkennen waren. Sie tranken Bier aus Steinkrügen, rauchten Zigarren und unterhielten sich angeregt. Freilich fielen die beiden Nicht-Einheimischen sofort auf. Ein ziemlich jung Aussehender fragte:

»Ihr seids aber ned von da. Was wollts ihr bei uns? Arbeit finds bei uns fei koane!«

Wiggerl, nicht auf den Mund gefallen, antwortete:

»Durscht hätt mer!«

»Hast khert, an Durscht hams, des passt doch, Killio!«[53], sagte ein Kerl mit Pfeife und Zinndeckel auf dem Bierkrug. »Wo kommts es her?«, fragte er noch hinterher.

»I bin vo Aufkirchen«, antwortete Wiggerl wahrheitsgemäß.

»Wo isn des?«, fragte der Mann mit der Pfeife.

»Bei Wolfratshausen«, sagte Wiggerl, während Ferdl danebenstand und die Runde musterte.

»Oiso, kafts eich a Maß«, sagte der Mann mit der Pfeife.

Die beiden verkleideten Gendarmen nahmen an einem der Tische Platz und bestellten Bier bei der Bedienung, einer drallen jungen Blondine um die zwanzig, mit rosaroten Bäckchen und äußerst runden Proportionen. Ein kräftiger Kerl mit Schnauzer und weit aufgeknöpftem Hemd torkelte heraus und gab der Bedienung einen laut klatschenden Klaps auf ihr Hinterteil, worauf diese halb entsetzt, halb vergnügt quiekte wie ein junges Ferkel. »Geh, Daxer, dassd di fei scho zamreißt!«, schalt sie den Unhold, der frech lachte und sich einen der Krüge vom Abstelltisch schnappte, um einen kräftigen Schluck daraus zu nehmen. Wiggerl und Ferdl grinsten einander an, erhoben die mittlerweile von der Bedienung servierten Krüge zum Prost und tranken. Sie freuten sich über ihren ersten Erfolg: Sie hatten den Da-

52 »Wer sind eigentlich die Angeklagten?«

53 »Hast du dies vernommen, Killio, die Herren sind durstig. Das ist genehmigt, oder?«

xer von Wall gefunden. Die nächste Stunde verhielten sie sich wie gewöhnliche Zecher, verstanden es allerdings geschickt, den Gesprächen im richtigen Moment zu lauschen. Als sehr hilfreich erwies sich hierbei der Daxer persönlich, der wohl bereits stark dem Alkohol zugesprochen hatte und ja bekanntlich äußerst mitteilsam war.

»Eh, Bacher!«, rief er einem jungen Burschen mit Knollennase und bayerischem Zwirbelbart zu. »Gratulation zum neia[54] Amt!«

»Sei stad!«, antwortete der Zwirbelbart. »Sauf liaba weiter nei, bevorst hier umanand plärrst, du Depp.«[55]

Es war Wiggerl und Ferdl sofort klar, zu was der Daxer dem Mann, der mit Nachnamen Bacher zu heißen schien, gratuliert hatte. Er war zweifellos der frisch gewählte Haberfeldmeister. Und der jung aussehende Bubi hieß Killio. Das klappte ja wie geschmiert.

»Killio, brauchst no Canidas?«[56], fragte der Daxer.

»Was ist des?«, fragte der Killio.

»Präservative! Die ziagst dir drüber, bevorst oane vernaschst, na muasst koane Vaterschaftsklagen befürchten.«[57]

Es herrschte große Geselligkeit und Ungezwungenheit, Wiggerl hätte sich auch außerhalb seines Dienstes sehr wohl in diesem Lokal gefühlt. Draußen dämmerte es allmählich. Aber niemand entfernte sich. Es wurde kräftig dem Bier zugesprochen, ein paar Männer nahmen Schnupftabak, andere tranken zwischendurch Obstler, der besoffene Daxer stolperte ein paar Mal, aber von einem Haberfeldtreiben war nichts mitzubekommen. »Wie lang bleiben wir noch?«, fragte Wiggerl.

»Mei«, sagte Ferdl leise, »es geht scho auf halbe Zehne zua, und straffällig is in meine Aung no koana worn.[58] I bin selber überfragt.«

»Trink ma no oans?«

»Des is immer a richtige Entscheidung!«

54 neuen

55 »Labe dich besser an den Getränken, ehe du hier herumbrüllst, du Versager.«

56 Vom Daxer erfundenes Wort für Kondome

57 »Kondome! Die stülpst du über, bevor du mit einer Dame den Beischlaf vollziehst, dann brauchst du keine Sorge haben, auf Vaterschaft verklagt zu werden.«

58 »Es ist bald 22 Uhr und ich habe bislang keinerlei Straffälligkeiten bei den Anwesenden bemerkt.«

Doch auf einmal war der Bacher verschwunden. Die übrig gebliebenen Gäste warfen sich unauffällige, aber für Gendarmen deutlich wahrnehmbare Blicke und Blinzler zu. Dann entfernten sich die Männer nach und nach, zuletzt entwich der Daxer. Vermutlich stand das Treiben kurz bevor.

Um nicht aufzufallen, bestellten die beiden getarnten Gendarmen eine weitere Runde Bier.

»Wo san denn die alle auf oamoi hi?«, fragte Ferdl dezent.

»Woass i ned«, log die blonde Bedienung und bewies, dass sie keine talentierte Schauspielerin war. Sie lächelte verlegen und ließ einen kleinen, auf Wiggerl bezaubernd wirkenden Abstand zwischen ihren beiden Schneidezähnen sehen.

»Mir san ned vo da«, erklärte Ferdl. »I woaß, sonst dad ma mir uns ja aa kenna.«

»Is da heit irgenda Feier oder so was?«, bohrte Ferdl weiter.

»Naa, es is halt spät am Abend, die wern halt hoamganga sei.«

»Aber zoit hat koana von dene.«

»Die zoin späder.«

»Aso, kemma die nomoi?«

»Kann scho sei.«

»Außer uns zwoa und dir is ja koana mehr da.«

»Ja, die ham, glaub i, irgendwas zum erledigen.«

»Oiso, wenn mir geh soin, sagstas fei.«

»Duads eich ned obe, mir sperrn erst spader zua. Ihr kennts scho no dableim, i muass saubermacha und was vorbereiten.«

»Jetz dua halt ned so heimlich umanand.«

»Mei, die andern macha halt a Gaudi, und na kemmas wieder. Mehra derf i ned song.«

»Was muasst da vorbereiten?«, fragte Wiggerl unverhohlen.

»Fassl ausm Keller naufbringa.«

»Du, wennst magst, helf i dir gern bei de Fassl.«

»Dadst echt?«

»Freile, des machi gern.«

»Bleibst du derweil heroben und passt auf die Wirtschaft auf?«[59], fragte die Frau den Ferdl, der dieses kleine Amt gern übernahm.

Wiggerl stand auf und folgte der Frau. Sie drehte sich kurz um und strahlte ihn kokett an. Er verspürte sofort eine ziemliche Sinnesverzückung, die durch seinen Körper zuckte. Allein die Vorstellung, allein mit dieser appetitlichen Dame im Keller die in seinen Augen sehr sinnliche Aufgabe zu verrichten, hölzerne Bierfässer zu schleppen, versetzte ihn in einen Zustand wohliger Erregung. Doch da er ja gänzlich unberührt war, ja noch nicht einmal einen anderen Menschen geküsst hatte, noch dazu im Dienst und mit einer verantwortungsvollen Aufgabe betraut war, war ihm klar, dass er sich zu nichts hinreißen lassen durfte. Außerdem wollte er nicht am Ende selbst das Opfer eines Haberfeldtreibens werden.

»Wia hoasstn?«, fragte Wiggerl, während sie die Treppenstufen hinabstiegen.

»Sabrina.«

»I bin der Wiggerl.«

Bald rollten sie ein Fässchen nach dem anderen durch den Keller und stemmten sie die steilen Stiegen hinauf. Beim Herunterbeugen schenkte sie ihm mehrmals großzügige Einblicke in ihr Dekolleté. Er senkte vornehm den Blick nach unten, behielt aber so viel dieser schönen Aussicht in Erinnerung, dass er noch lange in Gedanken von jenen privaten, pikanten Augenblicken zehrte.

59 »Wo sind denn plötzlich alle abgeblieben?« »Keine Ahnung.« »Wir kommen nicht von hier.« »Das ist mir klar, sonst wären wir uns bekannt.« »Findet heute eine Festlichkeit oder Ähnliches statt?« »Wo denken Sie hin? Es ist nun mal schon spät, die Menschen werden sich zur Nachtruhe zurückgezogen haben.« »Ich habe keinen der Herren bezahlen sehen.« »Diese Menschen bezahlen später.« »Ach so, kehren sie nochmals zurück?« »Möglicherweise.« »Wir sind die einzigen drei Personen hier in der Bierstube.« »Das ist korrekt, diese Leute haben möglicherweise noch etwas zu erledigen.« »Du sagst aber, wenn wir verschwinden sollen.« »Macht euch keine Gedanken, wir haben noch geöffnet. Bleibt gern noch hier, ich muss sowieso noch alles reinigen und ein paar Dinge vorbereiten.« »Spann uns doch nicht so auf die Folter.« »Nun, die anderen machen eben einen Schabernack und kommen dann zurück. Mehr darf ich nicht verraten.« »Was musst du eigentlich vorbereiten?« »Fässer aus dem Keller hochschleppen.« »Wenn du möchtest, bin ich dir hier behilflich.« »Wirklich?« »Selbstverständlich, das tu ich gerne.« »Würdest du dann hierbleiben und die Lokalität bewachen?«

Nach getanem Werk stärkte er sich mit seinem neuen Kollegen bei einem letzten Krug Bier. Die Kirchturmuhr schlug Mitternacht.

»Habts ihr a Bleibe für die Nacht?«, fragte Sabrina.

Sie roch angenehm nach Rosen und Zimt. In Wiggerls Kopf spielten sich leidenschaftliche Szenen ab.

»Naa, mir wern uns später noch auf den Weg nach Gmund machen«, log Ferdl geistesgegenwärtig. »Da wohnt mei Schwester.«

»Wollts dann zoin?«

»Ja«, sagte Wiggerl.

Sie zahlten, verabschiedeten sich und gingen in die Dunkelheit.

13. April 1886

Prinz Otto kauerte auf dem Boden seines prunkvollen Wohnzimmers in Schloss Fürstenried und spielte mit einer Armee seiner Bleisoldaten. Er hatte sich an diesem Tag bereits sieben Mal gründlich Hände und Gesicht gewaschen und akribisch trocken gerubbelt. Seine Haut war von der häufigen Wascherei stark gerötet. Die Türe ging auf. Prinz Otto hasste es, wenn jemand eintrat, ohne zuvor anzuklopfen. Wütend fuhr er herum, damit er schauen konnte, wer hereingekommen war. Es war sein Psychiater, Dr. von Gudden, samt einem Pfleger. Er hasste diesen Idioten.

»Was will er von mir? Ich habe zu arbeiten!«, bellte der Prinz.

»Wir wollten uns nur nach dem Befinden erkundigen«, sagte Dr. von Gudden.

»Es geht mir gut! Allerdings nicht so gut, um meine Lebenszeit mit Scheißpreußen zu vergeuden!«

Das saß. Dr. von Gudden wusste seit längerer Zeit von der Abneigung seines Patienten gegenüber Menschen aus dem norddeutschen Raum, dennoch schmerzte es ihn, da er der Ansicht war, dass Kritik nur gegenüber Verhaltensweisen, nicht jedoch gegenüber nicht veränderbaren Tatsachen wie Herkunft oder Rasse gerechtfertigt sei.

»Immerhin lebe ich seit 1855 in Bayern und betrachte es als mein Vaterland. Ich verdanke Bayern wenn auch nicht alles, dann doch das meiste, was ich bin und habe.«

»Dummes Geschwätz! Es steht in der Heiligen Schrift geschrieben: *Wie ein Vogel, der aus seinem Nest weicht, also ist, wer von seiner Stätte weicht.* Ihr seid ein Heimatloser! Und ein Schwätzer und Stümper obendrein.«

Dr. von Gudden hasste jene Hilflosigkeit, jenes Ausgeliefertsein, jene Ohnmacht. Diese ganze Königsfamilie war ihm nicht geheuer, der ältere Bruder, König von Bayern, der verboten hatte, dass man den geisteskranken Prinzen Otto mit ganz gewöhnlichen Schlägen züchtigt oder in eine Zwangsjacke steckt, wenn er wieder Stimmen hört.

Preißn!

Nur Bäderkuren mit eiskaltem Wasser waren gestattet, zeigten aber keinerlei Wirkung beim Patienten.

Gudden war überzeugt, dass König Ludwig II. vermutlich ebenso wahnsinnig sei, nur dass es für ihn noch keine entsprechende Diagnose gab. Der König weise allerdings Verhaltensauffälligkeiten auf, die auf eine ernsthafte geistige Erkrankung schließen lassen könnten. Wie sein Bruder meide er Mitmenschen, führe nach Aussagen von Dienern Selbstgespräche und neige zu unkontrollierten Gefühlsausbrüchen. Als der König vor Jahren Dr. von Gudden zu einem Gespräch auf Schloss Berg gebeten hatte, um über den Gesundheitszustand seines Bruders zu sprechen, hatte Ludwig den auf ihn gerichteten Blick des Arztes angesprochen.

»Ihr blickt mich zuweilen so eigentümlich an, Doktor von Gudden. Nicht dass Ihr auch an mir noch irgendetwas herausfindet«, hatte er schelmenhaft gesagt. Doch Dr. von Gudden war sich sicher, dass es nur halb im Scherz gemeint war. »In jedem Späßchen steckt auch ein Quäntchen Ernst«, waren die Worte von Guddens Vater. Er war sich sicher, dass beide königlichen Brüder ein ähnliches Krankheitsbild aufwiesen. Gerade kürzlich hatte er mit Ministerpräsident Lutz darüber gesprochen und sich vorsichtshalber schon einmal Einsicht in die königliche Krankenakte erbeten. Ein Gutachten über den Zustand des Königs abzufassen, wäre ihm mit größter Wahrscheinlichkeit auch ohne persönliche Untersuchung möglich, zumal der König dieselbe Geringschätzung gegenüber der preußischen Bevölkerung an den Tag legte wie sein Bruder Otto. Gudden wurde aus seinen Gedanken gerissen.

»Habt Ihr wenigstens Zigarren dabei, Ihr jämmerliches Preußenpack?«, plärrte Otto. Doch sowohl Gudden als auch der Pfleger verneinten.

13. April 1886

»Geh mer jetz wieder zu die Kameraden?«, fragte Wiggerl im Dunkel der Nacht, als er mit Ferdl in Wall auf der Dorfstraße stand.

»Doch ned mit leere Händ! Naa, mir schaung jetz, wo die Haberfeldtreiber san. Pscht, sei amoi stad.«

Ferdl hielt inne. Beide spitzten die Ohren. Aus der Ferne war neben dem Zirpen von Grillen ein leises Klirren oder Scheppern zu hören. Sie folgten diesem Geräusch, es führte aus dem Dorf hinaus auf einen Feldweg. In der Ferne sahen sie Fackeln brennen. Sie konnten eine kleine Menschengruppe erkennen, die nahe eines Waldstücks stand. Die beiden Gendarme schlichen darauf zu und versteckten sich in der Nähe hinter einer kleinen Baumgruppe, leicht abschüssig vom Weg. Es war weiterhin Geschepper und nun auch etwas Gemurmel zu hören. Im Fackelschein waren auch einzelne Gesichter zu erkennen. Manche trugen schauderliche Masken wie im Fasching, einzelne Kerle hatten Flinten in der Hand. Einer, von der Figur her vermutlich der Bacher, trug einen Hut mit zwei großen Gockelfedern. Er brüllte etwas Unverständliches. Die anderen Männer antworteten gespenstisch im Chor. Doch die Worte waren nicht zu erlauschen. Dieses Ritual wiederholte sich mehrere Male. Dann rief der Vorredner gut hörbar: »Haberer!« Wieder antworteten die Umstehenden etwas Unverständliches. Dann begann eine Art psalmenhaftes Aufsagen diverser Verse. Zu verstehen waren die Worte »Schweigen«, »Tod« und »Grab«. Dann rief der Vorredner: »Auf geht's!« und marschierte los, gefolgt von den restlichen Haberern, die wie auf Kommando anfingen, laute Geräusche zu erzeugen. Zum Glück standen Wiggerl und Ferdl sichtgeschützt hinter den Bäumen, aber sie konnten nun, als die Schar an ihnen quasi vorbeizog, einiges erkennen. Die Geräusche stammten von Schellen, Pfeifen, Trommeln und Tröten. Die meisten hatten ihre Gesichter mit Ruß eingerieben, manche trugen spitze Hüte und diverse gruslige Masken. Ferdl und Wiggerl folgten der Meute in ausreichendem Abstand. Vor einem Haus machte die Gruppe halt. Einzelne Beteiligte zündeten Lampen und Fackeln an.

»Das ist der Treibort«, flüsterte Ferdl. »Das heißt, hier wohnt die Person, die nun öffentlich gerügt oder besser gesagt gepeinigt wird.«

Tatsächlich, jetzt ging es erst richtig los mit ohrenbetäubendem Scheppern und Lärmen mit allen verfügbaren Mitteln, dann löste sich einer aus der Horde, lief nach vorne, um an die Türen und Fenster zu klopfen. Einzelne Anwesende zündeten nun Böller an, die laut krachend zerbarsten. In ein paar umliegenden Häusern ging das Licht an. Der Mann mit dem Zwirbelbart und dem Namen Bacher rief nun den Namen der zu bestrafenden Person.

»Friesinger Irmengard! Du bist angeklagt mehrerer schändlicher Vergehen. Die Schwelle deiner Türe darfst du im Namen von Kaiser Karl dem Gerechten bei Leibes- und Lebensstrafe nicht überschreiten, solange das Strafgericht tagt, du liederliche Weibsperson! Sind alle Treiber anwesend?«

»Ja!«, antworteten die Haberfelder im Chor.

»Wer ist denn Kaiser Karl?«, flüsterte Wiggerl.

»Das ist ein erfundener Name. Alle Namen der Haberfeldtreiber sind erfunden«, flüsterte Ferdl zurück.

»Herr Ökonomierat von Beuerberg!«, rief der Bacher.

»Hier!«, bestätigte ein Mann mit einer zotteligen Gruselmaske.

»Der Herr Landrichter von Petershausen!«

»Hier!«, antwortete ein Kerl mit einem Schlapphut.

»Der Herr Pfarrer von Höslwang!«

»Hier!«, rief ein bärtiger Schrat.

So ging es in einem fort. Der Bacher nannte vermutlich fingierte Würden und Namen und bekam jedes Mal eine Antwort. Als alle ihre Anwesenheit bestätigt hatten, fing der Bacher mit der Rüge an.

»Jetz samma da und ums Varrecka
woima da aa neamds daschrecka
doch leider derf mas no ned backa
wia gern dad mir dahoam jetz flacka

Doch heit nacht derf ma no ned schlafa
zuvor miass ma erst no wen strafa
drum ham mir über Woid und Steg
gemacht uns heit nacht auf den Weg.«[60]

Wiggerl schauderte. Das war wirklich ein furchterregendes Ereignis.

»Glaubts mas, mir ganga lieber Wildern
als da an Ehebruch zum schildern
doch des was gscheng is des is gscheng
drum sag i seich in voller Läng

Die Friesingerin is a Lügnerin
und a Ehebrecherin
an jedem sie ins Bett nei kriacht
weils weder Höll noch Deifi fürcht

Ruaft a Mo: i kim glei nauf
macht sies Kammerfensterl auf
klopft a Fremder Mo and Wand
gengad Fiass scho gschwind ausnand

Is da Mo a Woch moi bei de Wiener
ums Geld ganz redlich zum verdiena
na derf si jeder zu ihr flaka
grad wiara mecht kann ers dann backa

60 »Nun sind wir hier euch aufzuwecken
wir wollen niemanden erschrecken
doch leider müssen wir verweilen
keiner darf nach Hause eilen

Wir dürfen heute noch nicht schlafen
zuvor müssen wir wen bestrafen
drum haben über Wald und Steg
wir heut gemacht uns auf den Weg.«

Drum ruaf i laut zu meiner Schar:
Haberfeldtreiber! Sagts! Is wahr?«[61]

»Wahr is!«[62], schrien die Anwesenden und fingen sofort wieder an zu scheppern und zu lärmen.

»Im Dorf woaß jeder Knecht und Bua,
d Irmengard, des is a Hur!
Drum ruaf i laut zu meiner Schar:
Haberfeldtreiber! Sagts! Is wahr?«[63]
»Wahr is!«

»Die Frau ist ja wie geächtet«, flüsterte Wiggerl. »Da kann sie gleich eine neue Bleibe suchen, möglichst weit weg.«
»Freilich«, sagte Ferdl. »Das ist ja der Sinn.«

....

61 »Gewiss, wir gingen lieber jagen
als über Ehebruch zu klagen
doch was passiert ist, ist passiert
drum sagen wirs euch ungeniert

Frau Friesinger spricht Wahrheit nicht
stattdessen sie die Ehe bricht
mit fremden Herrn hat sie viel Freud
sie weder Höll noch Teufel scheut
Ruft einer: Ich komm zu dir rauf
macht sie das Zimmerfenster auf
begehrt wer Einlass in ihr Reich
so öffnet sie die Schenkel gleich

Muss ihr Ehemann nach Wien
für die Familie Geld verdien´
kann jeder sich zu ihr gesellen
und ihr sogleich das »Feld« bestellen

Drum ruf ich laut zu meiner Schar:
Haberfeldtreiber! Ist es wahr?«
62 »Ja, es ist wahr!«
63 »Im Dorf fließt es durch die Gehirne,
die Irmengard ist eine Dirne!
Drum ruf ich laut zu meiner Schar:
Haberfeldtreiber! Ist es wahr?«

»Und wo ist der Mann, den sie angeblich betrügt?«

»Der steht ganz gewiss bei den Haberfeldtreibern, wenn er nicht der Ursprung des Ganzen ist.«

Wiggerl überlegte, was denn der Sinn der ganzen Sache sei. Wenn die Friesinger Irmengard nun geächtet und von der ehrbaren Gesellschaft ausgeschlossen ist, wie würde es dann weitergehen? Jeder würde hinter ihrem Rücken über sie sprechen. Müsste sie dann das Dorf verlassen? Und wenn der Gatte ihr verzeihen würde, sie ihm versprechen würde, ihm ab sofort treu zu bleiben? Oder was wäre denn, wenn die Rüge gar nicht berechtigt ist? Vielleicht war ja ein Dorfbewohner in sie verliebt und hätte sich gewünscht, dass sie ihm das Kammerfenster öffnet. Weil sie es verweigerte, war er aufgebracht und hatte sich eine Hinterlist überlegt und das Gemunkel losgetreten. Wenn eine Nachrede in einem kleinen Ort einmal angefangen hat, dann gab es keine Macht der Erde mehr, das Gerede zu beenden. Wiggerl kannte diesen Vorgang aus seiner Kindheit in Berg. Er dachte an sein eigenes Leben, sein Schicksal, als Mensch, der sich nicht sicher ist, ob er weiblich oder männlich ist, der seinem eigenen Körper nicht traut, seine Empfindungen hinterfragt, sich nur wirklich spürt, wenn er einen Lachanfall hat und selbst dann in keiner Gesellschaft anerkannt ist. Wie würde es ihm ergehen, wenn sich schauderliche Gestalten vor seinem Fenster versammelten? Sie würden wahrscheinlich so etwas rufen wie:

»Dem Wiggerl ist nicht wohl im Leib
er ist nicht Manderl und nicht Weib
nicht Hans, nicht Ruth, nicht Ibrahim
ein nutzlos Ding, drum fort mit ihm!«

Das amüsierte ihn köstlich, und er musste ein Kichern schwer unterdrücken. Seine Angewohnheiten aus früher Kindheit, plötzlich loszuprusten oder schnaubende Geräusche von sich zu geben, hatte er gelernt zu unterdrücken, auch wenn der Drang danach unverändert stark war. Hier hätte es die gesamte Situation sprengen können.

Das letzte »Wahr is!« verhallte, woraufhin der Bacher rief: »Nachad treibts zua!« Nun wurde noch lauter gelärmt als zuvor. Mitten ins Lärmen hinein rief der Bacher: »Ein Hoch auf den Landesvater!«, was mit einem dreimaligen »Hurra!« bekräftigt wurde. Gleich danach verloschen Lampen, Fackeln und Laternen, und alle Mitwirkenden verstreuten sich sehr rasch in alle denkbaren Richtungen. Sekunden nach dem letzten »Hurra« war wieder nur das Zirpen der Grillen zu hören.

HISTORIKER DR. JOHANNES RONCZKA:

Im beginnenden 18. Jahrhundert geschah es häufig, dass Bauern ihren Unrat auf unbebauten Grundstücken oder Wiesen abluden. Man nannte diese Menschen »Feldmark-Frevler« oder »Wucherer«. Wurden sie bei ihrem mutwilligen Handeln erwischt, mussten sie mit der Bestrafung durch die geschädigten Grundbesitzer rechnen, indem diese für die Verwüstung der im Besitz der Wucherer befindlichen Äcker sorgten. Daher stammt der Begriff *Haberfeld*. Später entwickelte sich der fragwürdige Brauch, sündhafte Frauen, die nicht den Moralvorstellungen von Familie und Kirche entsprachen und beispielsweise ihre Jungfräulichkeit vor der Ehe verloren hatten, unter Peitschenhieben durch ein abgeerntetes Haberfeld zu treiben, um den Ausschluss unehrenhafter Frauen oder Mädchen aus der Gesellschaft zu manifestieren. Vorehelich geschwängerte Frauen wurden *quasi auf dem Felde sitzengelassen*. Aus heutiger Sicht ist es erstaunlich, dass die für die Schwangerschaft mitverantwortlichen Liebhaber hierbei nie zur Rechenschaft gezogen wurden, im Gegenteil sogar meist bei den Treiben dabei waren.

Hieraus entwickelten sich höchstwahrscheinlich jene privaten Gerichtsprozesse, die wie mittelalterliche Femegerichte gestaltet wurden und bei denen sowohl Männer als auch Frauen, die man für schuldig befand, *gerügt* wurden. Die Mitwirkenden trafen sich vor Abhaltung der *geheimen Strafjustiz* stets auf einem Acker. Vermummende Maskierungen, geschwärzte Gesichter, Lärminstrumente und Aufsagen von Reimen kamen erst später hinzu. Die Verkleidungen stammen von wärmenden, aus Ziegenfell gefertigten Gewändern, angelehnt an die mythische Figur der *Habergoaß (Habergeiß)*. Hierbei handelt es sich um eine Dämonengestalt mit Ziegenkopf, Pferdehufen, langem Bart, glühenden Augen und der Stimme eines Geißbocks. Die Habergeiß existiert auch in Begleitung und als Haustier der Percht (siehe Seite 111), wobei sie in diesem Fall einen stabilen Tragekorb auf dem Rücken trägt, mit dem sie der Sage nach unartige Kinder fortschleppt.

Anlass für jene Haberfeldtreiben waren Verstöße gegen das persönliche gesellschaftliche Rechtsempfinden, gegen Sitte, Anstand und Moral. Haberer kamen meist aus einfachen Verhältnissen, waren Handwerker, Arbeiter oder Bauern. Häufig wurden bei den Treiben gleich mehrere Menschen aufgesucht und gerügt, damit sich der Aufwand für Schaulustige und Haberer *rentierte.*

Besondere Aufmerksamkeit bekamen die Treiben während der sogenannten *Daxerzeit* (benannt nach dem Bauern und Wirt Johann Vogl, *der Daxer von Wall*), der sich persönlich wesentlich unmoralischer und dreister benahm als die zu bestrafenden Schuldigen. Der Daxer handelte regelmäßig nach vagen Gerüchten oder erfand Rügegründe. In seiner Bierstube tummelten sich überwiegend junge Feiertagsschüler, da er ihnen neben Bier und Schnaps auch hemmungslosen Aufklärungsunterricht zukommen ließ. Systematisch sorgte der Daxer jahrelang dafür, eine ganze Generation von Bauern sittlich zu verderben. Viele der heute im Volksmund gebräuchlichen Kraftausdrücke stammen vom Daxer. Er verkaufte den Jugendlichen zudem Präservative und gedruckte, selbst verfasste Habererverse, die an Obszönität und Freizügigkeit keinerlei Grenzen kannten. Gerne forderte er die anwesenden männlichen und weiblichen Besucher auf, unbekleidet in seiner Bierstube zu tanzen und verteilte feixend seine Präservative. Da er trotz allem immer noch gläubig war, nahm er das Kruzifix an solchen Abenden von der Wand, damit der HerrGOTT nicht bei dem pikanten Treiben zusehen musste.

Der Daxer wurde mehrmals wegen verschiedener Vergehen inhaftiert, unter anderem für die Organisation illegaler Haberfeldtreiben. Im Jahre 1894 wurde ihm endlich ein großer Prozess wegen Notzucht gemacht, da er zuvor eine Minderjährige zu schänden versucht hatte, was deren Mutter durch Zerkratzen des Gesichtes von Daxer mit einem Rechen zu vereiteln wusste.

Er selbst war höchst erstaunt über die Strafverfolgung, wähnte er sich doch aufgrund seiner allseits bekannten Rachsucht in Sicherheit. Er wurde zu sieben Jahre Zuchthaus verurteilt, was von den Leuten wie eine Erlösung empfunden wurde. Jede Familie in Wall wusste, dass sämtliche Übel und entarteten Haberfeldtreiben ihrer Gegend mit dem Daxer in Zusammenhang standen. Dies tut ein anonymer Habererbrief an das Miesbacher Bezirksamt kund:

Im Juli 1894 hot sich in Wall Ein nets Ereigniß ergebn. Da is aufra dapiga Baurntochter da Haberfeldmeister drauf glegn. D Muata hot no rechtzeiti erdapt und bei dera Glegnheit s Gsicht recht verkratzt. . . . Wenn der Vorgang Folgen hat und durch eine Geburt der

Sachverhalt an den Tag kommt und der Daxer eingesperrt wird, nacha glaubma mitn Haberfeldtreibn is jezt a Rua. Eingesant vo mehrere Waller.

Der Vorsitzende eines Schwurgerichts erklärte beim Prozess: »Während meiner langen Praxis als Richter, die sich auf Jahrzehnte erstreckt und in der ich mich leider GOTTes oft genug mit Sittlichkeitsverbrechen zu befassen hatte, ist mir noch nie – ich muss es sagen – ein so gemeiner Strick vorgekommen, wie Sie einer sind. Einen solchen Grad von sittlicher Verkommenheit wie Sie an den Tag legten, habe ich noch nie gefunden. Moral und Sitte müssen in dem Schmutz und Unrat, in welchem Sie herumwühlten, bei Ihnen ganz untergegangen sein. Wenn man solche Dinge hört, dann kann man begreifen, dass Ihnen solche Dinge zur Last liegen!«

Nach dem Urteil versuchte der Daxer durch bestochene Zeugen und fingierte Briefe die Schuld auf die Familie und das Opfer selbst zu lenken. Da die zahlreichen Briefe, die er schrieb und erhielt, in alter Haberermanier für Außenstehende in unauffälliger Geheimsprache abgefasst waren, dauerte es Monate, bis der Inhalt entschlüsselt und gerichtsbekannt wurde. Danach mehrten sich die Anschuldigungen, und die Haftstrafe erhöhte sich um mehr als das Doppelte. Der Daxer von Wall entzog sich des Abbüßens, indem er nach dreijährigem Zuchthausaufenthalt an einer tuberkulösen Eiterung verstarb.

»So, wir haben genug gesehen und gehört«, sagte Ferdl, nun nicht mehr flüsternd, dennoch leise. Die beiden Gendarme marschierten zurück und orientierten sich wie zuvor am Kirchenturm von St. Margareth. Die Scheune war wirklich ein fabelhaftes Versteck; drum herum war nur Feld und Wald. Erst wenige Meter vor Ankunft an der Scheune hörten Wiggerl und Ferdl leises Gemurmel durch die Holzdielen.

Der leitende Gendarm erschrak, als Ferdl das Tor öffnete. Bislang waren nur vereinzelt Gendarmen in Zweiergruppen ein- und ausgegangen, um die Notdurft zu verrichten. Seit über einer Stunde war das Tor nicht mehr geöffnet worden. Da sich die Augen aller Insassen an die Dunkelheit gewöhnt hatten, wurden die Gesichter der beiden Gendarmen in Zivil geschwind erkannt. Ferdl erstattete Bericht.

»Wir waren Zeugen eines klassischen Haberfeldtreibens, samt dem Grewöi und dem ganzen Drumherum.«

»Was ist denn ein Grewöi?«, fragte der leitende Gendarm.

»Ein Gelärme. Der neue Vorsitzende heißt Bacher, ihn zu finden, dürfte leicht sein. Anwesend waren auch der Daxer von Wall, der die Bierstube betreibt, und ein Mann namens Killio. Diese drei Hauptbeteiligten haben wir uns genau eingeprägt. Das Treiben war wie ein Spuk nach etwa fünfzehn Minuten vorbei, und die Mitwirkenden verschwanden sämtlich, als seien sie vom Erdboden verschluckt.«

»Gute Arbeit, Kameraden!«, lobte der leitende Gendarm. »Zwei Gendarmen machen sich sofort auf den Weg nach Miesbach, von wo aus man nach München telegrafieren soll, um die persönlichen Daten der drei nun namentlich bekannten Männer herauszufinden. Nach

Rückkehr der beiden Gendarmen werden wir hoffentlich die privaten Adressen haben und noch im Morgengrauen zugreifen.«

Wiggerl und Ferdl legten sich ein paar Stunden auf Stroh schlafen, bis dann die Gendarmen zurückkehrten und wie geplant die Adressen der Geheimbündler mitgebracht hatten. Der Killio hieß nicht, wie Wiggerl vermutet hatte, Kilian, sondern hatte den putzigen Nachnamen Killi, mit Vornamen hieß er Balthasar. Der Bacher hieß mit Vornamen Thomas und der Daxer von Wall war ohnehin aktenkundig; sein Name war Vogl Hans. Wiggerl und Ferdl begleiteten die Kollegen, damit sie die Haberfeldtreiber identifizieren konnten und nicht versehentlich Verwechslungen bei der Verhaftung entstehen würden.

»Wir müssen versuchen, die Übeltäter in Gewahrsam zu nehmen, bevor ein ortsansässiger Gendarm davon Wind bekommt«, erklärte der leitende Gendarm. »Die halten ja alle zusammen in so einem Dorf. Nicht dass der uns bei der Ausübung unserer Pflicht behindert.«

Doch nun kam es zur nächsten Schwierigkeit: Die Gendarmen hatten keine Ortskarte und niemand kannte sich aus. Beschilderungen der Straßen gab es keine. Noch dazu war es fünf Uhr in der Früh und relativ dunkel. Ferdl baute sich vor den restlichen Gendarmen in der Scheune auf und sagte: »Wir klopfen an der erstbesten Tür und fordern die Person, die öffnet, auf, uns eine Beschreibung zu den drei gesuchten Adressen zu geben. Es müsste schon ganz verzwickt zugehen, wenn wir da zufällig einen Gendarmen erwischen würden.«

»Das ist ein sehr guter Vorschlag«, lobte der leitende Gendarm.

Gesagt, getan. Ein schlaftrunkener, etwa fünfzigjähriger Mann öffnete im Nachthemd und war nicht schlecht erstaunt, vor seiner Tür eine Schar von Gendarmen vorzufinden. Hinter ihm erschien eine etwa gleichaltrige Dame, wohl seine Gattin, und eine hübsche junge Blondine. Wiggerl erkannte sie sofort: Es war Sabrina, die Kellnerin aus Daxers Bierstube. In ihrem weißen Spitzennachthemd sah sie noch verführerischer aus. Wiggerl strahlte sie an, doch ihr Blick war wenig erfreut – sie wirkte beinahe aufgebracht. Während Sabrinas Vater pflichtbewusst die drei zu nehmenden Routen beschrieb, überlegte Wiggerl, wie die Situation wohl auf Sabrina wirken müsse. Erst waren die beiden Burschen noch längere Zeit in der Wirtschaft und einer half ihr beim Fässerschleppen, dann erkundigten die sich ungeniert nach dem Haberfeldtreiben, und jetzt waren sie in Begleitung mehrerer Gendarmen vor ihrer Tür und zwangen den Vater, die Adressen seiner Quasinachbarn auszuplaudern. Wie hätte sie wohl reagiert, wenn Wiggerl in Uniform dagestanden hätte? Es blieb keine Zeit zum Grübeln, die Tür zu Sabrinas Elternhaus wurde wieder geschlossen, und schon ging es zu den Behausungen der drei Haberfeldtreiber, die sämtlich daheim anzutreffen waren und sich anstandslos abführen ließen. Der Daxer und der Bacher sprachen kein Wort, nur der Killio versah seine Peiniger mit kraftvollen Schimpfworten wie »Dreckshammi«, »varreckte Saubande« und »Hundskrippi«.[64]

Der Marsch durch die schwindende Nacht dauerte lang, und noch in den frühen Morgenstunden wurden die Verhöre auf der Miesbacher Wache vorgenommen. Wiggerl und Ferdl waren hundemüde, hatten ihre Uniformen wieder angelegt und blieben bei den Verhören anwesend. Als Erster war der Daxer dran.

»I sag nix, da müssts früher aufstehen«, knurrte er.

»Red, oder ich schlag dich grün und blau!«, herrschte ihn der leitende Gendarm an. »Wehrlose Weiber öffentlich bloßstellen, pfui Deifi wirklich! Jetzt mach dei Fotzn auf[65], sonst gibt's a Donnerwetter!«

»Nix sag i.«

Der Daxer grinste rotzfrech. Da schlug ihm der Gendarm mit der geballten Faust auf die Schläfe. Der Daxer blieb felsenfest sitzen.

»Danke schön! Wenns dir Spaß macht, schlag nur noch ein paar Male zu. Mir macht das nix. Da hab i scho andere Lawinen erlebt, als deine kindischen Backpfeifen, du Hanswurscht.«

Ebenso wortkarg gab sich der Bacher.

»Woher habt ihr denn die Gewissheit, dass die Friesingerin eine Schuld auf sich geladen hat?«

»Wer?«, fragte der Bacher scheinheilig. »Ach so, die Frau vom Friesinger. Was soll mit der sein?«

64 »Hundesohn« / »elende Räuberbrut« / »Kriegsversehrte«
65 Mach deinen Mund auf

»Stell dich nicht blöd! Woher kam der Unmut? Hat sie wirklich was gemacht? Oder wollte sich nur einer an ihr rächen? Habt ihr sie nur aufgrund eines Verdachtes angeklagt, oder gab es da Beweise?«

»Beweise für was?«

Die Aussicht auf ein vernünftiges Verhör schien gering zu sein. Doch es fehlte noch der Killi Balthasar.

»Weißt du, was ein Haberfeldtreiben ist?«, fragte der leitende Gendarm.

»Das ist die Möglichkeit für einfache Leute, die Ordnung zu erhalten.«

»Aha. Warst du schon mal bei einem dabei?«

»Freilich nicht. Es ist verboten.«

»Aha. Und was hast du vor ein paar Stunden so gegen Mitternacht gemacht?«

»Da war ich im Bett.«

»Es gibt zwei Zeugen, die etwas anderes sagen.«

Der leitende Gendarm sah zu Wiggerl und Ferdl hinüber.

»Beim Treiben warst dabei«, sagte Ferdl. »Da kommst uns nicht aus.«

Der leitende Gendarm erkannte seine Chance, weil er bemerkte, dass der Killi unsicher wurde. Eine Lüge wirkte in solch einer Situation manchmal Wunder.

»Der Daxer hat schon gestanden«, sagte der leitende Gendarm und fixierte den Killi genau. »Du ersparst dir eine Menge Zuchthaus, wenn du uns die vollständigen Namen der anderen Haberfeldtreiber verrätst.«

»Ich hab damit nix zu tun.«

»Aha, da hat der Daxer aber etwas anderes ausgesagt.«

»Wirklich? Hat der Daxer …?«

»Freilich. Der Daxer hat unter Folter ausgepackt.«

Dieses Argument schien dem Killi schlüssig vorzukommen. Ihn ergriff ein Anflug von Panik.

»Aber, wenn der Daxer alles gesagt hat, wozu soll ich dann noch die Namen nennen?«

»Weil er in der Folter so stark ins Bluten gekommen ist, dass ihm die Sinne geschwunden sind«, sagte Wiggerl spontan. Zur Bekräftigung dieser Worte verabreichte der leitende Gendarm dem Killi zwei gewaltige Ohrfeigen. Daraufhin nannte der Killi sämtliche Namen aller Beteiligten. Ein voller Erfolg. Am Nachmittag brachte man alle drei ins Gefängnis Cornelius-, Ecke Baaderstraße in der Münchner Isarvorstadt.

»Meine Herren, halten Sie sich bereit!«, erklärte der leitende Gendarm. »Morgen müssen Sie noch mal diversen Verhören beiwohnen, verschiedene Bürger aus Wall sind einbestellt worden. Aber vorher schlafen Sie sich mal schön aus. Wir haben uns erlaubt, in der Kaserne zwei Einzelstuben für Sie herrichten zu lassen. Gute Nacht!«

14. April 1886

Der Wolken-Beppi aß in der Münchner Gaststätte Hundskugel ein saures Lüngerl. Es gab eine alte Legende über sechs streunende Hunde, die in früher Vorzeit eine große Kugel vor den Toren Münchens herumgeschoben haben. Dabei rollten sie die Kugel durch das ehemalige Neuhauser Tor, das vor knapp hundert Jahren nach Kurfürst Karl Theodor umbenannte »Karlstor« beim Stachus. Vor einem Haus bei der Josephspitalstraße haben die Tiere dann ihr Spielzeug abgelegt, so hat sich der Name des Wirtshauses abgeleitet. Der Wolken-Beppi wusste natürlich, dass dies ein Schmarrn war, schließlich besaß er hellseherische Kräfte nicht nur in die Zukunft, sondern auch in die Vergangenheit. Weil er aber ein geruhsames Leben führen wollte, ließ er sich nicht wie andere Seher für politische oder juristische Angelegenheiten einspannen, sondern blieb eisern ein, wie er es nannte, Biertischprophet. Viele wussten von seinen Fähigkeiten, manche verspotteten ihn, andere jedoch schätzten seine Wahrsagungen sehr. Wer seine Dienste in Anspruch nehmen wollte, konnte ihn immer donnerstags und freitags im Hofbräuhaus antreffen. Er verlangte für seine Deutungen kein Honorar, freute sich aber, wenn ihm eine Maß Bier spendiert oder ein paar Münzen zugesteckt wurden. Von Zeit zu Zeit hatte der König ihn zu sich gebeten und mit so viel Geld beschenkt, dass er bis an sein Lebensende zu essen und zu trinken kaufen könnte. Das war ein großes Glück, und er war sehr dankbar dafür.

»Hats geschmeckt?«, fragte die Bedienung Lissi.

»Ja. Es war wirklich guad.«

Über dem Wolken-Beppi hing ein Gemälde mit spielenden Hunden und jener goldenen Kugel, die stark an das Märchen vom Froschkönig erinnerte.

»As einfache Essen is oft des beste, oder?«

»Da hast recht, Lissi. Weißt, in hundertfünfzig Jahren, da wird die Welt einmal ganz anders ausschauen als heut. Da werden einfache Bauernessen in der Wirtsstube teurer sein als ein Fotoapparat. Alle werden technische Gerätschaften besitzen, die es in Hülle und Fülle geben wird und die einem die Geschäfte für ganz wenig Geld um die Ohren hauen werden. Dafür wird das Bier so kostspielig, dass man mit einer Stunde Arbeit nicht einmal eine Maß im Biergarten bezahlen kann.«

»Aber, das ist doch total sinnlos!«, erkannte die Lissi.

»Ja mei, der Mensch ist eben ein wundersames Geschöpf«, seufzte der Wolken-Beppi und sog den Duft des guten Bieres aus seinem Krug ein, bevor er einen erfrischenden Schluck davon trank.

HISTORIKER DR. JOHANNES RONCZKA:

Die Legende mit den sechs Hunden, die mit einer Kugel gespielt haben sollen, ist zwar beliebt, aber eben nur eine Legende. Bereits im 14. Jahrhundert nannte man die Gasse »Bei der Hundskugel«, nach dem an dieser Stelle nachgewiesenen »Hundskugelbad« (Hackenstraße 4), dessen Name von der *Hundsgugel* stammte – einem damals weitverbreiteten Helm mit an eine Hundeschnauze erinnerndem Visier. Der seltsame Hausname stammt also höchstwahrscheinlich von Rittern und Kriegern, die das beliebte Bad besuchten. Weil das in Vergessenheit geriet, kam man auf die Idee mit den kugelspielenden Hunden.

14. April 1886

Das Quartier in der Miesbacher Kaserne war kommod[66] gewesen, ein gutes, bequemes Bett bescherte Wiggerl erholsamen Schlaf. Am nächsten Morgen wurde er von einem Burschen geweckt und zu den Waschräumen geführt. Hier war alles etwas moderner als in der Brucker Kaserne, tadellos funktionierende Wasserhähne, Kacheln und im ganzen Gebäude großzügige Treppenhäuser. Ferdl Boppeler hockte bereits im Frühstücksraum und verzehrte Kaffee und Marmeladesemmeln.

»Servus«, begrüßte der seinen neu gewonnenen Kameraden. »Gut geruht?«

»Mehr als gut«, sagte Wiggerl, setzte sich dazu und schenkte sich eine Tasse Kaffee aus der großen Kanne ein.

In einer Schreibstube verfassten sie den Bericht ihres Einsatzes und fanden sich um halb elf Uhr im Verhörzimmer ein. Dort wartete die Sabrina mit rotem Kopf. Ein Protokollführer klärte die Zeugin auf:

»Färber Sabrina, Sie sind uns als Zeugin im Falle gegen Herrn Vogl Johann geladen, in dessen Bierstube Sie als Kellnerin tätig sind. Als Zeugin haben Sie die Pflicht, die Wahrheit zu sagen. Falls nicht, machen Sie sich strafbar. Sie sollten also niemanden zu Unrecht belasten, absichtlich die Bestrafung eines Straftäters vereiteln, einem Straftäter Hilfe leisten, um ihm Vorteile der Tat zu sichern oder eine Straftat vortäuschen. Frau Färber, haben Sie das verstanden?«

»Ja«, antwortete Sabrina leicht zittrig. Die Situation musste sehr unangenehm für sie sein. Der Protokollführer wandte sich nun an Ferdl und Wiggerl.

»Die Herren Gendarmen, ist Ihnen die Dame bekannt?«

»Jawohl!«, bekundete Ferdl.

»Jawohl!«, bekundete auch Wiggerl, der das Bedürfnis hatte, das Wort zu ergreifen. »Wir waren in ziviler Kleidung in der Bierstube des

66 Nach dem Lateinischen »con modo« (»nach Art und Weise«), bairisch abgeleitet für »angenehm, behaglich«

Herrn Vogl und trafen auf Frau Färber.«

»War Ihnen bekannt, dass der Herr Vogl, auch bekannt als Daxer von Wall, sich bei ungesetzlichen Haberfeldtreiben beteiligt?«

»Man hat im Dorf darüber gesprochen, aber gesehen hab ich noch keines von diesen Treiben.«

»Hat sich der Herr Vogl in der Gaststätte über das Vorhaben der Treiben geäußert?«

»Er redete mit seinen Leuten immer in einer Geheimsprach, da hab ich oft nicht gewusst, worum es geht. Ich hab ja auch arbeiten müssen, da bekommst nicht alles mit, was gesagt wird.«

»Ist Ihnen ungebührliches Verhalten vom Herrn Vogl aufgefallen?«

»Was heißt das?«

»Das soll heißen«, sagte der Ferdl, »ob der Daxer herumgetatscht hat.«

»Na ja«, sagte Sabrina verschämt, »grad zurückgehalten hat er sich nicht.«

»Was heißt das?«, fragte der Protokollant. »Hat er Sie unsittlich angefasst?«

»Das nicht«, erklärte Sabrina, die wohl wusste, dass es vermutlich keine gute Idee war, ihren Brotgeber zu belasten. »Er ist halt vielleicht ein bisserl stürmisch. Aber er hat sich immer ehrenhaft verhalten.«

Nach dem Verhör begleitete Wiggerl die Sabrina hinaus. Sie wirkte nach wie vor beleidigt.

»Des hätt ich nicht gedacht«, sagte sie beim Gang über den Hof, »dass du ein Gendarm bist.«

»Ich hätt es dir ja schlecht verraten können.«

»Stimmt. Wenn ich ehrlich sein soll, sind wir Dorfbewohner froh, dass die elendige Haberfeldtreiberei ein End hat. Man hat sich ja nimmer sicher gefühlt. Weil die Gründe waren oft erfunden.«

»Und der Daxer?«

»Wie gesagt, ich kann nix wirklich Schlechtes über ihn sagen. Ich bin aber auch nicht traurig, wenn er nimmer zurückkommt nach Wall.«

»Dann brauch ich kein schlechtes Gewissen haben, weil ich dir nix gesagt hab?«

»Nein. Und die Uniform schaut auch sehr fesch aus.«

»Sei nicht zu nett zu mir, sonst verschau ich mich noch in dich, und dann kommen die Haberfeldtreiber zu mir.«

»Geh, Schmarrer!«[67]

»Sag, Sabrina, muasst am Wochenend arbeiten?«

»Ich weiß gar nicht, ob die Bierstube überhaupt noch mal aufsperrt. Der Daxer bleibt lang weg, oder?«

»Des weiß ich nicht, aber ausgehen würd ich davon, dass es eine Zeit lang Zuchthaus geben wird.«

»Warum hast gefragt?«

»Wir könnten am Sonntag einen Spaziergang machen.«

»Hier in Miesbach?«

»Oder am Würmsee. Weißt, ich bin eigentlich aus der Nähe von Starnberg. Du könntest mit dem Zug kommen. Ich spendier die Fahrkarte.«

»Da kann ich ja fast nicht Nein sagen«, schmunzelte Sabrina. »Ziehst du dann deine schneidige Uniform an?«

»Das darf ich nur im Dienst.«

Auf einmal schien sie an dem Vorhaben zu zweifeln.

»Ich hab mich fei noch nie allein mit einem Mann getroffen. Weil ich kenn dich ja überhaupt nicht gescheit.«

»Hast Angst?«

»Ein bisserl.«

»Für mich ist es genauso aufregend. Ich hab mich nämlich auch noch nie mit einer Frau getroffen.«

»Was? Ein so ein schöner junger Mann? Das glaub ich dir nicht.«

In diesem Moment kam der Ferdl zum Kasernenausgang, wo Wiggerl und Sabrina seit ein paar Minuten standen.

»Mit Zeugen turteln ist strengstens untersagt!«, sagte Ferdl schelmisch.

»Ich wollt sowieso grad gehen«, nutzte Sabrina die Chance.

67 »Du bist mir aber schon so ein Schlingel!«

»Der Zug fährt in München um elf Uhr zweiundzwanzig ab. Ich wart in Starnberg auf dich.«

»Und wenn ich nicht komm?«, fragte Sabrina, die flotten Schrittes davoneilte.

»Dann hab ich Pech gehabt«, rief Wiggerl ihr nach. »Dann komm ich jeden Sonntag an den Bahnhof Starnberg und schau, ob du ankommst.«

Als Sabrina außer Hörweite war, drehte sich Wiggerl zum Ferdl.

»Die gefällt mir schon recht gut.«

»Das merkt man«, sagte Ferdl. »Wart, auf deiner Stirn steht was geschrieben, ich wisch es mal weg.«

Ferdl nahm ein Stofftaschentuch aus der Rocktasche und wischte beim Wiggerl über die Stirn.

»Was hat denn da gestanden?«, fragte Wiggerl.

»*Spitz wie Nachbars Lumpi* hat da gestanden.«

»A geh!«

»Aber im Ernst: Bist du noch gar nicht vergeben?«

»Nein. Ich bin noch unberührt.«

»Ach so? Hast du noch nie etwas ausprobiert?«

»Nein. Das ist ein bisserl komisch bei mir.«

Ferdl sah seinen Kameraden intensiv an. Aller Übermut war aus seinem Blick gewichen, er war jetzt absolut ernst bei der Sache, da er merkte, dass Wiggerl seine Seele öffnete.

»Wie meinst des? Hast du Angst vor dem Körperlichen?«

»Nein, ganz im Gegenteil. Aber es ist bei mir so, dass ich den Eindruck hab, dass es mich nach verschiedenen Seiten hinzieht.«

»Ich versteh nicht, was du meinst.«

»Na, dass ich vielleicht in der Hinsicht nicht ganz normal bin.«

»Also du meinst, dass du auf Weiberleut stehst, aber auch auf Männerleut?«

»Genau!«

»Ich find das nicht schlimm, jeder soll doch so leben, wie er es mag. Dass es dagegen Gesetze gibt, ist ja eigentlich eine Anmaßung. Wir leben doch nicht mehr im Mittelalter. Solang alle Beteiligten ihren

Spaß haben und es hinter verschlossenen Türen stattfindet, halte ich das sogar für sehr gesund, wenn man sein privates Leben so gestaltet, wie man es empfindet.«

»Du bist der erste Mensch, der versteht, was ich mein.«

»Ich bin ja auch schon fast fuchzig, im Lauf des Lebens macht man sich schon ein paar Gedanken.«

»Bist du dann auch so, dass du …«

»Nein, überhaupt nicht. Ich mag nur mit Frauen beisammen sein. Aber ich hab einen jungen Gendarm bei mir in Füssen, der mag auch sowohl das eine als auch das andere. Tät dich interessieren, den kennenzulernen?«

»Ja freilich!«

»Ich such im Moment eh Zuwachs für meine Gendarmerie. Soll ich deine Versetzung beantragen?«

»Geht das so einfach?«

»Schauen wir mal.«

15. April 1886

»Die verreckten Pollen machen mi fertig«[68], jammerte Hans Amnesbichler und rieb sich die von der Allergie stark geröteten und klitzekleinen Augen. Er lag auf seinem Bett und wälzte sich hin und her. Ihn quälte ein fürchterlicher Heuschnupfen. Sein Bruder Georg hatte sich für die berittene Gendarmerie in München beworben und war derzeit beim Reitunterricht in Raisting. Es war gerade Mittagspause. Wiggerl räumte eben seinen Spind im gemeinsamen Zimmer aus.

»Nach Füssen?«, fragte Barnabas. »Was willst denn in Füssen?«

»Die gute Allgäuer Luft wird mir guttun!«, antwortete Wiggerl strahlend, und er merkte, dass Barnabas bereute, sich nicht für den Haberfeldeinsatz gemeldet zu haben.

»Du bist ja echt blöd. Nächste Woche beginnt hier die Ausbildung als Scharfschütze.«

»Ja und? Findest du das interessant?«

»Als Scharfschütze stehen dir viele Möglichkeiten offen«, sagte Barnabas. »Aber das verstehst du wahrscheinlich nicht. Du willst ja lieber nach FÜSSEN.« Er sprach das Wort absichtlich verächtlich mit verzogenem Mund aus. »Und der Lindner hat deiner Versetzung einfach so zugestimmt?«

»Ja, er war sehr erfreut über unseren Erfolg bei der Verhaftung vom Daxer.«

»Ach so, war das EUER Erfolg? Du warst doch da nur einer von vielen im Einsatz, oder?«

Wiggerl war diese Eifersucht seines Freundes auf alles, was nicht der Norm entsprach, fremd. Warum konnte er ihm nicht gönnen, dass die »Operation Daxer« gelungen war?

»Ich seh mich halt als Bestandteil. Ist ja auch wurscht. Ich bin jedenfalls gespannt und freu mich auf Füssen.«

»Aber wie hat das jetzt so schnell gehen können?«

»Die haben halt Bedarf an Gendarmen dort; sie haben mich gefragt,

68 »Diese vermaledeiten Blütenpollen treiben mich noch zur Weißglut!«

und ich hab gesagt, dass ich es machen möcht, sofern der Lindner es erlaubt.«

»Aha.«

Wiggerl entschied, den positiven Eintrag, den er vom Gendarmerieleiter im Qualifikationsbogen erhalten hatte, lieber zu verschweigen. Dort stand nämlich: *Verwendbarkeit im Sicherheits- und Forschungsdienste: sehr verwendbar, pflichtbewusst und eifrig.* Aber das würde Barnabas vermutlich auf die Palme bringen.

»Und was ist da so anders in Füssen?«, fragte Barnabas mit gerümpfter Nase.

»Zum Amtssprengel des Polizeipostens in Füssen gehören auch Neuschwanstein und Hohenschwangau. Gerade jetzt, in Zeiten, wo es unserem König nicht gut geht, halte ich es als königstreuer Mensch für sinnvoll, in seiner Nähe zu sein.«

»Aha, willst du dann den König vor dem finanziellen Untergang bewahren, oder was?«, spottete Barnabas.

»Red keinen solchen Schmarrn! Tät dich das nicht reizen, andere Bereiche der Gendarmerietätigkeit kennenzulernen?«

»Wir haben hier in Bruck und rund um München genug zu tun. Aber es tut sicher gut, wenn hier ein Wichtigtuer weniger ist.«

»Was?«

»Du hast mich schon verstanden. Wir brauchen hier keine aufgeblasenen Angeber, die meinen, dass sie die Retter der Welt sind.«

»Das nimmst du zurück!«

»Nix nehm ich zurück, du Volldepp.«

Das war zu viel. Wiggerl schnellte herum und versetzte Barnabas mit der flachen Hand eine schallende Ohrfeige. Ein wüstes Gerangel entstand, die beiden Freunde wälzten sich am Boden und schlugen aufeinander ein. Wiggerls Nase fing an zu bluten, da löste sich Barnabas aus dem Handgemenge.

»Das wirst du noch bitter bezahlen! Du bist doch nicht mehr ganz sauber!«

Während Barnabas schnaubend den Raum verließ, blieb Wiggerl mit geschlossenen Augen auf dem Rücken liegen. Wie lange hatte er dieses Gefühl nicht mehr erlebt? Seine Wange und die Rippen schmerzten fürchterlich. Doch sein Innerstes, seine Brust, sein Herz und sein Bauch waren wohlig angefüllt mit der eindringlichsten Sinnesverzückung, die er je erlebt hatte.

»Meinst, die suchen noch wen da in Füssen?«, fragte Hans Amnesbichler.

»Ich glaub schon«, antwortete Wiggerl, während sich sein Blut sanft aus seinem linken Nasenloch einen Weg in Richtung seiner Oberlippe bahnte.

18. April 1886

Wie immer war König Ludwig II. kurz vor Sonnenaufgang in Schloss Neuschwanstein zu Bett gegangen. Derzeit nächtigte er in silberner Satin-Bettwäsche, doch nach wie vor war sein Schlaf unruhig. Die Bauvorhaben waren ins Stocken geraten, die Zeitungen waren voller Lügen über seine angebliche Verschwendungssucht, außerdem unterstellte man ihm zu Unrecht Unsittlichkeit mit seinen Dienern. Hinzu kam, dass sich der Zustand seines geliebten Bruders Otto verschlechtert hatte. Man konnte kaum noch ein vernünftiges Wort mit ihm sprechen, ständig fiel er einem ins Wort und gab merkwürdige Laute von sich. Nächste Woche, am Karfreitag, wollte der König den Kalvarienberg oberhalb von Füssen besuchen, den Anblick seiner Schlösser genießen und in der hohen Spiritualität dieser heiligen Stätte an allen vierzehn Stationen beten. Er schlief gegen halb zehn Uhr morgens ein und träumte einen intensiven Traum.

Er befand sich in einem großen, leeren, hellen Raum und aß weich gekochte Pellkartoffeln mit Weißherbstsauce. Mit der Gabel zerdrückte er die Kartoffeln zu einem geschmeidigen Brei, den er mit der Sauce vermischte und verzehrte. Ihm gegenüber thronte seine Mutter, die ihn mahnend ansah, da es ihrer Ansicht nach kaum etwas Schlimmeres bei Tisch gab als Menschen, die mit der Gabel die Kartoffeln zerdrücken. Es erklang Geigenmusik, er fragte sich, woher diese schönen Klänge kommen mochten. So erhob er sich und schlich durch den Saal. Auf einmal stürmte sein Bruder Otto herein und erzählte aufgeregt und wirr von einem militärischen Ereignis. Dann blickte Otto den König mit feuchten Augen an, sang eine Melodie und sank weinend in die Arme seines Bruders. Ludwig hielt ihn fest wie ein Vater den heimgekehrten Sohn und wiederholte wieder und wieder: »Otto, du bist in Sicherheit.« Da löste sich Otto von seinem Bruder und blickte ihm mit glasigen Augen ins Antlitz. Doch es war nicht mehr Otto, sondern ein anderer, ein Mann in einer Gendarmen-Uniform. »Wer bist du?«, fragte der König. »Ich heiße Ludwig«, sprach der Gendarm.

In diesem Moment erwachte der König, hielt die Lider aber noch geschlossen, um sich unbedingt an das Gesicht des Gendarmen zu erinnern. Doch das Bild war verschwommen. Er öffnete die Augen und blickte auf die Uhr. Es war kurz nach zwei Uhr nachmittags. Er stand auf und schrieb folgende Zeilen nieder:

»Ich möchte nicht das Leben einer meiner Bürger für einen selbstsüchtigen Zweck zu verantworten haben. Ich wünsche von meinem Schöpfer nicht das Glück eines Eroberers, dieses Fürstenwahnwitzes, sondern jenes Glück, dass man nach meinem Tode sage: Ludwig hat nur danach gestrebt, seinem Volke der wahrhaft treueste Freund zu sein, und es ist ihm gelungen, sein Volk zu beglücken.«

18. April 1886

»Kommt der Zug aus München pünktlich?«, fragte Wiggerl den Bahnbediensteten auf dem Bahnsteig des Starnberger Bahnhofs.

»Wenn er da ist, ist er da.«

»Danke für die freundliche Auskunft.«

»Ja mei, woher soll ich wissen, wann der depperte Zug kommt? Wenn er zu hören ist, wird er bald ankommen. Hört man ihn nicht, ist er noch nicht da.«

Wiggerl blickte auf den See Richtung Percha und überlegte, was er sich eigentlich von dem Treffen mit Sabrina erwartete. Oder was er sich generell vom Leben erwartete. Immer dann, wenn er in seinem bisherigen Dasein etwas ohne zu überlegen getan hatte, veränderte sich alles schlagartig. Als er damals in der Schule dem Ertl Franz die Stirn zeigte, haben die Gemeinheiten dieses groben Metzgersohnes gegen ihn und seinen Freund Barnabas aufgehört. Auch hatte es die Freundschaft zum Barnabas eingeleitet. Als sie dann die Arbeit als königliche Köche nicht annehmen wollten, kam aus heiterem Himmel der Gendarm daher und hat ihr Schicksal in eine völlig neue Welt gelenkt. An diesem Tag hatte er ja auch den Hellseher Wolken-Beppi kennengelernt, den er nun unbedingt bald einmal aufsuchen musste. Vielleicht konnte er durch den Wechsel nach Füssen einmal donnerstags oder freitags Urlaub nehmen. Seine Entscheidung, den Haberfeldeinsatz mitzumachen, hatte ihm nun eine ganz neue berufliche Perspektive eröffnet und zugleich möglicherweise die Freundschaft zu Barnabas beendet. Der Ferdl hatte völlig unverhofft das Thema mit der Geschlechtlichkeit angesprochen und angedeutet, dass es einen weiteren Gendarmen mit ähnlichem Zwiespalt gab. Jemand, der wohl ebenso nicht wusste, in was für einem Körper er wohnt oder welche Gelüste ihn umtreiben. Wiggerl hoffte schwer, dass er sich mit diesem Burschen gut verstehen und gründliche Unterhaltungen mit ihm führen konnte. Aber erst mal war Sabrina dran. Es war sein erstes Stelldichein mit einer Frau, so sie denn kommen würde.

Er hatte nichts geplant, nur einen schönen Spaziergang am Würmsee. In seiner Fantasie malte er sich aus, gleichzeitig mit Sabrina an einer einsamen Stelle, ohne zu sprechen, sämtliche Gewänder abzulegen und dann splitternackt in den See zu hüpfen, wo sich dann bald die Lippen der beiden treffen und die vier Hände sich gegenseitig überall erkunden würden. Vielleicht wäre auch gerade ein junger Student in der Nähe beim Baden, der könnte sich gleich dazugesellen. Es würde ein wildes Geschmuse geben und Gelächter sich mit Geplätscher mischen. Wiggerl war sehr wohl bei dieser Vorstellung. Da fuhr zischend der Zug ein. Wiggerls Herz klopfte aufgeregt. Allerlei Sommerfrischler stiegen aus, Damen mit modernen Hüten, Herren mit gezwirbelten Bärten, Familien mit Kindern, zwei alte Männer in Wanderkleidung, ein Soldat und drei kichernde Mädchen. Doch von Sabrina fehlte jede Spur.

»Das ist der Zug aus München?«, fragte Wiggerl den Bahnbediensteten.

»Schaut fast so aus, oder?«, antwortete dieser und blies ohrenbetäubend in seine Trillerpfeife. »Zurückbleiben bidde!«

19. April 1886

Sisi, Kaiserin von Österreich, lag in ihrem Himmelbett und dachte nach. Auf ihrem Nachtkästchen lag ihr Lieblingsbuch, *Frankenstein Or The Modern Prometheu*« von Mary Shelley. Die letzten Monate, ja Jahre hatten sie sehr verändert. Die Ehe mit Kaiser Franz Joseph hatte sich in eine Zweckgemeinschaft verwandelt, die Liebe war ihnen entglitten, sie sahen sich kaum noch, und jeder lebte sein eigenes Leben. Er übte seine politischen Ämter aus, ging auf Empfänge, wogegen sie sich in maßlosen Leibesübungen auf imaginäre Wettkämpfe vorbereitete und aus Angst vor Fettleibigkeit kaum noch etwas aß. Ganz im Gegensatz zu ihrem besten Freund, Ludwig II. König von Bayern, der von früh bis spät schlemmte, viel trank und körperliche Ertüchtigungen mied. Die Leidenschaften, die die beiden teilten, waren der ungezügelte Zigarettenkonsum und die Liebe zu Kunst und Kultur.

In einigen Wochen hatte Sisi mit ihrem Ehemann einen Besuch im Atelier des Hofmalers Heinrich von Angeli verabredet. Sisis Plan war schon seit längerer Zeit, eine Mätresse zur Erheiterung von Franz Joseph herbeizuschaffen. Im vergangenen Jahr wohnte das kaiserliche Ehepaar einer Privatvorstellung der attraktiven Schauspielerin Katharina Schratt im tschechischen Schloss Kremsier bei. Auch das russischen Zarenpaar war anwesend. Hier entschied die Kaiserin, die »gnädige Frau« Katharina Schratt mit ihrem Ehemann zu verkuppeln, damit er nicht der Vereinsamung anheimfalle. So arrangierte sie private Unterhaltungen und regte einen Briefwechsel zwischen Franz und Katharina an, der bisher jedoch noch nicht stattgefunden hatte. Da kam ihr die Idee mit dem Gemälde für das Arbeitszimmer des Kaisers in der Hermesvilla und einem zufälligen Zusammentreffen während der Arbeiten des Künstlers am Porträt der Mimin, nach Möglichkeit gerade appetitlich in Spitzen gehüllt und das Gesicht mit rosigem Teint geschminkt. Sisi hoffte so sehr, dass Franz durch erotische Kontakte zu einer jungen Frau seine frühere Lebensfreude wiederfinden möge, ja, sich nach Möglichkeit Hals über Kopf in sie verlieben würde. Kreuzfidel solle er werden, der Franz. Einerseits, weil sie ihn trotz seiner Griesgrämigkeit immer noch sehr mochte, andererseits, damit sie noch mehr Zeit für ihr eigenes, selbstbestimmtes, souveränes Leben haben würde.

Was war sie doch in ihrer Kindheit und Jugend für ein unbeschwerter Mensch gewesen? Freilich immer ein bisserl melancholisch und sentimental, aber in einer Bilderbuchwelt. Ihre Eltern ließen sie im Schloss Possenhofen reiten und schwimmen, hüpfen, spielen, angeln und herumalbern. Hinzu kamen die wohlsortierte Bibliothek ihres immer gut gelaunten, belesenen und weit gereisten Vaters und die Offenherzigkeit und moderne Lebenseinstellung ihrer toleranten Mutter. Zur Ehe mit Franz Joseph wurde sie mehr oder weniger überredet, sie war damals ja erst fünfzehn Jahre alt gewesen. Wenn sie gewusst hätte, dass bald der gesamte Hof über jeden Schritt und Tritt klatscht und tratscht, dass selbst das Intimleben mit ihrem Mann genauestens beobachtet und hinter vorgehaltener Hand diskutiert wird – dann wäre sie diese Verbindung niemals eingegangen.

Ähnlich wie ihr engster Vertrauter und Bruder im Geiste, Ludwig II., war auch sie längst nicht mehr die, die artig und ergeben ihr Schicksal ertrug, in ihrem Fall allen Klatsch über ihre Person aushielt, diese ewigen saudummen Walzer mittanzte, ständig in den Prater und ins Burgtheater mitrannte, diesen ganzen Firlefanz duldete, und sich in die Vorgaben ihrer gestrengen und bösartig dominanten Schwiegermutter und Erwartungen als Kaiserliche Hoheit einfügte. Dieses Bild, das in der Öffentlichkeit existierte, war längst verschwunden, wenn es überhaupt jemals real existierte. Weder Sisi noch Ludwig interessierten sich für die Rohheit in der Politik, für Belanglosigkeiten bei Gesprächen oder Etikette am Hofe. Sie waren der geistigen Welt viel näher als der sichtbaren. So hatte sie eine enge Verbindung zu Ludwig, auch wenn sie sich manchmal monatelang nicht begegneten. Sie wusste, wie sehr er sich in seine Schlösser hineinsteigerte und damit stets mit einem Fuß am Abgrund des finanziellen Desasters stand. Sisi sorgte sich sehr um sein Wohlergehen.

Die Parallelen zu Ludwig waren ihr schon längst klar. Durch die

Sehnsucht nach Erfüllung durch Glaube und Spiritualität rückten weltliche Ideale immer mehr in den Hintergrund. Bei ihr kam hinzu, dass sie sich selbst erst dann so wirklich spürte, wenn sich in ihrem Körper nur Quellwasser und sonst nichts befand. Aß sie auch nur ein Stückchen Obst, fühlte sie sich sofort aufgebläht und dick, also vermied sie die Nahrungsaufnahme. War es manchmal bei Empfängen oder anderen Anlässen nicht zu vermeiden, erleichterte sie sich in sanitären Anlagen davon. Außerdem verlor sie durch das Besteigen von Berggipfeln bis zur totalen Erschöpfung oder anderen höchst anspruchsvollen körperlichen Anstrengungen immer wieder ein paar Kilo, was sie höchst erfreute. Ludwig jedoch machte das Gegenteil. Hegte er einen Groll, ließ er sich einen Berg saftiger Fleischpflanzerl bringen, die er dann hemmungslos vertilgte. Er hatte ihr mehrmals berichtet, dass es ihn mit Genugtuung erfülle, wenn er den Mund voll gut gewürztem Essen habe, welches er dann mit viel Wein hinunterspüle.

Würde ihr Plan mit Franz Joseph und Katharina Schratt aufgehen, könnte Sisi noch mehr auf Reisen gehen, mit ihren Hofdamen Karten spielen – am liebsten *Schwarzer Peter* –, Shakespeare und Goethe lesen, Sprachen lernen und Dinge erleben, die ihr guttun, damit ihre Seele sich von den Jahren der Entbehrungen und Verstellungen erholen konnte.

Sie blickte auf die Uhr. Es war vier Uhr nachmittags. Zeit für einen Schluck Quellwasser. Sie stand auf, trank und legte sich wieder hin. Dann nahm sie ihr Buch zur Hand und las. *Frankenstein*. Was für ein Meisterwerk! Und wie unheimlich die Gemeinsamkeiten von Doktor Frankenstein, der Hauptfigur des Romans, mit Sisi und Ludwig waren! Wie der König und die Kaiserin suchte auch der Arzt den Rückzug in die Einsamkeit, mied soziale Kontakte, flüchtete sich in Gedankenwelten, hatte einen starken Bezug zu Magie und Spiritualität, hatte Visionen und Erscheinungen. Die Handlung des Buches spielt im 18. Jahrhundert. Zu Beginn wird ein kranker, zerstörter, müder Mann von einem Forschungsschiff aus dem Packeis der Arktis gerettet. Es handelt sich um Dr. Viktor Frankenstein, der dem Kapitän seine Lebensgeschichte erzählt hatte, der diese dann in Briefen schriftlich fixierte. Ein geniales Stilmittel, wie Sisi immer wieder bemerkte.

Frankenstein interessierte sich schon als Kind für die Wissenschaft, studierte später in Ingolstadt Naturphilosophie, Medizin und Chemie, wobei ihm der Einfall kam, künstlich menschliches Leben zu erschaffen. Rasch wurde es zur fixen Idee. Er forscht so lange und gründlich, bis es ihm gelingt, eine Kreatur aus Leichenteilen zum Leben zu erwecken. Doch dieses Geschöpf ist abstoßend und furchterregend, so flieht der Arzt aus seinem Labor. Die Kreatur ist ihrem Schicksal überlassen, eine ländliche Familie nimmt sie auf und bringt ihr Lesen und Sprechen bei. Eines Tages sucht die im Grunde ihres Herzens liebenswürdige Kreatur andere Menschen auf, die aufgrund der äußeren, sehr unansehnlichen Erscheinung auf das fremde Wesen einprügeln. Das Geschöpf flüchtet und tötet auf der Suche nach Zuneigung und falscher Einschätzung der eigenen körperlichen Kraft, ohne es zu wollen, ein Kind. Später treffen Dr. Frankenstein und seine Kreatur wieder aufeinander, und der Arzt erschafft eine weibliche Partnerin für sein Geschöpf, die er aber sofort wieder zerstört, da er sich plötzlich vor den Folgen fürchtet. Die Kreatur reagiert extrem wütend und tötet mehrere Menschen, woraufhin Dr. Frankenstein seinem Geschöpf nachreist, um es zu vernichten. In der Arktis verlassen den Arzt sämtliche Kräfte, er wird von einem Schiff aufgenommen, berichtet dem Kapitän von seinem Leben und stirbt entkräftet. Als die Kreatur dies erfährt, sucht sie den Freitod im Feuer.

Eine bewegende, aber auch gruselige Geschichte in jeder Hinsicht. Zum einen ist da die bemitleidenswerte Kreatur, die ja nur auf der Suche nach Liebe und Zuwendung ist, zum anderen aber von den Menschen durch Hass und Verfolgung selbst bösartig wird. Diese Geschichte bewegte Sisi deshalb sehr, weil sie ihre misanthropischen Gefühle bestätigte und sich im Grunde mit dem Monster verglich, das naiv in die Welt entlassen wurde und einfach nur schöne Dinge erleben möchte, aber stets scheitert. Wo in der Geschichte der Menschheit waren denn einmal die Guten die Sieger? Wurden nicht diejenigen, die das nur das Schöne, Edle und Gute wollten, regelmäßig verfolgt und ermordet? Johannes der Täufer, Sokrates und Jesus Christus beispielsweise. In einem visionären Traum waren diese drei Männer Sisi unlängst erschienen, außerdem noch viele andere Menschen, die sie nicht zuordnen konnte: eine junge Frau neben ihrem Bruder auf dem Schafott, mitten in München. Ein dunkelhäutiger Mann, der bei einer Versammlung erschossen wurde. Ein bärtiger Priester, der gefoltert und in einem Fluss ertränkt wurde. Ein Mann mit einer Brille neben einer Asiatin, der vor einem Haus erschossen wurde. Ein betagter Mann, ebenfalls mit einer Brille, sehr schlank, vermutlich indischer Abstammung, auch er wurde erschossen. Und dazwischen immer wieder Ludwig, der in Lebensgefahr gerät. Leider waren die Bilder mit Ludwig sehr verschwommen; vermutlich stand er ihr zu nahe, als dass sie klare Visionen würde haben können. Wie schrecklich doch die Vorstellung war, dass Menschen, die auf der Notwendigkeit des Guten beharren, die Welt friedlicher und liebenswürdiger machen möchten, neue Denkansätze wagen und Schönes schaffen, stets Gefahr laufen, ermordet zu werden.

Um aber nun auf andere Gedanken zu kommen, beschloss sie, ihr tägliches Bad in warmem Olivenöl und sieben Pfund Meersalz zu nehmen, danach eine Gesichtsmaske aus reifen Erdbeeren aufzutragen, um anschließend die gereizte Haut mit gekühltem, rohem Kalbfleisch zu beruhigen. Sisi schob die Bettdecke zur Seite und erhob sich.

19. April 1886

»Willkommen in Füssen«, sagte Ferdinand Boppeler. »Freut mich sehr, dass es so schnell geklappt hat.«

»Die Freude ist ganz auf meiner Seite!«, sagte Ludwig, der vor einer Stunde sein neues Quartier – ein Einzelzimmer – bezogen und für sehr angenehm befunden hatte.

»Eine Sache gleich vorweg«, erwähnte Ferdl. »Füssen ist nicht billig. Ich hab anfangs, als ich neu hier war, nicht schlecht geschaut, als ich die Preise für Lebensmittel und anderes gesehen hab. Damals musste ich um eine Unterstützung nachsuchen, sonst wäre ich nicht über die Runden gekommen. Aber inzwischen weiß ich, wo es sich zu moderaten Preisen einkaufen lässt, und bezahlbare Wirtshäuser kenn ich auch.«

»Das ist gut.«

Wiggerl sah sich um, damit er sichergehen konnte, dass sie unter vier Augen miteinander sprachen.

»Ich bin, wie du dir denken kannst, nicht nur wegen dem neuen Umfeld aufgeregt …«

»Freilich«, sagte Ferdl. »Du möchtest den Gendarmen, von dem ich neulich erzählt hatte, kennenlernen. Er ist heute im Schriftdienst tätig. Aber abends kommt er zum Biertrinken. Wir müssen ja noch auf unseren Erfolg mit dem Daxer anstoßen! Du hast hoffentlich nix anderes vor?«

»Nein, ich hab alle Zeit der Welt! Wie heißt eigentlich der Gendarm, den wir heute treffen?«

»Kastenmeier Michi.«

Die Bierstube war mit schummrigen Funzeln beleuchtet, an einem Tisch wisperten zwei zwielichtige Gestalten: ein feister Kerl mit einer Augenklappe und ein hagerer junger Mann mit hektischen Gesichtszuckungen. Bis auf diese beiden, den Wirt, Wiggerl und Ferdl war das Lokal leer.

»Ich verkehre nicht oft hier«, sagte Ferdl. »Meist suche ich die Gesellschaft höher gestellter Persönlichkeiten, da kann man was dazulernen. Oder, wie denkst du darüber?«

»In der Gosse kann man auch viel lernen«, antwortete Wiggerl keck.

Sie bestellten Bier und Obstbrand.

»Weißt«, sprach Ferdl, »ich hab ja eigentlich Schreiner gelernt.«

»Ich auch«, sagte Wiggerl. »Also nicht direkt gelernt, aber bei meinem Vater ausgeholfen.«

»Als Schandi erlebt man, glaub ich, schon a bisserl mehr als in einer Schreinerwerkstatt. Drum hab ich mich mit vierundzwanzig als Gendarm ausbilden lassen. Ja, und seit knapp zwei Jahren bin ich Gendarmeriewachtmeister in Füssen. Was schön ist, weil ich zumindest gfühlsmaßig[69] in der Nähe vom Kini sein kann. Das ist mir gerade in den schweren Zeiten, die er augenblicklich durchmacht, ein hohes Anliegen.«

»Mir geht es ähnlich, ich bin sehr froh, dass du mich hergeholt hast. Auch ich stehe dem König treu und ergeben nahe.«

»Darauf ein Prost! Übrigens, da ist der Kastenmeier!«

Michi Kastenmeier war ein schlanker, gut gebauter, hübscher, eher kleiner Mann mit einem frechen Lausbubengesicht und leichtem sächsischem Akzent. Er kam an den Tisch der beiden Kollegen, begrüßte beide mit festem Händedruck und erzählte sogleich aufgeregt von seinen jüngsten Erlebnissen.

»Kinder, Kinder! Stellt euch vor! Ich war gerade bei meinem Bruder, der nächsten Monat heiratet. Er hat sich dafür einige Tage freigenommen – er ist Bierkutscher – und hatte bereits mächtig einen im Tee, sprich: er war strunzbesoffen. Ich genieße den Anblick von Betrunkenen! Aber ich frage mich, ob man den Begriff *rabendicht* noch steigern kann. Es stimmt mich allerdings zuversichtlich, dass er nicht überschnappt, sondern sich in jenen Zuständen den Anweisungen anderer, weniger trunkener Menschen wie in diesem Falle mir, unterordnet. Seine künftige Gattin ist glücklicherweise eine starke Frau, die ihn gewähren lässt. Was für ein Glück er doch hat! Manche haben ja im

69 Auf dem Gefühl beruhend

Suff eine kurze Zündschnur und pöbeln herum. Das ist bei meinem Bruder GOTTlob nicht der Fall. Nun, ich war gerade gewissermaßen im Beobachtungsmodus, daher bin ich etwas spät. Allerdings voller Vorfreude auf den Abend und nicht minder durstig!«

Ein Wirbelwind! Wiggerl staunte. Er war ja völlig unvoreingenommen hergekommen und hatte sich nicht überlegt, wie denn der Michi sein würde. Aber mit solch einer entschiedenen, kraftstrotzenden Person hatte er nicht gerechnet. Nachdem die Bedienung frisches Bier gebracht hatte, sprach Michi gleich das Thema an, mit dem Ferdl ihn scheints im Vorfeld vertraut gemacht hatte.

»Wiggerl, wie mir zu Ohren kam, stehst du ebenso wie ich in der Gnade einer geschlechtlichen Vielfalt. Bist du denn recht erfahren auf dem Gebiet?«

»Äh, nein, ich, also, ehrlich gesagt …«

»Umso schöner! Ich kann dir sagen: Es stehen dir WELTEN offen. Du musst nur bedenken, dass viele Handlungen gesetzlich untersagt sind, aber was im stillen Kämmerlein geschieht, wenn die Türen zu sind, geht ja niemanden etwas an. Du lieber Himmel, was sind denn das für Experten?«

Er deutete mit der Nase auf die zwei zweifelhaften Gestalten mit Augenklappe und Zuckungen, die erfreulicherweise so tief ins Gespräch verstrickt waren, dass sie diese freche Geste nicht bemerkten. Michi wandte nach kurzem Kopfschütteln seinen Blick wieder von ihnen ab und sah Wiggerl durchdringend an.

»Hast du das Gefühl, so zu sein, wie die anderen Männer?«

»Ich weiß es nicht. Aber irgendwie fühle ich mich anders.«

»Also fühlst du dich wie eine Frau?«

Wiggerl fühlte sich etwas überrumpelt und wusste nicht so recht, was er antworten sollte.

»Diese Frage beschäftigt mich seit meiner Kindheit«, antwortete er nach einer längeren Denkpause. »Ich glaube, ich bin eine Mischung aus einem Mann, einer Frau und doch und gleichzeitig keines von beiden.«

»Also weichst du von der Norm ab und bist daher mehrteilig. Sprich: deine Geschlechtsidentität steht nicht fest.«

»So könnte man es nennen.«

»Du heißt vermutlich mit vollem Namen Ludwig, oder?«

»Ja. In Bayern kürzt man Vornamen meistens ab. Wie man bei uns dreien sieht. Michi, Ferdl, Wiggerl.«

»Ja, das ist mir auch schon ein paarmal aufgefallen.«

HISTORIKER DR. JOHANNES RONCZKA:

In der bairischen Sprache haben die meisten Vornamen eine spezifische Kurzform. Was früher für ganz Bayern galt, wird heute überwiegend in den ländlichen Regionen praktiziert. In manchen Regionen findet allerdings eine »lokale Häufung« bestimmter Vornamen statt, wo die Verkleinerungsform für den Sohn oder Jüngsten gebräuchlich ist. Diese abgekürzten Namen werden nicht, wie in anderen Regionen, nur in der Kindheit, sondern zeitlebens verwendet. Bei zweisilbigen Vornamen wird häufig der hintere Teil des Namens verwendet, was aber keine feste Regel darstellt. An den verkürzten Namen wird ein e oder erl oder in seltenen Fällen ei angehängt. So wird aus Sabine Binerl, aus Franziska Fanny, aus Christoph Stofferl oder Stoffl, aus Josephine Finerl, aus Gertrud Gerti oder Trudl, aus Alois Loisl, aus Gertraud/Waltraud/Edeltraud Traudl, aus Burgunde Gundl, aus Katharina Kathl, aus Kreszentia Zenzi, aus Annamirl Mirl, aus Michael Mich, Michi, Michl, Miche, Micherl oder Mickerl, aus Alfons Fonse oder Fons, aus Andreas Anderl, aus Balthasar Baldi oder Bare, aus Rupert Bertl oder Bartl, aus Sebastian Wasti, Basti, Wastl oder Bastl, aus Bernhard Hartl, aus Matthias Hiasl, aus Korbinian Bini, aus Leopold Poldi, aus Thomas Dammerl, aus Anton Done, aus Georg Schorsch, aus Joseph Sepp, Seppi, Seppe, Seppl, Sepperl, Bepp, Beppo, Beppei oder Beppi und aus Ignaz Nazi.

»Wiggerl«, fuhr Michi fort, »glaubst du nicht, dass es allmählich an der Zeit ist, dass wir die Gesellschaft revolutionieren. Also nicht im politischen Sinne, sondern in der Gesellschaft auf die Freiheit und die Geschlechter bezogen.«

»Was meinst du mit revolutionieren?«

»Na ja, damit jeder Mensch in der Lebensform, in der er gerne existieren möchte, anerkannt wird und die Verfolgung von beispielsweise Homosexuellen aufhört. Abgesehen davon glaube ich, dass jeder Mensch weibliche und männliche Züge in sich trägt.«

»Das stimmt«, ergänzte Ferdl. »Bloß weil man mit einem Bipperle[70] oder einer Musch[71] geboren wird, kann es ja trotzdem sein, dass man sich nicht damit identifiziert. Vielleicht besteht ja auch eine Kombination. Dafür sollte man eines Tages auf die Barrikaden gehen.«

Wiggerl dachte über das Wort »man« nach. Eine unbestimmte Bezeichnung, die beide Geschlechter, Alt, Jung und die Anzahl der Personen in sich vereinigt. War es nicht ungerecht gegenüber Frauen, wenn alle Leute *man* sagten? Wie würde sich *frau* anhören? Wiggerl probierte im Kopf ein paar Beispiele aus, befand dann aber, dass es merkwürdig klingen würde. Er war allerdings überzeugt, dass eine gesellschaftliche Revolution zwangsläufig dann auch eine sprachliche im Gefolge haben würde.

»Aber wenn man eine Revolution machen wollte«, wandte Wiggerl ein, »bräuchte man ja auch eine Gefolgschaft.«

»Die gibt es!«, strahlte Michi.

»Du hast doch mal von diesem Diefenbach erzählt«, hakte Ferdl ein. »Bist du mit dem noch in Kontakt?«

»Nu glar!«, bestätigte Michi in feinstem Sächsisch. »Der Kohlrabi-Apostel! Ein sehr feiner Kerl, der eine moderne Lebensform etabliert hat. Dort wird Gemüse angebaut, und alle laufen ohne Kleidung herum. Ich war schon zweimal dort.«

»Wie? Die sind nackerd[72]?«, fragte Wiggerl verwundert und fühlte eine immense Sinnesverzückung aufkeimen.

»Ja. Männlein wie Weiblein. Alle, wie GOTT sie schuf. Kinder, da geht es ganz schön zur Sache.« Er atmete halb pfeifend aus. »Der Diefenbach wohnt mit seiner Gemeinde in der Nähe von Höllriegelskreuth im Isartal.«

»Gemeinde?«, fragte Wiggerl. »Ist das eine kirchliche Institution?«

»Im weitesten Sinne, ja«, sagte Michi und feixte. »Aber so ganz ka-

70 Penis
71 Vulva
72 Bairisch für »nackt«

tholisch geht es dort nicht zu. Wenn du möchtest, können wir im Sommer mal hinfahren. Da wird es dir gefallen.«

»Ui ja, das wäre spannend!«

Wiggerl bemerkte, dass eine gewisse Emotion zwischen ihm und Michi bestand, die aber seiner Meinung nach nur aus dem Umstand herrührte, dass beide ein ähnlich aufgeschlossenes Empfinden gegenüber den Geschlechtern hatten, allerdings bestand nicht wirklich ein Draht zwischen ihnen. Aber ein Ausflug zum Kohlrabiapostel, wo alle nackt herumtobten, interessierte ihn durchaus.

25. April 1886

»*Werte Mutter*«, schrieb König Ludwig II. mit seiner schönen Adlerfeder und türkisfarbener Tinte auf sein edelstes Büttenpapier. »*Ihr habt mir liebenswürdigerweise kostbare Schmuckstücke, die teilweise aus dem Familienerbe stammen, angeboten, um ein Scherflein zu der Schuldentilgung Eures ältesten Sohnes Ludwig, der ich selbst bin, beizutragen. Ich schäme mich nicht meiner Feudalität und dem damit verbundenen großzügigen Umgang mit Kapitalien, jedoch kann ich Euer generöses und hochherziges Angebot keinesfalls annehmen. Ich werde mir und unserem Land Bayern schon zu helfen wissen. Ich danke Euch in hochachtungsvoller und aufrichtiger Liebe.*
Euer Sohn Ludwig, König von Bayern.«

25. April 1886

»Kommens jetzt jeden Sonntag?«, fragte der Bahnbedienstete.

»Schaut ganz so aus«, antwortete Wiggerl, um einen ähnlich spöttischen Tonfall wie sein Gegenüber bemüht.

»Heut wird's voll werden«, zeigte sich der Bahnangestellte ungewohnt gesprächig. »Ostersonntag ist allerweil ein Riesenandrang.«

Wiggerl stellte sich vor, dass er nun wirklich jahrelang jeden Sonntag am Bahnsteig stehen würde wie die Verlobte eines Matrosen, die täglich am Ufer steht und sehnsuchtsvoll aufs Meer blickt in der Hoffnung, dass ihr verschollener Geliebter endlich auf einer hölzernen Wurzel angeschwommen kommt, um sie in seine starken, vom Wasser etwas aufgedunsenen Arme zu nehmen. Da fuhr der Zug ein. Es stiegen tatsächlich etwa doppelt so viele Menschen aus wie eine Woche zuvor. Manche hatten gefüllte Picknick-Körbe dabei, andere kleine Sonnenschirme oder Spazierstöcke, um diesen sonnigen Ostertag in vollen Zügen genießen zu können. Eine junge Frau mit geblümtem, hellem Kleid steuerte auf Wiggerl zu: Es war Sabrina, die freudig lachte und rosa Bäckchen hatte wie ein frischer, saftiger Apfel. Wiggerl verbeugte sich leicht. Das hatte er noch nie gemacht, und insgeheim dachte er bei sich: »Ich übe schon mal für den Fall, dass ich eines Tages in der Nähe von Neuschwanstein dem König begegne.«

»Da bin ich!«, sagte sie vergnügt. »Letzte Woche ist es sich nicht ausgegangen.«

»Ich hab dir ja versprochen, dass ich jede Woche herkomm.«

»Das ist ein großer Vorteil. Du musst ja auch ein bisserl was gutmachen, nachdem du mich bei unserem Kennenlernen angelogen hast.«

»Etwas nicht sagen, ist etwas anderes als lügen.«

»Stimmt. Was wollen wir machen? Es sind vermutlich etwas viele Sommerfrischler am See unterwegs.«

»Wir könnten am Maisinger Bach entlangflanieren, da ist normalerweise nicht viel los.«

»Gern, ich war sowieso noch nie hier in Starnberg und Umgebung.«

»Dann zeig ich dir die Gegend meiner Kindheit.«

Sie spazierten los und plauderten. Sabrina erzählte aus ihrem Dorf Wall, von ihrer Mutter, die neugierig gefragt hatte, mit wem sie sich denn da treffe und dass der Vater solch einen Ausflug auf keinen Fall erlauben würde. Aber weil er sowieso den ganzen Sonntag bei einem erweiterten Frühschoppen sitzt, kann er die Abwesenheit seiner Tochter gar nicht mitbekommen. Damit jedoch kein Verdacht aufkommt, ist die Mutter mit der Sabrina in der Früh nach München reingefahren. Dem Vater haben sie gesagt, dass sie in den GOTTesdienst der Heiliggeistkirche gehen wollen, wegen Ostern. Das hat die Mutter auch tatsächlich getan, nachdem sie ihre Tochter in den Zug nach Starnberg gesetzt hat. Und um halb sechs müsste die Sabrina halt wieder in München sein. Während sie das erzählte, stellte sich der Wiggerl vor, wie sie wohl ohne Kleider aussehen würde. Er hatte außer auf Gemälden noch nie eine nackte Frau gesehen, bisher nur Männer, und auch dies sehr selten. Er hätte viel gegeben, ein erotisches Abenteuer irgendwie herbeiführen zu können, aber er merkte, dass er gnadenlos gehemmt und alles andere als ein Draufgänger war, sondern im Grunde nichts als ein seltsamer Kauz mit schöpferischer Vorstellungskraft. Er stellte sich einen echten Kauz vor, der um Sabrina herumfliegt.

Darüber musste er unglaublich lachen. Sabrina wusste ja nicht, weshalb er lachte, doch es steckte an, und so lachten sie gemeinsam minutenlang. Ein sehr wohltuender Moment! Während er noch lachte, überlegte Wiggerl, dass es wohl kaum einen günstigeren Augenblick geben würde, sich ihr zu nähern. Er müsste sie einfach nur küssen, ohne lange darüber nachzudenken. Aber genau das schien sein Hindernis zu sein; sein gesamter Körper verkrampfte sich, er hörte auf zu lachen, blieb stehen und blickte Sabrina regungslos an, was sie noch mehr zum Lachen brachte, weil sie dachte, er mache es absichtlich, um sie zu erfreuen. Doch es lag an etwas anderem, an einer inneren, nie gekannten Blockade, die ihn abhielt, ihr näherzukommen. Auch in der Maisinger Schlucht, die mit einer Schlucht nicht viel gemeinsam hat, blieb es bei einer heiter-distanzierten Unterhaltung. Und als

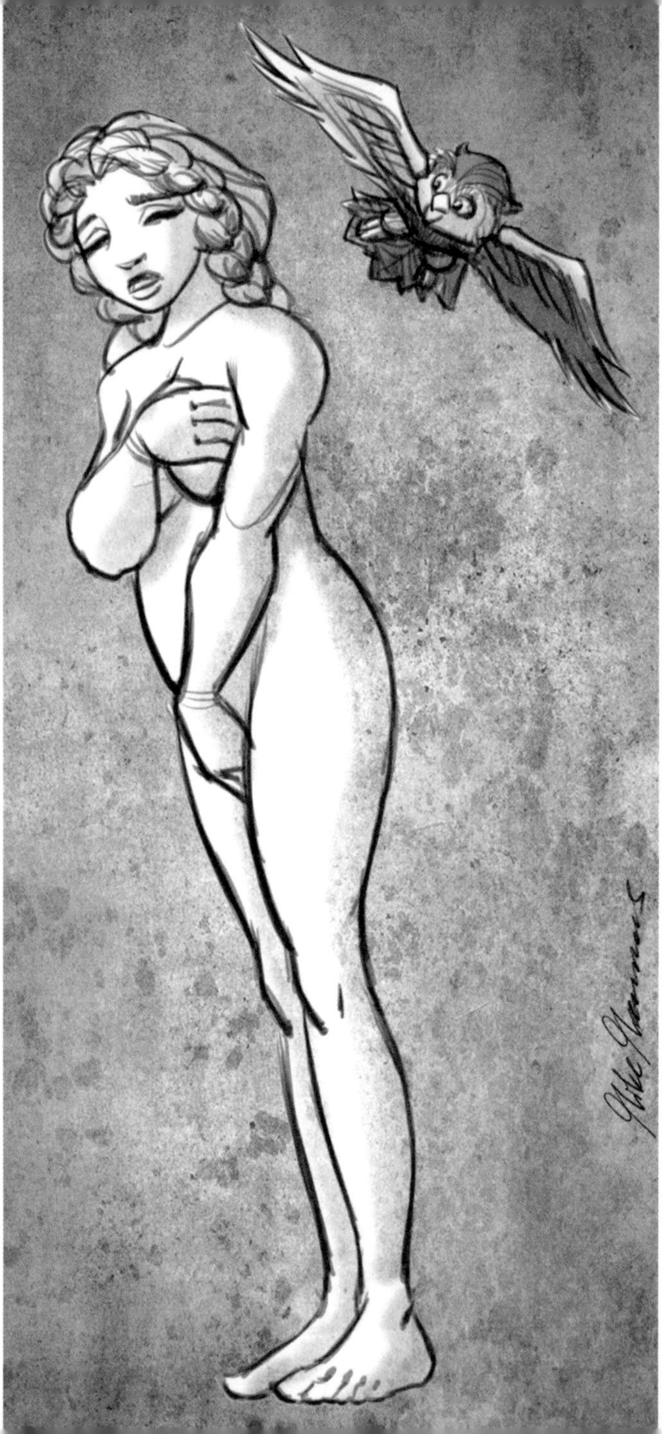

er Sabrina nachmittags wieder zum Zug brachte und verabschiedete, gab es keinerlei Tendenzen für eine Umarmung, was allein an seiner hölzernen Befangenheit lag. Gerade als der Zug einfuhr, drehte sich Sabrina um und schlang Wiggerl die Arme um den Hals. Ihre Lippen fanden die seinen, es war wie ein wundervoller Sommerregen, Wiggerl schwanden beinahe die Sinne! Der erste Kuss seines Lebens, ihr Mund war so weich und sanft, sie küsste so liebevoll, zurückhaltend und gleichzeitig intensiv. Er war im siebten Himmel.

26. April 1886

»Sisi hat mir, als ich noch ein kleines Kind war, immer aus dem Buch *Frankenstein* vorgelesen«, sagte Ludwig gemütvoll. »Es ist ein Roman, in dem der Grusel, den die Menschheit in sich trägt, weise und umfänglich beschrieben wird. Es gibt in diesem Buch keine Helden, sondern beinahe ausschließlich von Hybris und Selbstsucht zerfressene Wesen. Die einzige Gestalt, die das Gute symbolisiert, ist die bemitleidenswerte Kreatur, die der scheiternde Arzt in seinem Größenwahn schafft. Doch sie wird am stärksten verachtet, verfolgt, gehetzt, gejagt. Ich habe oft über dieses Buch sinniert. Eine Zeit lang dachte ich, ich sei durch meine Schlösserbauten vergleichbar dem Arzt in jenem Buch, der künstlich menschliches Leben erschaffen möchte. Doch nun weiß ich: Ich bin die gehasste und verfolgte Kreatur. Und mein persönlicher Vertrauter heißt Franckenstein, wenn auch anders, als der Arzt beschrieben. Ist das nicht erstaunlich?«

»Nun, Majestät«, bemerkte Georg Eugen Heinrich Arbogast Reichsfreiherr von und zu Franckenstein. »Ich als Präsident der Kammer der Reichsräte kenne die herrschenden Gerüchte um Euch und bedaure diese sehr. Das Volk entwickelt eine bemerkenswerte Fantasie, wenn es an Stammtischen weilt. Kürzlich wurde mir zugetragen, es werde gemunkelt, dass wir ein *Ministerium Franckenstein* gebildet, mit welchem Ziel auch immer.«

»Es handelt sich eher um ein *Mysterium Franckenstein*, lieber Freund«, sagte Ludwig und schenkte beide Kelche voll. »Wir werden uns wohl auf weitere schwierige Zeiten einstellen müssen.«

»Schweren Herzens muss ich Euch da zustimmen, Majestät.«

»Nun gut, wir können es im Augenblick nicht ändern. Trinken wir einen schönen Schluck und hoffen auf ein Wunder. Zum Wohlsein, Franckenstein!«

»Zum Wohlsein, Majestät!«

15. Mai 1886

»Wie Sie mit Gewissheit bereits vernommen haben«, sagte Gendarmerieoffizier Lindner mit getragener Stimme, »gibt es Grund zur Sorge um den geistigen Zustand unseres geliebten Regenten. Unser Herr, König Ludwig II. von Bayern, ist in keinem guten Zustand. Möglicherweise ist er seelengestört. Es ist zu befürchten, dass er wie sein Bruder Otto nicht mehr Herr seiner Sinne ist. Möglicherweise plant er seinen Freitod, was in jeder Form zu verhindern ist. Es gibt daher einen noch streng geheimen Plan, ihn in Schloss Berg gründlichen Behandlungen zu unterziehen, damit er sich hoffentlich wieder erholt. Hierzu sind gewisse kleinere Umbaumaßnahmen geplant, von denen der König aber zunächst nicht unterrichtet werden soll. Daher benötigen wir zwei Gendarmen, die für mehrere Wochen die Sicherheit der Aktion gewährleisten. Freiwillige bitte vortreten!«

Barnabas war nach wie vor sehr enttäuscht über die Versetzung seines Freundes Wiggerl. In ihm tobte eine Mischung aus Neid über dessen gelungenen Haberfeldtreibereinsatz und gleichzeitigem Ekel über Wiggerls offensichtlich abnorme Neigungen. Barnabas machte, ohne lange zu überlegen, einen Schritt nach vorn. Das war die Chance seines Lebens! So konnte er in die Nähe des Königs kommen, möglicherweise lange an ihm nagende Fragen beantwortet bekommen und noch dazu mithelfen, die Heilung des Regenten zu unterstützen. Denn anders als Wiggerl war er davon überzeugt, dass Ludwig II. nicht ganz richtig im Kopf war. Die Entscheidung, ihn in Schloss Berg ärztlich zu betreuen, schien ihm mehr als folgerichtig.

16. Mai 1886

»Schön warm hast es herin«, sagte Sabrina, während sie sich neben Wiggerl auf das Bett in der kleinen, verlassenen Berghütte setzte und das Handtuch vom Kopf nahm, sodass ihre blonden Haare herausfielen und es angenehm nach noch leicht feuchten Haaren und Quellwasser roch.

»Ich hab eingeheizt, damit du nicht frierst«, sagte Wiggerl sanft.

Seit dem atemberaubenden Kuss am Bahnhof Starnberg hatte es einige kurze, heimliche Treffen gegeben. Sabrinas Mutter war ja in alles eingeweiht, und so hatte sie auch an diesem Sonntag wieder einen Mutter-Tochter-Ausflug nach München vorgetäuscht, damit Sabrina und Wiggerl einen gemeinsamen Tag erleben konnten. Sabrina hatte hoch und heilig versprechen müssen, dass nichts über das Küssen hinausgehende geschehen wird, was in dieser behaglichen Atmosphäre der Hütte nicht leicht fiel. Sabrina streichelte Wiggerls Arm, er fühlte sich so gut an, und er roch so wunderbar männlich. Auch Wiggerl genoss ihren Duft, legte seinen Arm um ihren Rücken, strich ihr eine Haarsträhne aus dem Gesicht und hinter ihr Ohr, küsste ihren Hals, ihre Wangen und kam schließlich zum Mund. Sabrinas schöne Lippen waren leicht geöffnet, er hörte ihren leisen, süßen Atem. Sie küssten sich wie zwei Jugendliche und waren auch genauso aufgeregt. Ihr Wohlgeruch wurde noch lieblicher und Wiggerls Herz pochte voller Spannung. Alles an ihr war so sauber, so appetitlich, so rein. Er entkleidete sie langsam und voller Behutsamkeit, sie schmiegte sich in die Matratze des einfachen Bettes. Alles war von vollendeter Geschmeidigkeit. Sie hatten zuvor vereinbart, dass es nicht zum »Eigentlichen« kommen dürfe, und er wollte sich absolut daran halten. Sie waren ja noch jung und hatten alle Zeit der Welt. Und Wiggerls Fantasie erlaubte ihm, sich alle möglichen Dinge vorzustellen, die außerhalb des »Eigentlichen« eine große Sinnesverzückung bereiten könnten. Sabrina lag auf dem Rücken und atmete hörbar. Wiggerl bedachte ihren gesamten Körper mit Küssen und ließ hierbei keinen Millimeter aus. Sie bäumte sich auf vor Lust und dirigierte sachte Wiggerls Kopf mit ihren schönen Fingern durch die Gipfel und Täler ihres Verlangens.

Sehr liebevoll ineinander verkeilt, schlummerten sie etwas später wie zwei Kätzchen ein.

9. Juni 1886

Ludwig schloss die Augen. Er dachte an Schwäne, an Seen, an stolze Rösser, an erhabene Bauwerke und Statuen anmutiger Menschen. Dann las er weiter: *Die Musik hat das Schönste der Naturtöne gesammelt und veredelt, sie hat sich Instrumente gebaut, aus Metall und Holz, und der Mensch kann nun willkürlich eine Schar von singenden Geistern erregen, sooft er will; die Kunst beherrscht das große, wunderbare Gebiet. Die wollüstige Phantasie hofft, einst einen noch höheren überirdischen Gesang der Sphären anzutreffen, gegen den alle hiesige Kunst roh und unbeholfen ist.* Der König seufzte, erhob sich, ging hinüber zum Beistelltisch, griff sich ein paar Weintrauben, schenkte sich aus der großen silbernen Karaffe seinen Kelch voll und leerte ihn in einem Zug.

Diesen Vorgang wiederholte er zwei weitere Male, wobei er beim dritten Leeren des Trinkgefäßes die Flüssigkeit im Munde behielt. Er war davon überzeugt, es sei gut für die Mundflora, wenn er süßen Wein erst möglichst spät hinunterschlucke. Er hatte kaum noch Zähne im Mund, diese waren in einem äußerst bedenklichen Zustand, bestanden quasi nur aus schwarzen Stummeln. Seine Zähne waren ein Abbild seines seelischen Zustandes. Mit beiden Backen voller Wein schlurfte er zurück zu seinem Sessel, um die in seinen Augen wichtigste Passage des Buches nachzulesen: *Beim Steigen, beim Sinken der Sonne, beim Schimmer des Mondes ist die Natur in einer raschen, unwillkürlichen Entzückung, in der sie noch freigebiger ist, noch weniger spart, und wie ein Pfau in stolzer Pracht allen Schmuck mit inniger Freude rauschend auseinanderschlägt.* Dann schluckte er den Wein hinunter und verfiel in eine Art Trance. Die Uhr schlug Mitternacht.

9. Juni 1886

Dr. Bernhard von Gudden, Inhaber des Lehrstuhls für Psychiatrie an der Universität München, verlas sein Gutachten über den König vor der Staatskommission, die später im Volksmund »Fangkommission« heißen sollte. Gudden hatte das Gutachten binnen weniger Stunden erstellt, ohne den König jemals untersucht zu haben. Er formulierte die Expertise allein durch Sichtung des Aktenmaterials. Fazit von Dr. von Gudden: »Seine Majestät sind in sehr fortgeschrittenem Grade seelengestört und zwar leiden Allerhöchstdieselben an jener Form von Geisteskrankheit, die von den Irrenärzten wohl bekannt mit dem Namen Paranoia, zu Deutsch *Verrücktheit* bezeichnet wird.«

9. Juni 1886

»Ich kann dem König nicht ins Antlitz blicken und ihm sagen, dass er seines Amtes enthoben ist, Crailsheim!«, sagte Prinz Luitpold bewegt. »Deshalb habe ich den Tatbestand in diesem Brief niedergeschrieben, den Ihr Eurer Majestät bitte überreichen mögt.«

»Ich fände es besser, wenn Ihr mitkämt, um uns bei dieser schweren Obliegenheit zu unterstützen.«

»Nein, das kann ich nicht. Bitte lest, ob der Wortlaut verständlich ist.«

Von Crailsheim las:

Durchlauchtigst Großmächtigster König, Gnädigster
und geliebtester Herr Neffe!

Durch übereinstimmende Gutachten einer Mehrzahl von ärztlichen Sachverständigen ist die höchst betrübende Tatsache festgestellt worden, dass der gegenwärtige Zustand der Gesundheit Eurer Königlichen Majestät Allerhöchsten Vertretung in privatrechtlicher Hinsicht erheischt.

Als durch die Staatsverfassung zur Regentschaft berufener Agnat des Königlichen Hauses habe ich die schmerzliche Pflicht zu erfüllen, die zur verfassungsmäßigen Konstituierung der Reichsverwesung erforderlichen Maßnahmen vorzukehren. Ich habe demnach unter sofortige Einberufung des Landtages provisorisch die Zügel der Regierung ergriffen.
Indem ich Eurer Königlichen Majestät hiervon ehrfurchtsvoll Anzeige erstatte, bitte ich GOTT, dass Er Allerhöchstderselben Kraft verleihen möge, die unabwendbare Folge des vom Allmächtigsten über Eure Königliche Majestät verhängten schweren Leidens mit Königlicher Würde zu tragen und das Sein unerforschlicher Ratschluss durch baldige Genesung Eurer Königlichen Majestät die Rücknahme dieser in eigenem Interesse zur Zeit unabweislichen Vorkehrungen ermögliche.

In dieser Hoffnung verbleibe ich in unverbindlicher Treue und Anhänglichkeit an die geheiligte Person Eurer Königlichen Majestät Allerhöchstderen

Untertänigst treugehorsamster Oheim

Luitpold
Prinz von Bayern

9. Juni 1986

Ludwig II. öffnete die Augen. Es war kurz nach ein Uhr nachts. Er befand sich noch immer in Neuschwanstein in seinem Sessel und hatte das Buch in seinen Händen. Er war wohl eingeschlafen und hatte intensiv geträumt.

Er spürte den Wein im Körper, erwog eine nächtliche Kutschfahrt nach dem Souper, das er sich bald bringen lassen wollte. Um sich etwas abzulenken, schlenderte er in den Sängersaal. Dort wandelte er etwas herum und zitierte Verse aus *Don Carlos*: »*Beweinenswerther Philipp, wie dein Sohn beweinenswerth! Schon seh' ich deine Seele vom gift'gen Schlangenbiss des Argwohns bluten. Dein unglücksel'ger Vorwitz übereilt die fürchterlichste der Entdeckungen, und rasen wirst du, wenn du sie gemacht.«*

Verschiedene Bilder aus seinem vorhin geträumten Traum spukten noch immer in seinem Kopf herum: Er thronte in seinem prachtvollen, von Pferden gezogenen Schlitten, der beleuchtet war und durch die Nacht fuhr. Ludwig hatte das Fahrzeug selbst mit entwickelt, es konnte sowohl auf Kufen als auch auf Rädern fahren, war also sowohl Prachtschlitten als auch Galawagen. Die beiden Gaslaternen wurden von einer barbusigen weiblichen, sehr anmutigen Statue getragen. Die Lichtstärke konnte von einem Lakaien, der sich hinter dem König auf dem Wagen befand, gesteuert werden. Im Traum fuhren sie durch eine bezaubernde Berglandschaft im tiefsten Winter, doch es war nicht kalt, sondern wohlig warm. »Mehr Licht!«, befahl der König, und sofort wurden die beiden Lampen heller gedreht, sodass jeder einzelne Zweig, jeder Strauch, jeder Baum und jedes scheu davonlaufende Reh gut zu sehen waren. »Nun in die Lüfte!«, rief der König aus, und schon hob sich der Schlitten hoch in den Himmel, glitt durch Wolken, und Ludwig betrachtete von oben sein geliebtes Bayern, flog über Neuschwanstein, über Füssen, über München, dann nach Starnberg und landete sanft am Ufer des vertrauten Gewässers vom Würmsee, wo die Pferde zum Stehen kamen.

»Der Weg ist hier zu Ende, Majestät«, sagte der Lakai mit sanfter Stimme. »Nein«, widersprach da der König im Traume. »Hier fängt er erst an.«

Die beiden Rösser setzten sich in Bewegung und glitten über den See, gerade so, dass sie die Wasseroberfläche nicht berührten; wie ein Adler schwebte die Kutsche dahin. Der König schmunzelte, als er sich an diesen herrlichen Traum erinnerte.

Er freute sich auf die Kutschfahrt. Die beste Zeit dafür war jetzt, mitten in der Nacht, wenn die Menschen aus den Wirtshäusern heimgekehrt waren und niemand ihn störte oder beobachtete. Da hörte er erneut die Raben vor dem Fenster krähen. Das beunruhigte ihn sehr. Braute sich möglicherweise Unheil zusammen? Sollten seine Vorahnungen Realität werden? Würde das Volk zulassen, dass man ihren

König absetzte? Allein die Vorstellung erschien ihm dermaßen würdelos, dass er wieder einmal mit dem Gedanken spielte, den Freitod zu suchen, bevor er sich den Intrigen seiner Feinde aussetzen musste. Und in seinen Augen waren alle Feinde, außer Sisi. Sie war seine einzige Vertraute, sein Bindeglied zur wirklichen Welt, sie kannte seine geheimsten Ängste, seine Furcht vor Menschen und vor Blicken, seine Enttäuschungen, seine Sehnsucht nach einer gerechten Welt.

10. Juni 1886

Die Nacht war ungemütlich, grau, frostig und neblig. Es regnete im gesamten Lechtal. Kutscher Osterholzer striegelte gerade die Pferde für die nächtliche Kutschfahrt des Königs, als unversehens Graf Holnstein vor ihm stand. Er roch stark nach Alkohol.

»Wozu spannst du die Pferde vor den Wagen, Kutscher?«, fragte er lallend.

»Seine Majestät plant eine Kutschfahrt.«

»Mitten in der Nacht? Wozu denn das?«

»Er pflegt grundsätzlich zur Nacht auszufahren.«

»Aber heute nicht!«

»Wie?«

»Du hast mich schon verstanden, du Hanswurst.«

»Wie meinen …?«

»Der König wird nachher mit einem anderen Wagen davonfahren. Allerdings wird das keine Kutschfahrt.«

Holnstein kicherte und verschluckte sich dabei leicht. Osterholzer verstand nicht.

»Was für ein anderer Wagen?«

»Ein schöner Wagen. Mit einem anderen Kutscher.«

»Mir wurde aber vom König der Befehl erteilt, heute Nacht mit …«

»Schnauze, Kutscher! Der hat überhaupt nichts mehr zu befehlen! Er ist nämlich kein König mehr!«

»Was?«

»Du hast richtig gehört, du Wicht. Prinz Luitpold ist von nun an die Königliche Hoheit.«

»Ich verstehe gar nicht, was …«

»Du hast auch nichts zu verstehen, sondern zu gehorchen, du Wurst. Wir haben eine mehrköpfige Staatskommission und vier Irrenwärter dabei, die den verrückten einstigen König mitnehmen werden. Und du bringst sofort die Rösser zurück in den Stall.«

Damit wankte Holnstein davon. Kutscher Osterholzer führte die Pferde an ihre Plätze und rannte so schnell er konnte den Waldweg hinauf zum Schloss.

Der König saß gerade beim Souper im Kerzenschimmer, als der Kutscher aufgeregt hereingestürmt kam und sich dem Regenten zu Füßen warf. Ludwig war mit den Gedanken immer noch dabei, sich an die Details seines Traumes zu erinnern, sodass er fürchterlich erschrak, aufsprang und hinausrannte.

»Rutz!«, rief er seinen Kammerdiener. »Rutz!«

Rutz, der nächtliche Turbulenzen gewohnt war und sich immer in der Nähe des Monarchen aufhielt, kam herbeigeeilt.

»Majestät?«

»Rutz, da ist ein fremder Mann im Speisezimmer!«

Gemeinsam gingen sie in das Gemach, wo der sichtlich verwirrte Osterholzer noch immer auf dem Boden kauerte.

»Das ist doch der Kutscher!«, klärte Rutz die Situation auf.

»Was will er? Warum stört er mich beim Essen? Ich gebe schon Bescheid, wenn die Kutschfahrt beginnen soll«, empörte sich der König.

»Aber … aber, es ist …«, stammelte Osterholzer. »Ein anderer Wagen … äh … mit einem anderen Kutscher … Majestät soll … in einem anderen Wagen … fortgebracht werden … weil der …«

»Was redet der Mann für wirres Zeug? Ist er krank?«

»Man führt etwas gegen Majestät im Schilde«, besann sich Osterholzer, um ein wenig Verständlichkeit in seine Worte zu bringen.

»Was?«, schrie Ludwig. »Wer führt etwas gegen mich im Schilde?«

»Graf Holnstein hat gesagt, dass der Luitpold ab jetzt die Königliche Hoheit ist.«

»Wie bitte?«

»Und Wärter sollen Eure Majestät abholen, hat er gesagt. Und es kommt eine Staatskommission!«

»Das ist der Gipfel!«, schrie Ludwig. »Ich werde sofort einen Befehl für die Füssener Gendarmerie verfassen. Rutz, Ihr lauft los und bringt ihn zum Gendarmen Boppeler. Der ist ein guter Mann, ihm kann ich vertrauen. Wenn Ihr zurückkehrt, Rutz, begebt Euch sofort zu mir auf den Balkon meines Schlafzimmers. Von dort aus werden Wir das Geschehen beobachten. Was erlauben sich diese Einfaltspinsel? Die Sache kommt mir vor wie ein misslungenes Schauspiel.«

10. Juni 1886

»König Ludwig II. hat unserer Wache den schriftlichen Befehl erteilt, mit der Gendarmeriemannschaft die gerade in Hohenschwangau angekommene ministeriale Staatskommission daran zu hindern, ins Schloss einzudringen«, sagte Ferdinand Boppeler mit bebender Stimme. In seiner Hand hielt er einen handschriftlich verfassten Brief, den er mitten in der Nacht zugestellt bekommen hatte. Gleich daraufhin hatte er seine Mannschaft wecken, ankleiden und auf dem Hof antreten lassen.

»Seine Majestät wendet sich an uns in höchster Empörung und hat befohlen, sofort tätig zu werden!« Nachdem er die Mannschaft über den Inhalt des Briefes in Kenntnis gesetzt hatte, fuhr er fort: »Das ist doch wirklich das Allerletzte! Wir werden diese Burschen grußlos arretieren!«

Auch Wiggerl war sehr aufgebracht über diese Frechheit. Die Gendarmen brachen hurtig auf und wartete in den frühen Morgenstunden im eiskalten Regen mit scharf geladenen Gewehren vor den Toren Neuschwansteins. Sechs Gendarmen standen auf dem Boden, zwei ritten hoch zu Ross. Wiggerl, der zum Bodenposten zählte, atmete schwer. Er hatte fast noch nie geschossen, außer bei Übungen. Er hoffte, dass alles gut gehen würde, dass der König gerettet werden könne, wie auch immer das anzustellen sei.

Um kurz vor vier Uhr früh waren nun in der Ferne mit Federn geschmückte Schiffhüte[73] zu erkennen. Sie gehörten zu der Kommission, die, von zwei Kutschen gefolgt, gespenstisch über das Feld Richtung Schloss hermarschierten. Einige der Herren trugen bunte Röcke in Blau, Grün, Gelb, Rot und Schwarz. Die Irrenärzte und Wärter waren schwarz gekleidet. Als die Wagen vor dem Schloss anhielten, trat Wiggerl einen Schritt vor.

»Allerhöchster Befehl! Im Namen seiner Majestät König Ludwig von Bayern, niemand darf das Schloss betreten!«

73 Zweimaster, Sturmhüte, Napoleonhüte

»Fahr einfach weiter, scher dich nicht um die Deppen!«, brüllte Graf Holnstein besoffen zum Kutscher.

»Wir möchten ungern von der Schusswaffe Gebrauch machen!«, drohte Wiggerl.

»Wir haben eine Proklamation des Prinzen Luitpold für den König«, sagte Minister Crailsheim.

»Das ist uns wurscht!«, sagte Boppeler laut.

10. Juni 1886

Ludwig sah seinen Diener mit großen Augen an. Es war ein seltener Moment, da dem König ja eigentlich genau das gegenseitige Anblicken widerstrebte. Aber heute war es anders.

»Rutz, wir kennen uns nicht lange, dennoch glaube ich, Ihnen vertrauen zu können. Ich habe eine sehr wichtige Bitte. Ich werde nun eine Proklamation verfassen, unterzeichnen und siegeln. Sie lassen diese bitte der Bamberger Zeitung zukommen, ohne dass Sie dabei von jemandem bemerkt werden. Denken Sie, dass Sie das schaffen?«

»Ich werde im Ernstfall mein Leben dafür geben, Eure Majestät!«

10. Juni 1886

Mittlerweile waren alle Anwesenden vom Regen völlig durchnässt. Die Kommission entschied sich, den Rückzug anzutreten. Als die Kutschen außer Sichtweite waren, hörte Boppeler den König vom Balkon hinunterrufen.

»Herr Gendarm! Kommen Sie doch bitte herauf!«

Boppeler ging mit Wiggerl im Schlepptau ins Schloss, wurde vom Diener Rutz in Empfang genommen und über das Treppenhaus nach oben ins inzwischen hell beleuchtete Speisezimmer geführt. Ludwig stürzte auf die beiden Gendarmen zu. Wiggerl konnte es gar nicht glauben, dass er ihm leibhaftig begegnete. Sein Herz schlug schnell, er war beeindruckt von der Körpergröße und der beeindruckenden Ausstrahlung, die den Regenten umgab.

»Herr Wachtmeister, helfen Sie mir, geben Sie mir einen Rat, was muss ich tun? Es ist eine Entmündigungs-Kommission gekommen, man will mich wegbringen, und mein Onkel Luitpold möchte Besitz von der Krone ergreifen. Den Thron zu verlieren schmerzt mich keineswegs, aber mich für irrsinnig zu erklären und lebend zu begraben, mich von Wärtern mit Fäusten schlagen zu lassen wie mein Bruder Otto – nein! Dies ertrag ich nicht, ich bin ärmer als ein Bettler, der kann die Gerichte in Anspruch nehmen, ich als König hingegen nicht!«

»Majestät«, sagte Boppeler. »Fahren Sie doch über Tirol nach München und berufen Sie dort unverzüglich den Landtag ein.«

»Das wäre sicher das Einfachste, doch wir leben nicht in der Zeit des Faustrechts. Auch mein Kutscher Osterholzer hat mir vorhin angeboten, mich nach München zu fahren. Ich wahre mein gutes Recht und gehe nicht. Mein Volk soll mich beurteilen, ob ich wahnsinnig bin oder nicht. Ich will sehen, wie man mich und wer mich für irrsinnig erklären kann, wenn ich es nicht bin.«

»Wir könnten behilflich sein, von Neuschwanstein abzureisen! Die Münchner Bürger würden Euch mit lautem Jubel empfangen. Und

Ihr könntet beweisen, dass Ihr bei klarem Verstand und in bester Verfassung seid. Was haltet Ihr davon, Majestät?«

»Ich sehe viel zu schlecht aus, um mich in der Öffentlichkeit zu zeigen.«

»Wie sollen wir handeln, Majestät?«, fragte Boppeler.

»Ich bitte Sie, Herr Wachtmeister, die ganze Verräterbande, wenn nicht mit Güte, dann mit Gewalt zu verhaften! Jede Verständigung dieser Rebellen mit anderen ist zu verhindern! Keiner darf entwischen! Und dann mit Schlägen die Anstifter herausfinden und wer noch alles dahintersteckt.«

»Majestät, ohne etwas in den Händen zu haben, kann ich zu solchen Herren nicht hingehen. Dann brauche ich einen Haftbefehl von Eurer Majestät mit Siegel und Unterschrift.«

»Ich habe noch niemals einen Haftbefehl gesehen. Bitte fertigen Sie einen aus. Ich werde ihn unterzeichnen und siegeln. Danke, dass Sie beide mutig sind und Ihrem König treu bleiben!«

Der König blickte Ferdl und Wiggerl nacheinander an. Wiggerl verlor vor Aufregung und Herzklopfen beinahe das Bewusstsein! SEIN König hatte sich bei ihm bedankt! SEIN König war in Schwierigkeiten, und er durfte ihm in seiner Not beistehen! Was Wiggerl empfand, war ein neuartiger Zustand, ganz anders als Sinnesverzückung, vielmehr ein heiliges, wohltuendes, beruhigendes und behagliches Gefühl. Doch auch den König durchfuhr ein heftiger Schauer! Er blickte ja selten Menschen ins Angesicht, doch in seiner derzeitigen Notlage hatte er in die Augen der beiden Gendarmen geblickt. Ihm wurde jäh bewusst, dass dieser Gendarm der Mann aus seinem Traum war, jener vom Seher Wolken-Beppi vorausgesagte schicksalshafte Mensch! Er erinnerte sich an die Augen und die Körperhaltung aus dem Traum, es gab keinen Zweifel.

»Wie unhöflich von mir«, sagte der König. »Ich kenne nicht einmal die Namen meiner Beschützer!«

»Boppeler Ferdinand!«

»Staudacher Ludwig!«

Der König war bezaubert. Es herrschte eine starke Magie zwischen ihm und dem Gendarmen. Und es bedurfte keinerlei verwirrender

Erklärungen, die Ereignisse würden geschehen, wie das Wasser in der Isar entlangfließt. Niemand konnte sich seiner Fügung entziehen.

Eine halbe Stunde später hatte Boppeler den gültigen Haftbefehl in der Tasche. Der Wortlaut: *Ich befehle hiermit Vorzeiger dieses Befehls die sämtlichen Herren, welche in mein Schloss einzudringen versuchten, festzunehmen und in mein Schloss zu verbringen. Hohenschwangau, den 10. Juni 1886, Ludwig.*

HISTORIKER DR. JOHANNES RONCZKA:

König Ludwig II. hatte sämtliche Fluchtpläne, die möglicherweise seine Rettung bedeutet hätten, abgelehnt. Als er erfuhr, dass sich eine Kommission gebildet hatte, die ihm die Urkunde mit seiner Entmündigung und das Bestätigungsdokument hinsichtlich der Übernahme der Regentschaft durch Prinz Luitpold überreichen sollte, notierte er mit Bleistift einen Haftbefehl für die Füssener Gendarmerie.

Der Lehrerssohn Ferdinand Boppeler war 1863 als Gendarm vereidigt worden. Einundzwanzig Jahre später übernahm er als Gendarmeriewachtmeister die Füssener Wache. Als er am 10. Juni 1886 den Befehl Ludwigs erhielt, die Kommission in Gewahrsam zu nehmen, wusste er, dass es wohl die größte Aufgabe seines Lebens werden würde, war er doch nur ein einfacher Wachtmeister, der nun als einfacher Beamter hochrangige Persönlichkeiten festnehmen sollte, die ihm übergeordnet waren, die er gewöhnlich mit Exzellenz ansprechen musste und vor denen er strammzustehen hatte.

In seinem Rapport schrieb er:

Dem Kompanie-Kommando melde ich gehorsamst, dass ich am 10. Juni 1886 früh um 3 ½ Uhr in Kenntnis gesetzt wurde, dass heute Nacht eine Kommission in das Schloss Neuschwanstein eindringen wolle, bestehend aus Staatsminister von Crailsheim, Oberstallmeister Holnstein, Graf Toerring, Oberstleutnant Washington, Medizinalrat Dr. v. Gudden und noch ein Arzt, dann 4 Irrenwärter; im Ganzen sollen es 11 Personen gewesen sein. Auf Befehl seiner Majestät des Königs verweigerten wir diesen Herren den Eingang ins Schloss. Die Herren suchten jeden Einzelnen zu überzeugen und zu überreden, sie vorzulassen, da eine neue Regierung eingesetzt werde und wollten dies durch Vorzeigen eines Dokuments bekräftigen.

Als alle Versuche, um ins Schloss zu gelangen, nichts halfen, fragten sie die Mannschaft, ob sie die Kommission einlassen würden, wenn es der Herr Bezirksamtmann befehlen würde, worauf die Gendarmen »Nein« antworteten, weil sie den strikten Befehl von seiner Majestät hatten, niemanden in das Schloss einzulassen. Daraufhin zog sich die Kommission zurück nach Hohenschwangau.
Ich erhielt sofort danach den Auftrag, mich ins Schloss zu begeben, wo selbst mir der Lakai Mayr mitteilte, dass ich auf Befehl seiner Majestät die sämtlichen Herren, die heute in seinem Schloss einzudringen versuchten, zu verhaften habe. Ich begab mich sodann um 5:00 Uhr früh mit sechs Mann nach Hohenschwangau und ließ den Kavaliersbau, in welchem sich die Herren befanden, umstellen und begab mich in den Bau hinein, wo, wie es schien, sich alles zur Nachtruhe begeben hatte. Von allen diesen Herrn kannte ich keinen persönlich, ich klopfte an dem Zimmer an, und stellte mich auf »Herein« dem dort anwesenden Herrn vor. Es war der Herr Doktor von Gudden.
Ich teilte ihm den von Seiner Majestät erhaltenen Befehl mit, worauf mich derselbe zu Herrn Minister von Crailsheim führte, der im Bette lag. Exzellenz von Crailsheim erklärte, nachdem ich meinen Befehl vorgezeigt hatte, der König könne niemanden verhaften lassen, da er nicht mehr König sei. Ich erklärte der Exzellenz, dass ich von all diesem nichts weiß und dass ich als Gendarm, unter jeder Bedingung Seiner Majestät, dem König, meinem obersten Kriegsherrn, dem ich die Treue geschworen habe zu folgen und dass ich unter keinen Umständen einbrechen und deshalb den Befehl meines Königs vollziehen werde und müsse. Ich bestand darauf, die Herren möchten mich meiner Pflichterfüllung nicht abwendig zu machen suchen, und bat sie, es nicht auf Gewalt ankommen zu lassen, und sie möchten im Guten mitgehen, weil mittlerweile schon eine erste Stafette eingetroffen war, um die Herren nun unverzüglich abzuführen.
Man versuchte, mich zu bewegen, die Herren gehen zu lassen, und sie würden dann das Schloss sofort verlassen. Ich könnte dann Meldung machen, dass die Herren bei meinem Eintreffen schon abgereist gewesen seien. Ich besann mich einen Augenblick und sagte hierauf: »Es tut mir leid, diesmal ihrem Befehle nicht nachkommen zu können. Ich habe ja den Befehl zur Festnahme direkt von meinem König erhalten und muss ihn auch ausführen, und wenn hierdurch meine ganze Existenz zugrunde gerichtet wird und es meinen Kopf kostet.«
Wir nahmen die Herren in Gewahrsam, worauf Lakai Meyer mir einen weiteren, vom König selbst geschriebenen Auftrag zeigte. Der König befahl: »Holnstein u. Minister sollen am ärgsten gefesselt und geknebelt werden. Alle müssen sehr stark geschlagen werden.

Nachdem ihnen die Uniformen vom Leibe gerissen wurden, sollen sie mit festen Stricken gebunden u. bis aufs Blut gepeitscht werden.«
Ich begab mich hierauf wieder zurück und stellte vor dem Zimmer der Verhafteten einen Doppelposten mit der Weisung auf, niemanden in das Zimmer der infrage stehenden Herren eindringen oder dieselben gar misshandeln zu lassen, weil ich dem Oberstallmeister versichert hatte, dass ich sämtliche Herren mit meiner Mannschaft gegenüber der aufgeweckten Feuerwehr und anderen Persönlichkeiten vor Misshandlungen und anderen Unbilden schützen werde.
Als sachdienlich führe ich hier noch an, dass ich um 6:30 Uhr früh mit den genannten Herren den Weg nach Neuschwanstein zurücklegte und ich bei dieser Gelegenheit denselben gegenüber erklärte, dass ich als Soldat die Befehle meines Königs vollziehen müsse. Auf ihre Frage, ob ich sie denn auf Befehl des Königs erschießen oder ihnen den Kopf abschlagen oder gar misshandeln würde, worauf ich erwiderte, dass niemand ohne Verurteilung gerichtet werden kann und ich einen derartigen Befehl umso weniger vollziehen beziehungsweise vollziehen lassen würde, als dass ein Gefangener überhaupt nicht misshandelt werden darf.

Ferdinand Boppeler
Wachtmeister
Füssen im Juni 1886

Boppeler hatte selbstlos und tapfer gehandelt, konnte deshalb seitens der Obrigkeit nicht gerügt werden. Stattdessen versetzte man ihn *aus dienstlichen Gründen* nach Mindelheim. Dort verstarb er zwei Jahre nach jenem schicksalhaften Tag im Alter von gerade mal fünfzig Jahren während des Dienstes im Gendarmerielokal Mindelheim.

Zunächst besetzten die Gendarmen alle Eingänge von Hohenschwangau, wo sich ja die Fangkommission aufhielt.

»Die haben erst mal Hausarrest«, scherzte Boppeler, als er mit Wiggerl den Kavaliersbau betrat. »Ich kenn mich hier ganz gut aus, Hohenschwangau ist ja mein Amtssprengel. Hier befinden sich die Gästezimmer. Dann wollen wir mal.«

Er klopfte an die Tür. Eine Stimme rief »Herein«. Wiggerl öffnete, sie traten ein. Die Stimme gehörte Dr. von Gudden, der die beiden

Gendarmen spöttisch und provokant fixierte. Doch Boppeler war schlagfertig.

»Sie sind vermutlich auch einer dieser Herren, welche heute Nacht in das Schloss Neuschwanstein eindringen wollten?«

»In welchem Ton erlauben Sie sich mit mir zu sprechen?«

»Staudacher, war dieser Mann zuvor unter den Eindringlingen?«

»Jawohl«, antwortete Wiggerl.

»Gut!«, freute sich Ferdl.

»Was geht Sie das überhaupt an?«, fragte Dr. von Gudden.

»Mich direkt geht es nichts an, aber ich werde die Befehle meines Königs vollziehen und Sie sowie die gesamte Kommission verhaften.«

»Das wird Sie den Kopf kosten! Der König ist ein Narr und hat nichts mehr zu befehlen.«

Wiggerl ballte die Faust, da eine kolossale Wut in ihm aufkochte. Wie konnte dieser Quacksalber den König derart beleidigen?

»Sind Sie der Anführer der Kommission?«, fragte Ferdl sachlich weiter.

»Nein.«

»Nennen Sie uns den Anführer oder wir wenden Gewalt an.«

»Es ist Seine Exzellenz der Staatsminister von Crailsheim.«

Gudden führte die beiden Exekutivkräfte in ein Gästezimmer. Crailsheim lag im Bett. Vermutlich waren die Aufregungen der letzten Stunden sehr belastend für ihn gewesen. Er und alle anderen Mitglieder der Kommission protestierten zwar lautstark, doch letztlich ließen sich alle verhaften. Doch zum Bedauern der Gendarme mussten alle Festgenommenen bereits nach wenigen Stunden durch die Wirkung eines Bezirksamtmannes wieder auf freien Fuß gesetzt werden.

11. Juni 1886

Barnabas überprüfte die Maßnahmen in Schloss Berg. Er war die letzten Wochen damit beschäftigt, die Sicherheitsvorkehrungen gegen Flucht- oder Suizidversuche König Ludwigs zu gewährleisten. In Absprache mit Vorgesetzten und Ärzten waren sämtliche Türklingen zu den für den König bestimmten Räumen abgeschraubt worden. Die Türen ließen sich nur von außen mit Dreikantschlüsseln öffnen, ein Verfahren, das auch in Irrenanstalten beliebt war. Die Fensterläden waren von außen verriegelt, und die Fenstergriffe hatten Handwerker unter Aufsicht von Barnabas ebenfalls entfernt. In die Türen hatte man kleine, verschließbare Gucklöcher aus Messing eingefasst. Da die Entmündigung so rasch vonstattengegangen war, hatte Barnabas mit seinen Kollegen das Werk noch nicht vollendet, es fehlten unter anderem noch die Gitterstäbe vor den Fenstern. Die entsprechenden Löcher waren allerdings bereits in die Fensterstöcke gebohrt worden. Das Schloss war in eine Pflegeanstalt umfunktioniert worden. Ferner hatte Minister Crailsheim erwirkt, dass sämtliche Telegrafenstationen in Oberbayern und Schwaben für den König gesperrt worden waren, damit er von der Außenwelt isoliert sein würde und sich gründlich auf die Behandlung seiner Geisteskrankheit konzentrieren konnte.

»Wir könnten die Fensterscheiben entfernen«, erwog Barnabas, als er mit dem für die Umbauten zuständigen Arzt durch das Schloss schritt, »damit sie der König nicht bei einem beabsichtigten Selbstmordversuch zerschlagen kann, um sich mit den Scherben die Pulsadern aufzuschneiden.«

»Das ist ein vorausblickender, wichtiger Gedanke, den ich tatsächlich übersehen hatte. Vielen Dank, Sie sind eine große Hilfe! Nun, ich denke, wir werden die Wärter anweisen, den König rund um die Uhr durch die Beobachtungsluken zu überwachen.«

Barnabas nickte. Er war stolz auf seinen Beitrag für die Behandlung des Königs. Auch wenn das Schloss mehr einem Gefängnis als einer Heilanstalt glich, war es doch gewiss das Beste für alle, wenn Ludwig den Schutz der Ärzte wahrnehmen konnte und vielleicht in einigen Jahren oder Jahrzehnten als geheilt entlassen werden könnte. Barnabas war restlos überzeugt, alles richtig gemacht zu haben.

11. Juni 1886

»Eure Majestät«, sagte Boppeler mit hochrotem Kopfe, »wie es ausschaut, werdet Ihr zunächst hier auf Neuschwanstein festgehalten. Wir sollen nun von einer Gendarmenmannschaft aus München abgelöst werden.«

»So bin ich ein Gefangener, ohne etwas verbrochen zu haben! Was tat ich meinem Volk, dass es mich so verlässt?«

»Ich weiß es nicht.«

Der König nahm einen tiefen Zug von seiner Zigarette, bevor er sie in einem großen grün-gelben Schwanenaschenbecher ausdrückte. Er wusste den Gendarm Ludwig an seiner Seite, verspürte das Bedürfnis, mit ihm unter vier Augen sprechen zu können.

»Könnt Ihr zumindest durchsetzen, dass ich zum Schwansee oder zum Alpsee spazieren gehen kann?«

»Majestät, es tut mir leid, aber Ihr dürft das Schloss nicht verlassen.«

»Schickt bitte meinen Diener Rutz, er möge mir eine Kanne Rum mit Gewürznelken bringen, ich habe Zahnschmerzen. Außerdem dürstet es mich, ich möchte Champagner und Wein. Viel Wein! Ach, und bitte eine Flasche Cognac. Wenn ich hier schon festgehalten werde wie ein Kanarienvogel, möchte ich mich wenigstens ordentlich betrinken.«

Boppeler und Wiggerl sahen sich hilflos an. Der König tat ihnen unendlich leid.

»Meine Herren, können Sie nicht zu meinem Schutze hierbleiben? Ich könnte Ihnen mein Arbeitszimmer zur Verfügung stellen, dort gibt es auch ein Kanapee. Bestellt euch Speisen und Getränke nach Belieben. Es würde mich ungemein beruhigen, wenn Sie in meiner Nähe blieben.«

»Ich befürchte, das geht nicht.«

»Das ist äußerst schade.«

Nun fasste Wiggerl allen Mut der Welt zusammen und ergriff das Wort.

»Majestät, wir werden Euch nicht im Stich lassen. Habt keine Angst. Wir sind unserem König auf ewig treu ergeben!«

»Herzlichen Dank! Falls wir uns nicht mehr begegnen sollten: Meine Herren Wachtmeister, haben Sie Dank für die treuen Dienste, es tut mir in der Seele weh, es Ihnen und Ihrer Mannschaft nicht danken zu können.«

Beim Hinausgehen teilte Ferdl dem Diener Ludwigs noch die Bestellung der alkoholischen Getränke mit. Vor Schloss Neuschwanstein brausten noch immer kalte Regenschauer. Als Ferdl und Wiggerl durch das Tor nach draußen schritten, vorbei an den Wachen aus München, die den Auftrag hatten, jeden Befreiungsversuch zu verhindern, wurde Wiggerl nachdenklich. Es war ein immenser Zwiespalt, der in ihm tobte. Er war von der Unschuld des Königs überzeugt, seine Kollegen hingegen taten nur ihre Pflicht und glaubten ebenfalls, das Richtige zu tun. Ein berittener Gendarm hatte seine Kopfbedeckung abgenommen, weil sie voller Regen gelaufen war. Er schüttete das Wasser aus. Dadurch konnte Wiggerl das Gesicht deutlich erkennen. Wiggerl schluckte. Der berittene Gendarm war sein ehemaliger Zimmergenosse, Georg Amnesbichler!

12. Juni 1886

Die königlichen Privatgemächer befanden sich in der dritten Etage in Neuschwanstein. Beide Treppenzugänge, der schmale und der breite, waren von Irrenwärtern bewacht. Nur die Diener und Köche durften passieren. Der König kauerte bleich an seinem Esstisch und leerte ein Glas nach dem anderen. Es klopfte an die Tür. Ludwig vermutete, dass es sein Diener sei und rief: »Ja!« Doch zur Tür herein spazierte Dr. von Gudden und verneigte sich tief.

»Majestät, ich habe den Befehl, Majestät nach Schloss Berg zu geleiten.«

»Wann denn?«, fragte Ludwig, dem der Alkohol bereits zu Kopfe gestiegen war.

»Noch heute Nacht!«

»Ja, was soll denn das? Was wollen Sie denn? Lassen Sie mich zufrieden!«

»Ich muss Sie mitnehmen, Befehl ist Befehl.«

Gudden klatschte in die Hände, zwei Pfleger kamen herein, nahmen den König von links und von rechts und führten ihn in die Vorhalle. Durch den berauschten Zustand des Monarchen, seine Kraft und seinen inzwischen recht korpulenten Körperumfang war es nicht einfach für die Pflegekräfte.

»Sie können den König loslassen«, sagte Dr. von Gudden, woraufhin die beiden Pfleger die Umklammerung lösten.

»Sie sind Doktor Gudden, nicht wahr?«, fragte Ludwig, der den Arzt von seinen Besuchen bei Bruder Otto kannte.

»Ganz recht.«

»Es ist eine Verschwörung gegen mich im Gange.«

»Eure Majestät ist geisteskrank und deshalb nicht mehr Herr Ihres Willens.«

»Blödsinn, ich bin nur müde und habe etwas viel getrunken. Aber wie dem auch sei, wer soll denn dann die Regentschaft übernehmen?«

»Seine Königliche Hoheit Prinz Luitpold.«

»Ach herrje! Dazu hätte er nicht so einen Aufwand fabrizieren müssen, hätte er nur ein Wort gesagt, dann hätte ich die Regierung niedergelegt und wäre ins Ausland gezogen. Das hat der Luitpold sehr geschickt arrangiert. Das ist eine hübsche Komödie. Der Luitpold ist ein Schlaumeier, der alles gelesen hat, was man über mich geschrieben und gelogen hat.«

»Majestät, ist es denn nicht wahr, dass Sie mich gestern noch in Ketten legen und schlagen lassen wollten?«

»Sie sind ein Preuße, nicht wahr?«

»Ich bin bayerischer Staatsbürger.«

»Aha.«

Der König ging leicht schwankend auf und ab und bewegte die rechte Hand sanft, beinahe so, als würde er dirigieren. Dann wandte er sich wieder zu Dr. von Gudden.

»In Schloss Berg verbrachte ich weite Teile meines Lebens. Ich bin gern dort. Also wenn es denn so sein soll, fahre ich mit Ihnen. Ich möchte mich noch kurz von der Dienerschaft verabschieden, dann können Sie Euren Kutschern Bescheid sagen, dass wir fahren.«

Gegen vier Uhr fünfzehn in der Früh ging die Fahrt mit mehreren Kutschen los. Es ging über Peiting nach Peißenberg, wo die Pferde gewechselt wurden. Nach einer kurzen Toilettenpause kurz vor Seeshaupt erreicht die Kolonne gegen Mittag das zur Festung umgebaute Schloss Berg. Am Vormittag hatte sich eine große Menschenmenge vor dem Schloss versammelt, um den König zu begrüßen und ihm ihre Zuneigung zu bekunden. Herbeigerufene Soldaten lösten die Versammlung auf und schickten die Leute nach Hause.

12. Juni 1886

»Gerade haben wir Meldung bekommen! Die Kommission hat den König nach Schloss Berg gebracht«, sagte Ferdl Boppeler in der Amtsstube der Füssener Gendarmerie. »Blöd ist nur, dass uns schon einige der Herrschaften zu Gesicht bekommen haben. Wir müssen dem König beiseitestehen, nicht dass er sich etwas antut. Staudacher, du stammst doch aus der Gegend von Berg. Kann ich dich nicht per Sonderbefehl dorthin abkommandieren?«

»Das wäre mir eine Herzensangelegenheit!«, antwortete Staudacher.

»Gut! Denn du bist ja ein wertvoller Zeuge der Geschehnisse, und es dürfte keine Schwierigkeiten geben. Ich telegrafiere sofort nach München!«

»Aber wenn man mich erkennt?«

»Kannst dir den Bart nicht abrasieren?«

Wiggerl strich über seinen Bart.

»Freilich, das kann ich schon.«

»Dann erkennt dich keine Sau mehr.«

»Wie soll ich dorthin gelangen?«

»Kannst du reiten?«

»Nur ein bisschen.«

»Hat der König nicht von einem Kutscher gesprochen, der ihm gewogen ist?«

»Ja!«, sagte Wiggerl und freute sich über sein gutes Erinnerungsvermögen. »Sein Name ist Osterholzer!«

Der Plan war gefasst! Boppeler, Wiggerl und zwei Begleitbeamte widmeten sich der gründlichen Rasur, die eine kleine blutende Wunde an der linken Wange Wiggerls hinterlassen hatte, und schritten hinüber nach Neuschwanstein, wo sich gerade der Wachposten in Auflösung befand. Georg Amnesbichler war höchst entzückt, Wiggerl wiederzusehen.

»Unglaublich, was für Umstände doch manchmal zueinanderführen! Wie schrecklich, das mit dem König«, sagte Georg.

»Es ist furchtbar«, flüsterte Wiggerl, damit niemand sonst es hören konnte. »Ich bin überzeugt, dass der König im Vollbesitz seiner geistigen Kräfte ist und das Ganze nur ein böses Komplott.«

»Etwas Ähnliches«, flüsterte Georg, »glaube ich auch. Du, was anderes, hast du nicht vorher noch einen Bart gehabt?«

»Ja. Den hab ich abrasiert.«

Wiggerl verabschiedete sich von Georg, die Zeit drängte. Kutscher Osterholzer war immer noch enorm aufgewühlt und heilfroh, den polizeilichen Befehl zu erhalten, Gendarm Staudacher nach Schloss Berg zu kutschieren, weil es ihn ablenkte, wenn er beschäftigt war, und weil auch er alles dafür getan hätte, um dem König dienlich zu sein. Im regnerischen Morgengrauen setzte sich die Kutsche in Bewegung. Wiggerl war mit sich und der Welt im Reinen. Egal, wie die Sache ausgehen würde, er wollte alles geben. Er war freudvoll. Er war stolz. Er war der Gendarm des Königs.

12. Juni 1886

»Es sind zu wenig Gendarmen eingeteilt«, schimpfte Baron Washington auf Schloss Berg. »Wir benötigen zwölf Mann, abkommandiert sind nur vier. Wie kann solch eine Schlamperei geschehen? Seine Majestät ist immerhin der König von Bayern und benötigt den Schutz der Gendarmerie, ob er nun krank ist oder nicht.«

»Wo ist Doktor von Gudden?«, fragte Bezirksamtmann von Kobell.

»Der hat sich zurückgezogen. Den braucht hier nun wirklich im Augenblick keiner! Jedenfalls müssen wir die Sicherheit seiner Majestät wahren. Sprich: Wenn er speist, darf er keine scharfen oder spitzen Gegenstände erhalten. Es ist davon auszugehen, dass er in seinem Zustand Suizid begehen könnte.«

12. Juni 1886

»Ich bin sehr müde und möchte zu Bett gehen«, sagte König Ludwig II. gegen drei Uhr nachmittags zu seinem mitgereisten Diener Rutz in Schloss Berg. »Bitte bringen Sie mir zwei Gläser Arrak und ein weiteres Glas mit Wasser samt Brausepulver gegen meinen großen Durst. Dann entfernen Sie sämtliche Kerzen und bringen zwei Wachslichter, wie ich es als Kind erlebt habe.«

Ludwig sah sich um.

»Die haben ja alles verbarrikadiert! Oh, was ist denn das?«

Er sprang auf und hastete zur Tür.

»Sind das Gucklöcher? Ja, spinnen die denn?«

»Vermutlich wollen die Ärzte sichergehen, dass Majestät sich kein Leid antun«, sagte Rutz.

»Das ist aber ausgesprochen unangenehm«, bekundete der König. »Da kann ja die ganze Zeit jemand hineinschauen. Muss das sein?«

»Vermutlich«, bedauerte Rutz.

»An der Tür zum Badezimmer sind auch Gucklöcher. Da kann man sich ja nicht einmal waschen, ohne dass die einen beglotzen.«

Ludwig setzte sich aufs Bett und legte seine schwarze Schlafbinde an.

»Rutz, bitte wecken Sie mich in neun Stunden.«

»Doktor von Gudden hat angeordnet, Eure Majestät aus ärztlicher Fürsorge so lange wie möglich schlafen zu lassen, damit der Rhythmus von Tag und Nacht allmählich bei Eurer Majestät wieder in ein ordentliches Gleichgewicht gebracht werden soll.«

»Der kann mich mal sonst etwas, der gschissene Gudden. Weckt mich um Mitternacht und basta.«

Bald darauf fiel Ludwig in einen sehr unruhigen Schlaf.

12. Juni 1886

Bäckermeister Max Graf kam gerade von seinem samstagnachmittäglichen Wirtshausbesuch zurück nach Hause in Berg. Seine Frau Therese hatte eine deftige Brotzeit hergerichtet, genau nach Grafs Geschmack. Als er gerade in sein frisch geschmiertes Brot mit Leberwurst beißen wollte, klopfte es energisch an die Tür.

»Kruzifix, was is denn da los?«, regte er sich auf. »Mach amal auf, Theres!«

Seine Gattin öffnete. Vor der Tür standen mehrere Gendarmen mit umgehängten Karabinern.

»Über das Wochenende ist es verboten, nach Einbruch der Dunkelheit die Straße zu betreten, Besuche zu machen oder sich in der Nähe der Schlossmauern oder oben am Parkzaun sehen zu lassen. Ein Ausgang ist strengstens untersagt.«

Max Graf war aufgestanden und kam, noch kauend, zur Tür.

»Und warum dürf mer nicht raus?«, fragte er.

»Die Gründe spielen keine Rolle«, erklärte einer der Gendarmen und blitzte Graf drohend an. »Sie haben sich den Anweisungen zu fügen, oder es gibt Ärger, Freinderl[74].«

Nachdem die Gendarmen wieder fort waren, wurde im Hause Graf heftig diskutiert.

»Was wird schon los sein? Den König werdens halt nach Schloss Berg gebracht haben, und jetzt wollen sie kein Gerede«, schimpfte Max Graf.

»Jetzt sei doch nicht so grantig, dann bleiben wir halt heut und morgen Abend daheim. Das ist doch nicht so schlimm, wir hatten ohnehin nix vor«, versuchte ihn seine Frau zu beruhigen.

»Ja HerrGOTT, muss man sich das gefallen lassen? Das Maul soll jeder halten und unseren König wollen sie wegräumen? Ganz insgeheim wollen sie ihn umbringen wie einen Lumpen! Diese Sippschaft! Gift wollen sie ihm einfach geben, die Lumpen, die windigen.«

74 Freundchen

12. Juni 1886

Die Kutschfahrt war komplikationslos verlaufen. Boppeler hatte an alles gedacht und sich telegrafisch gekümmert. So waren die Pferde zweimal ausgetauscht worden, und es gab stets frisches Trinkwasser für die beiden Reisenden. Am späten Vormittag waren sie in ein Gasthaus in Weilheim eingekehrt, hatte sich jeder einen schönen Knödel mit Sauce und zwei Krüge Bier gegönnt. Osterholzer, der mit Vornamen Fritz hieß, war ein sehr netter Bursche, etwas ängstlich vielleicht, aber humorbegabt und gesellig.

Wiggerl hatte den Befehl von Boppeler in der Tasche, dass er als zusätzliche Einsatzkraft nach Schloss Berg abgestellt sei, um die Einsatzkräfte als ein dem König vertrauter Gendarm zu unterstützen. Diese Strategie war brillant und würde gewiss fruchtbar sein.

»Da vorn wohnen meine Eltern«, sagte Wiggerl.

»Soll ich kurz anhalten, zum Grüß GOTT sagen?«, fragte Fritz.

Das war eigentlich eine gute Idee, auch wenn es Wiggerl eigentlich zur Erfüllung seines Auftrags drängte. Aber er hatte kürzlich von seinem alten hölzernen Hahn, dem Spielzeug seiner Kindheit, geträumt, und entschied sich, seine Mutter danach zu fragen und das schön geschnitzte Federvieh mit dem rot angestrichenen Kamm und rosafarbenen Bart als Glücksbringer mit ins Schloss zu nehmen. Wenn er selbst schon keinen Bart mehr besaß, war das ja vielleicht ein nutzbringender Talisman. Mutter war ganz aus dem Häuschen, weil kurz zuvor andere Gendarmen bei ihr gewesen waren und ihr Hausarrest erteilt hatten.

»Ist es wegen dem König?«, fragte sie. »Ist er auf der Flucht?«

»Nein«, beruhigte sie Wiggerl. »Sie halten ihn in Schloss Berg gefangen.«

»Warum denn das um alles in der Welt?«

»Ich darf nicht drüber reden, aber es ist einiges im Argen. Wir sind hier, um möglicherweise helfen zu können. Wo ist denn der Vater?«

»Der ist über Pfingsten mit seinen Schreinerkollegen an den Kochelsee gefahren. Habts einen Hunger?«

»Nein, dank dir schön, Mutter. Sag, ich hatte doch als Kind so einen geschnitzten Hahn. Gibt's den noch?«

»Freilich, der ist bei deinen Schulsachen. Magst ihn mitnehmen?«

»Ja.«

»Habts ein Quartier im Schloss?«

»Ich glaub schon.«

»Falls nicht, bei uns findets ihr immer einen Platz, dein Spezl und du.«

»Dank dir, Mutter. Das ist lieb.«

Wiggerl gähnte. Er hatte zwar auf der Fahrt eine Weile schlummern können, aber so richtig ausgeruht war er nicht. Als die Kutsche vor der Einfahrt zu Schloss Berg hielt, wunderte sich Wiggerl, dass nur zwei Wachtposten davorstanden.

»Melde gehorsamst: Staudacher! Auf Befehl des Füssener Gendarmerieleiters bin ich abkommandiert, unterstützend bei dem Einsatz zur Unterbringung Seiner Majestät mitzuwirken!«

»Du kommst wie gerufen«, erklärte einer der Wächter. »Wir haben hier einen enormen Personalmangel.«

Kutscher Osterholzer brachte die Kutsche und die Pferde in den Stall, danach bekam er eine Mahlzeit im Lieferantenbereich serviert.

Wiggerl wurde in einen Saal geführt, in dem zwei Krankenpfleger und ein Gendarm hockten und Karten spielten. Wiggerl bekam ein Gemach zugeteilt, der Kutscher wurde bei den Knechten untergebracht. Als sie ihre Quartiere bezogen hatten, setzten sie sich in einer Stallburschenstube zusammen. Die Diener im Schloss waren gegenüber den Fremden, insbesondere Wiggerl in seiner Gendarmenuniform, skeptisch gesinnt. Als Wiggerl einen Lakaien fragte, ob es irgendwo Bier gäbe, reagierte dieser nur mit Achselzucken.

Gegen neun Uhr abends wurde Wiggerl von einem Wärter angesprochen.

»Sind Sie Staudacher?«

»Ja!«

»Der Baron Washington möchte Sie sprechen.«

Er führte Wiggerl in ein improvisiertes Dienstzimmer, in dem ein groß gewachsener, hagerer Mann hinter einem Stapel Dokumente brütete.

»Gendarm Staudacher!«, rief der Wärter.

Der Hüne stand auf und reichte Wiggerl mit einem Kopfnicken die Hand.

»Freiherr von Washington. Ich freue mich und danke sehr für die Unterstützung. Wir brauchen jeden Mann. Ich begrüße den Beistand aus Füssen! Sie sind dem König bekannt?«

»Jawohl!«

»Und das Verhältnis ist ungetrübt?«

»Jawohl! Ich bin dem König erst vor Kurzem das erste Mal persönlich begegnet, kann aber davon ausgehen, dass er mir gegenüber wohlgesonnen ist.«

»Sehr gut. Es ist gerade in diesen schwierigen Stunden der Orientierung hier in Schloss Berg wichtig, dass ein Klima des Vertrauens herrscht und die Schlossbediensteten uns wohlgesonnen sind. Wir sollten darauf achten, nichts zu tun, was gegen die Anordnungen des Königs sein könnte. Es wäre also sinnvoll, uns in dieser Hinsicht zu unterstützen.«

»In Ordnung!«

»Ich denke mal, wir sollten uns alle hinlegen. Morgen wird bestimmt ein ereignisreicher Tag sein. Hoffentlich mit weniger Regen.«

»Das hoffe ich auch! Gute Nacht.«

»Schlafen Sie gut.«

Wiggerl ging zurück in das Dienstzimmer, aber Fritz war nicht mehr dort. Aus einem anderen Zimmer drangen Stimmen, es hörte sich an wie eine Geburtstagsfeier. Er lauschte und fand den Ursprung der Geräusche hinter einer geschlossenen Tür. Wiggerl klopfte, doch es kam keine Reaktion. Er öffnete die Türe, sie war unverschlossen. Dort bot sich ihm ein verblüffender Anblick. Der Raum war eine Art Hinterzimmer zur Aufbewahrung von Dienstkleidung für Köche, Diener,

Mägde und Knechte. Überall waren Nischen, Tische, Stühle und Kommoden, wo sich mehrere unbekleidete Männer und Frauen ihrer Lust hemmungslos hingaben! Es war ein Bild der Leidenschaft und Hingabe, fast so, wie es sich Wiggerl in seinen erotischen Träumen ausgemalt und erhofft hatte. Doch packte ihn keinesfalls Sinnesverzückung, eher Scham ob seiner Uniform und seines Eindringens in diese äußerst pikante private Situation. Keiner hatte ihn bemerkt, so schloss er möglichst geräuschlos die Türe und schlich sich zurück in das Dienstzimmer. Eine Weile später kam Fritz herein und hatte vier Flaschen kaltes Bier organisiert.

»Die Bediensteten sind eigentlich sehr nett«, sagte Fritz. »Eine Magd hat mir das Bier gegeben und mir gesagt, dass es eine erhebliche Unsicherheit wegen der vielen ungeklärten Gerüchte um den König gebe. Und dass man das Schloss in einen Kerker umgebaut hat, ist ja niemandem verborgen geblieben.«

Fritz öffnete zwei der Flaschen. Sie prosteten sich zu und tranken.

»Fritz«, sagte Wiggerl geheimnisvoll. »Hier nebenan sind einige Leute vom Schloss, die es miteinander treiben.«

»Echt?«

»Wenn ichs dir sag! Willst es sehen?«

»Lieber nicht.«

»Es lohnt sich aber!«

»Ich weiß nicht.«

»Komm, trau dich!«

»Also gut.«

Wiggerl legte sicherheitshalber seinen Rock, seinen Säbel und seine Kopfbedeckung ab. An seiner Hose und am Hemd würde niemand so schnell erkennen, dass er ein Gendarm ist. Und Fritz trug ein weißes Hemd mit schwarzem Jackett, also quasi eine neutrale Bekleidung.

Sie gingen wieder zu besagter Tür, Wiggerl öffnete – das Bild, das sich bot, hatte sich nicht verändert. Wieder merkte niemand die Störenfriede. Fritz war erstarrt. Wiggerl schob ihn ins Zimmer und schloss die Türe von innen. Eine angetrunkene junge barbusige Frau kam auf Wiggerl zu und warf sich ihm in die Arme. Er dachte an Sabrina! Würde er dieses Wagnis eingehen können? Er hatte sie seit vielen Wochen nicht gesehen und hatte ihr nicht die Ehe versprochen. Seine Zuneigung zu ihr war groß, aber das Leben schien weitere Verlockungen für ihn parat zu haben. Er würde Sabrina schließlich nicht weniger gernhaben, wenn er sich nun hier in dieser turbulenten Runde etwas vergnügen würde. Wenn er mehrere Bücher parallel las, mochte er ja nicht das eine Buch deswegen lieber als das andere. Also entschied er, sich auf alles einzulassen, was sich ihm bieten würde. Es ging so vonstatten, als habe es niemals etwas anderes gegeben. Wiggerl sollten in dieser Nacht viele charmante Dinge widerfahren, die sein Leben schlagartig umkrempelten, ihm einen Zugang in ein Universum voller Farbenpracht schenkten. Keiner fragte, woher er komme, was er tue oder wer er sei, jeder Mensch ließ die anderen geschehen, grad wie es jeder und jedem gefiel.

Irgendwann, in der Nacht, erwachte Wiggerl inmitten schlafender Männer und Frauen, auf dem Boden vor einem Schrank lag Fritz in den Armen eines jungen Mannes. Wiggerl suchte seine Kleidung zusammen, holte den Rest seiner Uniform aus dem Dienstzimmer und zog sich zurück in sein Schlafgemach.

13. Juni 1886

Jakob Lidl, Fischer auf dem Würmsee, erwachte wie jeden Morgen gegen halb sechs Uhr aus einem weitgehend traumlosen Schlaf.

»Stutzerl, wir müssen aufstehen«, flüsterte er sanft und fuhr zärtlich mit dem rechten Zeigefinger über die rosa Wange seiner noch schlafenden Geliebten Heidi, deren blondes langes Haar sich elfengleich um ihr Kopfkissen schmiegte. Sie war die Tochter des Landwirts Roith, der mit seiner Frau und den Knechten übers Wochenende einem befreundeten Schnapsbrenner in einer fünfundzwanzig Kilometer entfernten Ortschaft bei der Kirschenernte aushalf. »Es ist doch Sonntag«, murmelte die Landschönheit verschlafen und sah dabei so anmutig und verführerisch aus, dass Jakob sich zu ihr hinabbeugte und ihre Stirn mit einem gehauchten Kuss bedachte, wie es kein Märchenprinz gekonnter hätte bewerkstelligen können.

»Es soll im Lauf des Tages Regen geben, und ich muss ein paar Dinge erledigen«, erklärte der junge gut aussehende Liebhaber und zwirbelte mit der Hand die rechte Seite seines Schnurrbartes in Form. »Außerdem wäre es mir recht, wenn dich keiner aus meiner Türe kommen sieht. Nicht dass wir noch ins Gerede kommen.«

Stutzerl fuhr wütend hoch.

»So hättest du es wohl gern, du Saubazi!«

Sie saß nun aufrecht im Bett, und ihr wohlgeformter kleiner Busen bebte vor Zorn.

»Nachts mit mir all deine Gelüste austoben und mich dann, so rasch es geht, wieder zum Teufel jagen?«

»Du weißt doch, wie schnell hier in der Gegend die Gerüchte umgehen. Und zum Heiraten sind wir doch beide noch zu jung.«

»Kommt er mir mit Heiraten daher, der Hirsch, der verreckte. Du, des sag ich dir, da müsstest du aber gewaltig früher aufstehen, mein Freund. Ha! Mit Heiraten kommt er mir daher, der ander.«

»Eben nicht!«, beschwichtigte Lidl und versuchte, ihr über die Schulter zu streichen, was ihm nicht gelang, weil sie geschickt auswich. »Ich will eben noch NICHT heiraten, da hast du mich falsch verstanden.«

»Des läuft nicht mit mir. Erst begehrst du mich, als gäb es nichts anderes auf der Welt, dann bist du unleidig und willst, dass ich mich schleich, dann sprichst du vom Heiraten, dann wieder vom Gegenteil – was soll ich denn von so einem Mannsbild halten?«

»Jetzt beruhig dich erst einmal und geh schön heim auf euren Hof, wir unterhalten uns das nächste Mal.«

Sie stand auf und suchte ihre Gewänder zusammen. Er blieb auf dem Bett sitzen und verfolgte ihre Bewegungen mit den Augen.

»So was wirklich«, schimpfte sie weiter. »Zuerst möcht er nix als pudern, dann redt er groß vom Heiraten, um dann glei wieder einen Rückzieher zu machen, sobald die geringsten Widerstände auftauchen. Na wirkli ned!«

Sie hatte sich ihr Kleid übergeworfen. Von diesen modernen Unterbeinkleidern, die man in der Stadt neuerdings trug, hielt sie nicht viel. Und im Sommer ging sie wie alle anderen Frauen barfuß. Sie lief zum Tisch, auf dem eine Wasserkaraffe stand, goss ein Glas voll und trank einen tiefen Schluck. Lidl sah sie an und war von ihrer stürmischen Art verzaubert. Dieselbe Leidenschaft hatte sie durchaus gestern Nacht in seinen Armen gezeigt. Er erinnerte sich gründlich und sehr gerne daran, während das Stutzerl laut stampfend hinauspolterte und die Türe hinter sich krachend ins Schloss warf.

Lidl stand auf, machte das Bett, ging zum Waschzuber, wusch sich gründlich und reinigte die Zähne mittels seiner Pferdehaarzahnbürste und dem guten Zahnpulver, welches Menthol und Veilchenöl enthielt. Er scheitelte sein Haar und zog sich Hemd, Weste, Hose, Strümpfe und Schuhe an. Aus seinem geliebten Quellwasser aus dem Scharnitzer Land kochte er sich auf dem Herd einen starken Tee, den ihm sein Nachbar von einem orientalischen Händler besorgt hatte; dazu aß er eine Scheibe frisches Brot mit Butter und Salz. Lidls Alltag war überschaubar, er war ja unter anderem Stegverwalter, sah Morgen für Morgen am Ufer nach dem Rechten und fuhr dann kurz nach Sonnenaufgang auf den See, warf die Netze aus und wartete auf einen guten Fang. Er trank die Teetasse leer und war gerade im Begriff, das

Haus zu verlassen und sein Tagwerk zu beginnen, als er Pferdegetrappel vor seinem Haus vernahm. Er lauschte. Nach einer kurzen Pause hörte er ein Rascheln, gefolgt von Schritten. Dann klopfte es an die Haustür. Lidl zuckte zusammen. Was war geschehen? Hatte etwa das Stutzerl irgendjemanden herbeigerufen?

Er rief durch die geschlossene Türe: »Ja, bittschön?«

»Lidl?«, antwortete eine helle Männerstimme.

»Ja, i bins.«

»Ich komme im Auftrag der österreichischen Kaiserin Elisabeth. Ihre Hoheit möchte sich mit einem dringenden Anliegen an Sie wenden. Ich bitte Sie, mich in der Kutsche begleiten zu wollen.«

Lidl erblasste. Die Kaiserin Sisi! Sie hatte ihn schon mehrere Male für kleine Botengänge zwischen dem König und ihr beauftragt. Die Kaiserin und der König führten eine enge Freundschaft, manche sagten ihnen gar eine Affäre nach; deshalb wollten sie Gerede vermeiden und sandten die gegenseitigen Schreiben unauffällig und niemals auf dem regulären Postweg, sondern wählten Lidl als verlässlichen und schweigsamen Überbringer.

Erstaunlich waren Lidls jeweilige Zusammenkünfte mit dem König selbst gewesen, der zwar allgemein für seine Eigenheiten bekannt war, vermutlich waren es jedoch Gerüchte, da kaum jemand in seine direkte Nähe kam. Zumeist überbrachte Lidl die Botschaften der Kaiserin allerdings einem von Ludwigs Leibdienern oder Stallknechten, doch ab und zu geschah die Übergabe in Räumen, in denen sich der Monarch persönlich aufhielt, sodass Lidl Einblicke bekam, die sonst wohl kaum einem gewöhnlichen Sterblichen gewährt wurden. Einmal badete der König in einem riesigen Bassin, das in ein rundes Zimmer mit Engelsgemälden eingebaut war. Mehrere Diener mit Lorbeerkränzen auf dem Kopf schäumten ihren Gebieter nach allen Regeln der Kunst ein, während zwei junge Musikanten am Beckenrand Violine spielten. Ein anderes Mal ließ sich Ludwig von einem Gelehrten Kunstabhandlungen vorlesen. Da es jedoch bekanntlich nicht erwünscht war, dass dem König jemand ins Antlitz blickte, musste der Vortragende einen aufgespannten Regenschirm als Sichtschutz vor den Kopf halten. Ein weiteres Mal plauderte Ludwig speisend bei lukullischen Köstlichkeiten und Wein mit befreundeten französischen Komtessen in deren Landessprache mit der Auffälligkeit, dass der König allein am Tisch war und seine Besucherinnen allem Anschein nach nur in seinem Kopf existierten.

Lidls kleine Gefälligkeiten wurden von der Kaiserin stets großzügig vergütet. Er fühlte sich zudem durch das ihm entgegengebrachte Vertrauen geehrt und in seinem Stand aufgewertet. Es wäre ihm im Traum nicht eingefallen, je die Bitte des Königs oder der Kaiserin abzuschlagen.

Wenige Minuten später saß er neben dem kaiserlichen Kammerdiener im Inneren einer Kutsche. Ziel war das nahe gelegene Hotel Strauch in Feldafing. Die Kaiserin residierte samt Hofstaat regelmäßig dort, wo ihr die Hotelbesitzer exklusiv Räumlichkeiten nach ihren Ansprüchen eingerichtet hatten. Lidl wurde wie schon in der Vergangenheit in das geschmackvoll gestaltete Empfangszimmer der Kaiserin geführt. Auch diesmal hatte er die Röte in seinem Gesicht verspürt, verknüpft mit starkem Herzklopfen und der Furcht, seine einfachen Manieren würden nicht ausreichen, um sich gegenüber der Kaiserlichen Hoheit gebührend zu verhalten. Er ging davon aus, auch diesmal im Auftrag einen geheimen Brief an König Ludwig II. zu überbringen, beziehungsweise anschließend dessen Antwortschreiben abzuholen. Die Kaiserin ruhte prunk- und eindrucksvoll in ihrer Morgengarderobe in einem großen Lehnstuhl, daneben eine Zofe, die ihr Luft zufächelte.

»Guten Morgen, Herr Lidl!«, begrüßte ihn die hübsche und gewohnt freundliche Hoheit und legte den Kopf gebieterisch in den Nacken. »Bitte entschuldigens die morgendliche Belästigung, aber es handelt sich um eine Angelegenheit, die keinerlei Aufschub erlaubt.«

Lidl richtete seinen Blick auf den Fußboden, damit er der Kaiserin nicht ins Gesicht sah. Er hatte diese Verhaltensweise durch ein Erlebnis mit dem aufgespannten Regenschirm bereits bei Ludwig II. gelernt.

»Ich stehe stets zu Ihren Diensten, Majestät!«, stammelte Lidl mit vor Ehrfurcht leicht zittriger Stimme.

»Ich will gar nicht lange herumsprechen«, fuhr die Kaiserin fort. »Sie wissen ja, dass König Ludwig II. von Bayern sich schon seit einiger Zeit der Öffentlichkeit entzogen hat. Er fürchtete aus guten Gründen, dass ihn gewisse Menschen seines Amtes entheben wollen. Nun hat man ihn vor wenigen Tagen gegen seinen Willen entmündigt und am gestrigen Tage frühmorgens ins Schloss Berg gebracht, wo man ihn seither unter ärztlicher Aufsicht festgesetzt hält. Bitte, die Zeitung!«

Ein Diener überreichte Lidl ein ovales Silbertablett, auf dem eine sauber abgetrennte Zeitungsseite lag.

»Lesen Sie!«, forderte die Kaiserin den Fischer auf.

Lidl war völlig durcheinander, nahm das Tablett, verbeugte sich aus einem kuriosen Reflex und begann, die Zeitungsseite zu studieren. Es war eine zwei Tage alte Ausgabe der Bamberger Zeitung. Eine Passage war mit Füllfederhalter markiert. Er begann zu lesen, was ihm nicht leichtfiel, da er selten etwas las und die gegenwärtige Situation seine Nervosität beinahe unerträglich steigerte. Stark überfordert, aber pflichtbewusst, entzifferte er die dort stehenden Buchstaben. Allem Anschein nach handelte es sich um eine Proklamation des Königs persönlich, die dieser an die Zeitung gerichtet hatte: *Der Prinz Luitpold beabsichtigt, sich ohne meinen Willen zum Regenten meines Landes zu erheben, und mein bisheriges Ministerium hat durch unwahre Angaben über meinen Gesundheitszustand mein geliebtes Volk getäuscht und bereitet hochverräterische Handlungen vor. Ich fordere jeden treuen Bayern auf, sich um meine treuen Anhänger zu scharen und an der Vereitelung des geplanten Verrates an König und Vaterland mitzuhelfen.*

Während er las, stellte sich eine sehr unangenehme Mundtrockenheit ein, die ihm sonst nur in Situationen widerfuhr, in denen sich die Vorboten körperlicher Liebe mit einer Frau anzubahnen schienen. Dieser Augenblick im Empfangszimmer des Hotels hatte allerdings rein gar nichts mit den Wonnen der Lust zu tun, es war für ihn eine einzige Überforderung, er hatte einen Kloß im Hals, so wie es ihm als Knabe ergangen war, wenn er etwas ausgefressen hatte und dabei ertappt worden war. Kalter Schweiß trat auf seine Stirn. Er gab den restlichen im Raum Anwesenden durch ein kurzes, mehrmaliges Nicken mit geschlossenen Augen zu verstehen, dass er den Text fertig gelesen hatte.

»Wie Sie nun wissen«, fuhr die Kaiserin fort, »befindet sich der König in großer Gefahr. Daher beauftrage und bitte ich Sie inständig, bei der Abwicklung der Flucht seiner Majestät behilflich zu sein.«

Lidl stockte der Atem, ihm wurde schwindlig, er befürchtete, das Bewusstsein zu verlieren. Kaiserin Sissi bemerkte, dass die Gesichtsfarbe des Fischers schwand.

»Bringen Sie einen Stuhl!«, befahl sie ihren Dienern.

Wenig später saß Jakob Lidl in einem bequemen Sessel und hielt einen großen Silberpokal mit kühlem Wasser in der Hand. Als er sich wieder etwas beruhigt hatte, sprach die Kaiserin weiter: »Ihre Aufgabe beinhaltet ERSTENS die sofortige Überbringung einer schriftlichen Botschaft an den König über seinen Leibdiener Rutz, ZWEITENS die unter strenger Geheimhaltung durchzuführende Organisation einer Kutsche des bayerischen Regiments, die Ludwig II. ins sichere Tirol bringen wird – ich gebe Ihnen alle notwendigen Kontaktadressen mit – und DRITTENS der frühabendliche Transport des Regenten mit Ihrem Fischerboot über den Würmsee zur Kutsche. Dies alles aber selbstverständlich noch am heutigen Tag.«

Lidl verbeugte sich erneut reflexartig.

»Ja, äh … also …«

Die Kaiserin fiel ihm ins Wort.

»Sie müssen mit dem Boot ab sechs Uhr abends in Ufernähe bei Schloss Berg auf dem See warten. Der König ist ein fabelhafter Schwimmer, daher wird es ihm ein Leichtes sein, das Boot zu erreichen. Ich bezahle Ihnen für diesen verantwortungsvollen Auftrag zweitausend Gulden dafür, wie immer im Voraus!«

So viel Geld hatte Lidl noch niemals im Leben gesehen. Konsterniert kauerte er eine Stunde später am heimischen Tisch und überlegte, wo er dieses Vermögen verstecken könnte. Er entschied sich für die Dose mit den neuen Angelhaken, die viel Platz bot, und weil er davon ausging, dass sowohl Diebe als auch das neugierige Stutzerl hier wohl am wenigsten wahrscheinlich hineinsehen würden.

13. Juni 1886

Wiggerl öffnete die Augen. Er lag im Bett seines Gemachs auf Schloss Berg und fühlte sich leicht gerädert, aber erfüllt mit Lebensdurst. Das Leben hatte immer wieder Überraschungen zu sehr ungewöhnlichen Zeitpunkten für ihn übrig. Hier war er nun im Königsschloss, wenige Hundert Meter von seinem Elternhaus an einem Ort, den er zeitlebens gekannt und bestaunt hatte, in der Nähe von Ludwig II., dem König von Bayern, für den er alles tun würde, dessen Leben und Schicksal an einem seidenen Faden hing, und gerade in dieser Situation waren Wiggerls geheimste Wünsche völlig unvermittelt erfüllt worden. Er hatte »sein erstes Mal« in Hülle und Fülle erleben dürfen, auf Augenhöhe mit anderen Menschen, frei von Besitzdenken und Geschlechterdeutung, und es fühlte sich unglaublich gut an.

Er stand auf und sah aus dem Fenster auf den See. Das Wetter hatte sich immer noch nicht beruhigt: Dauerregen, Wind und unruhiges Wasser. Wiggerl hatte ein Waschbecken und wohlduftende Seife in seinem Gästezimmer. Er reinigte sich gründlich und betrachtete im Spiegel sein glatt rasiertes Gesicht. Es war wirklich erstaunlich, er sah völlig anders aus als mit dem bis vor Kurzem noch vorhandenen Bart. Wie ein junger Romeo. Wiggerl musste lachen. Hierbei fiel ihm auf, dass er in letzter Zeit weitaus nicht mehr so häufig Lachanfälle bekam wie noch vor zehn Jahren. War er erwachsen geworden? Nein, daran bestand kein Zweifel, erwachsen würde er niemals werden. Vielleicht ein klein wenig gereifter.

Er begutachtete seine Uniform, sie war sehr zerknittert. So konnte er sie keinesfalls tragen. Vor seiner Tür waren Stimmen zu hören, er öffnete sie einen kleinen Spalt und sah zwei Dienstmädchen. Er machte einen kurzen Zischlaut, um auf sich aufmerksam zu machen. Die Mädchen bemerkten ihn und kicherten, weil er in Unterwäsche und mit zerzaustem Haar dastand.

»Bitte verzeihen Sie, meine Damen, aber besteht die Möglichkeit zu bügeln?«

Gleich fiel ihm die Zweideutigkeit seiner Worte auf, was aber gewiss an den Erlebnissen der vergangenen Nacht lag. Die Dienstmädchen waren sehr freundlich, nahmen die Uniform mit, und brachten sie eine halbe Stunde später wie neu wieder zurück. Wiggerl überlegte, ob eine oder beide bei dem Gewühle im Hinterzimmer dabei gewesen sein könnten, aber das alles war so wundersam und unwirklich gewesen, dass er sich an keine Details erinnern konnte, geschweige denn an exakte Gesichter.

Fertig angezogen schritt er zum Dienstzimmer, wo noch immer die zwei halb ausgetrunkenen und die beiden vollen Bierflaschen auf dem Tisch standen. Er goss den Rest der geöffneten Flaschen in den Abguss und stellte die beiden vollen auf ein Wandregal. Wo könnte denn das Knechtzimmer sein, in dem Fritz untergebracht war? Keine Ahnung. Wiggerl ging in das Hinterzimmer, wo aber keine nackten Menschen mehr lagen, sondern nur Reste des Geruchs von Lüsternheit. Dann lief er durch die Gänge, auf der Suche nach Baron Washington und weiteren Anweisungen für den Tag. Er begegnete einem Diener mit einer Karaffe, die nach Kaffee duftete. Der Diener hielt inne.

»Kennen wir uns nicht von letzter Nacht?«, fragte der Diener.

»Das ist gut möglich.«

»Bist du ein Gendarm?«

Der Diener prustete los.

»Nachts sind alle Katzen grau«, antwortete Wiggerl.

»Und nackt sind alle Gendarmen nackt«, scherzte der Diener. »Ich muss sagen, die Uniform sieht außerordentlich schick an dir aus. Wie wäre es, wenn wir uns in der Mittagszeit kurz verabreden? In besagtem Raume?«

»Oh, das ließe sich möglicherweise einrichten«, sagte der leicht errötende Wiggerl. »Gegen eins?«

»Ich werde da sein«, hauchte der Diener und machte sich davon.

Wiggerl stand noch einige Sekunden verblüfft über diese Offenheit da.

13. Juni 1886

»Guten Morgen! Lidl Jakob, Leibfischer des Königs«, sagte Jakob Lidl zu einem ihm unbekannten Wachmann, der mit seinem Kollegen vor dem Lieferanteneingang von Schloss Berg stand.

»Was wollen Sie?«, fragte dieser unfreundlich.

»Ich bringe frische Renken aus dem Würmsee, die Majestät gewöhnlich am Pfingstsonntag zum Abendmahl verzehren möchte.«

»Ja, gut, bringen Sie sie in die Küche.«

»Mit Verlaub, der König wünscht die Fische zu begutachten, um zu wählen, welchen der Fische er serviert bekommen möchte.«

»Aha. Dafür ist aber heute keine Zeit.«

Sein Kollege widersprach.

»Wir sind angewiesen, alles zu tun, um den König frohgemut zu stimmen«, sagte dieser. »Ich lasse den Leibdiener rufen, er soll den Fischer zum König bringen!«

Den unten am Tablett, auf dem die fangfrischen Renken lagen, angebrachten geheimen Brief von Kaiserin Sisi bemerkte keiner der Wachen.

13. Juni 1886

»Für den Behandlungserfolg«, sagte Dr. von Gudden, »ist es notwendig, Eure bisherige Zurückgezogenheit von den Menschen zu beenden. Daher halte ich es für ratsam, Euch zwei Herren an die Seite zu stellen, damit Eure Abgeschlossenheit nicht fortgesetzt wird, Majestät.«

Ludwig lag noch im Bett, er hatte kaum Schlaf gefunden und fühlte sich schwach.

»Zwei? Mir ist schon einer zu viel. Das Schlimmste, was man mir antun kann, ist, nicht mehr allein sein zu dürfen.«

»Natürlich könnt Ihr auch alleine sein, das erlaubt meine Behandlungsweise. Nur beim Ausgehen und Ausfahren sollten Majestät Ihre von uns bestimmten Kavaliere um sich haben. Und ich habe verfügen lassen, dass stets angeklopft wird, bevor das Zimmer Ihrer Majestät betreten wird.«

»Was haben die Herren Ärzte denn eigentlich gegenwärtig für Vorschläge zu meiner Heilung?«

»Wir legen auf ruhiges Verhalten Eurer Majestät großes Gewicht. Majestät soll viel frische Luft und Bewegung bekommen und wenig Spirituosen zu sich nehmen.«

»Na, das sind ja rosige Aussichten.«

Gudden öffnete das Fenster. Vom Dorf her waren die Glocken des Kirchgangs zu hören.

»Heute ist Pfingstsonntag«, sagte der König. »Ist in Aufkirchen nicht Pfingstmesse?«

»Das entzieht sich meiner Kenntnis, Majestät, aber ich kann Eure Teilnahme an einer Messe leider nicht gestatten.«

Es klopfte.

»Herein!«, rief der König.

Leibdiener Rutz trat ein.

»Der Leibfischer seiner Majestät wünscht die Renken für das Souper zu präsentieren!«

Ludwig blickte fragend zu Dr. von Gudden. Da dieser ja eine sanfte Behandlung angekündigt hatte, ließ er den Fischer eintreten und empfahl sich, damit der König ungestört die Fische für sein Abendmahl aussuchen konnte.

13. Juni 1886

»Die Lieferung der gefertigten Gitterstäbe für die Fenster vor den Privatgemächern des Königs«, sagte Barnabas beim Lieferanteneingang zu Schloss Berg. Er konnte nicht ahnen, dass Wiggerl ebenfalls im Gebäude anwesend war.

»Gut, bringen Sie sie rein. Kennen Sie den Weg zum Baustellenbereich?«

»Ja.«

Doch der zweite Wärter widersprach.

»Wir sind angewiesen, alles zu tun, um den König frohgemut zu stimmen«, sagte er. »Es ist seiner Majestät nicht zuzumuten, dass hier in seiner Anwesenheit Gitterstäbe am Fenster angebracht werden! Es würde ihn erschrecken.«

»Dürfte ich die Stäbe trotzdem abliefern?«, erklärte Barnabas. »Einmauern kann man sie ja zu einem späteren Zeitpunkt.«

»In Ordnung. Sie dürfen passieren!«

13. Juni 1886

»Meine Herren«, sagte Dr. von Gudden in ernstem Ton. »Sie sind von der Kommission als die zwei begleitenden Kavaliere für den nicht mehr amtierenden König Ludwig II. bestimmt worden. Freiherr von Washington als adäquater Gesprächspartner und Gendarm Staudacher als verlässlicher und dem König vertrauter Gesetzesvertreter.«

Wiggerl war mehr als stolz über diesen Auftrag und zuversichtlich über mögliche Erfolge. Vielleicht waren die Behandlungsmethoden dieses Dr. von Gudden am Ende doch sinnvoll? Unbegreiflich war aber, dass von Gudden Wiggerl ohne seinen Bart tatsächlich nicht erkannte. Dies war die einzige Hürde, die ihm noch den Weg hätte verbauen können. Nun war er dem König zugeteilt, vielleicht aufgrund des Gesprächs, das Freiherr von Washington am Vortag mit ihm geführt hatte. Dies war seine große Chance: Er konnte alles in seiner Macht Stehende tun, um Ludwig II. von Bayern zu beschützen. Es war ihm große Ehre und Beruhigung zugleich. 13. Juni 1886

Jakob Lidl hatte seinen geheimen Auftrag ausgeführt. Es hatte wie am Schnürchen geklappt. Der alte Renkentrick war nach wie vor eine gefeite[75] Angelegenheit. Er marschierte direkt zu seinem Bootshaus, um alles für den Abend herzurichten. Er hoffte, es würde endlich aufhören zu regnen und zu stürmen.

75 bombensichere

13. Juni 1886

»Es ist mir zwar nicht angenehm, hier zwangsweise zwei Kindermädchen an die Seite gestellt bekommen zu haben, aber sei's drum, ich bin ohnehin sämtlicher Eigenverantwortung beraubt.«

»Wir werden Euch nicht auf die Nerven gehen, Majestät«, sagte Baron Washington.

»Ich bin keine Majestät mehr«, sagte der König. »Würdet Ihr meinen Diener holen, ich möchte mich gerne ankleiden. Das ist ja würdelos, hier im Nachtgewand mit Ihnen zu sprechen.«

»Sehr wohl, ich lasse den Diener rufen«, sagte Washington. »Staudacher, Sie bleiben währenddessen hier beim König.«

»Ich bin kein König mehr«, sagte der König.

Washington entfernte sich. Das war die Gelegenheit für Wiggerl.

»Mein König, Ihr habt mich nicht erkannt, weil ich meinen Bart abrasiert habe. Ich bin Gendarm Ludwig Staudacher aus Füssen, der Mann an der Seite von Ferdinand Boppeler!«

Der König merkte auf! Sein Schicksals-Gendarm!

»Oh, welche Freude, Euch hier zu wissen! Ja, wenn man genau hinblickt, erkennt man Sie an den Augen. Habt Ihr Euch heimlich eingeschlichen?«

»Ja, es war ein finten- und listenreiches Manöver, doch ist es durch und durch gelungen, wie Ihr seht!«

»Wisst Ihr, Staudacher, man hat nicht richtig gehandelt. Man hätte mich erst von dem Vorhaben in Kenntnis setzen sollen. Die Hauptfrage ist, wie lange denn dieser ganze Blödsinn dauern soll, ob denn für immer, oder bis wann?«

»Darüber habe ich leider keine Kenntnis.«

»Obermedizinalrat von Gudden gibt mir in dieser Beziehung immer ausweichende Antworten. Es liegt also die Befürchtung nahe, die Gefangenschaft könnte jahrelang dauern.«

»Das wäre schrecklich.«

»Ich bin doch nicht krank. Ich hatte früher ein paarmal Aufregungszustände und habe wegen Schlaflosigkeit häufig Schlafmittel gebraucht. Das heißt doch aber nicht, dass ich krank bin. Oder haltet Ihr mich für verrückt?«

»Überhaupt nicht, Majestät!«

»Ich bin weder tobsüchtig noch bei wirrem Verstand! Gudden scheint nicht zu erkennen, dass er sich geirrt hat. Ich müsste ja ein Meister der Verstellung sein, und noch dazu ein fabelhafter Schauspieler, würde ich aller Welt tage- und wochenlang vormachen, dass ich ein friedfertiger Mann mit klarem Geiste bin, während in mir drin Orkane des Irrsinns toben.«

»Mit Verlaub, ich bin kein Arzt, aber ich könnte jederzeit bestätigen, dass Ihr bei vollem Verstand seid!«

»Noch nie hat ein Gendarm mir solche Zuversicht vermittelt«, sagte Ludwig II. und schüttelte leicht den Kopf, so, als könne er nicht glauben, dass er in Ludwig Staudacher einen wahren Getreuen gefunden hatte! All die Jahre hatte er mit der Botschaft gelebt, dass dieser Mann ihm eines Tages begegnen würde. Und dennoch wusste er nicht, inwiefern dies eine Rolle in seinem Schicksal spielen würde. Es war auch egal, denn er fühlte sich sehr wohl im Wissen, ihn an seiner Seite zu haben. »Ich hätte es vermutlich unter anderen Umständen auch keinem Gendarmen gestattet, mir so nahe zu treten, aber aus irgendeinem Grund vertraue ich Euch. Ihr seid ein sehr besonderer Mensch, das spüre ich. Besonders jetzt, wo alle gegen mich zu sein scheinen, haltet Ihr ergeben zu mir. Möge Euer Herz so golden bleiben, wie es ist, auf immer und ewig!«

Wiggerl schluckte und war im ganzen Körper erfüllt von Herzenswärme. Da kehrte Baron Washington mit Leibdiener Rutz zurück. Der König wechselte sofort das Thema.

»Ich möchte nun gerne ungestört sein, nach dem Ankleiden in Ruhe frühstücken und vielleicht etwas mit dem Fernrohr auf den See blicken. Wäre es den Herren recht, wenn Sie sich zurückziehen?«

Wiggerl und Washington willigten ein.

13. Juni 1886

»Ist Seine Majestät sicher verwahrt?«, fragte Barnabas den ihm seit einigen Wochen wohlbekannten Wachmann.

»Ja, man hat ihn gut untergebracht.«

»Wer hätte gedacht, dass er eines Tages so verrückt wird wie sein Bruder Otto?«

»Damit hätte keiner gerechnet. Dazu kommt ja, dass er seine sämtlichen Stallknechte zu unsittlichen Handlungen genötigt haben soll.«

»Pfui Deifi, so ein Dreckschwein. Gut, dass sie ihn weggesperrt haben.«

»Man sollte diesen Kerl erschießen. Den braucht keine alte Sau.«

»Ja, das sollte man«, sagte Barnabas mit hocherhobenem Kopf.

13. Juni 1886

Wiggerl war nach dem Gespräch mit dem König wieder ziemlich ergriffen. Ludwig II. war bei klarem Verstand, es war also wirklich ein abgekartetes Spiel. Man wollte ihn beiseiteräumen, ihn entweder hier in seinem neuen Verließ auf Ewigkeiten einsperren oder bei nächster Gelegenheit ermorden. Davon war Wiggerl nun überzeugt. Was ihn am meisten beunruhigte: Er hatte absolut keinen Schimmer, was er dagegen tun konnte. Durchaus war es bestimmt dienlich, dass Wiggerl seinem König zur Seite gestellt worden war, aber wie der aktuelle Moment bezeugte, war dies ja kein ununterbrochener Zustand. Immer wenn Ludwig II. unbeaufsichtigt war, könnte ihm jemand Übles antun. Nun ja. Er sah auf die Uhr. Es war kurz nach neun. Bis zu seinem Treffen mit dem Diener waren noch vier Stunden Zeit. Im Dienstzimmer waren Kaffee, Semmeln, Butter und Marmelade bereitgestellt. Fritz war bereits beim Frühstücken.

»Guten Morgen!«, sagte Wiggerl und setzte sich.

»Morgen!«, sagte Fritz heiser.

Schweigend knusperten sie ihre Semmeln. Wiggerl merkte, dass Fritz sehr angespannt war. Die Bescherung im Hinterzimmer hatte den Kutscher scheinbar stark überfordert. Wiggerl überlegte, ob er darüber sprechen sollte, entschied dann aber, dass es vielleicht besser wäre, Fritz Zeit zu geben, das Erlebte zu verdauen. Er schlurfte zu seinem Gemach und legte sich noch mal hin. Kurz vor eins wachte er auf, sein Holzhahn aus der Kinderzeit stand auf dem Nachtkästchen und sah ihn gütig an. Wie hatte damals die Prinzessin geheißen, die unsterblich in den zum Hahn verwandelten Holzfäller verliebt gewesen war? Es fiel ihm ums Verrecken nicht ein. Er wusch sich mit kaltem Wasser das Gesicht, nahm ein Pfefferminzbonbon aus der kleinen Metalldose, die er sich kürzlich im Tabakgeschäft gekauft hatte, steckte es in den Mund, setzte seinen Tschako auf – den Säbel ließ er auf dem Stuhl – und marschierte ins Hinterzimmer.

Der Diener war bereits da. Er grinste breit und wollte Wiggerl zur Begrüßung küssen, doch Wiggerl war zu sehr mit seinen Sorgen beschäftigt, dass er sich im Augenblick nicht auf Zärteleien einlassen konnte.

»Bitte verzeih, ich bin gerade sehr in Gedanken«, sagte Wiggerl.

»Ich merke es. Was bekümmert dich denn so?«

»Ich sorge mich um den König.«

»Das ist auch nicht unbegründet. Es läuft da ein Komplott. Es ist schlimm, weil der König wirklich ein feiner Kerl ist. Er weiß von unseren gelegentlichen Treffen unter Bediensteten und hat stets seine schützende Hand über uns gehalten. Nie ist etwas von unseren geheimen Aktivitäten außerhalb der Schlossmauern gedrungen. Gerade deshalb ist es so gemein, dass man ihn nun so verleumdet. Er ist ein wahrer König von Größe und Anstand! Ich hoffe, seine Flucht gelingt!«

»Welche Flucht?«, fragte Wiggerl erstaunt.

»König Ludwig beabsichtigt zu fliehen. Kaiserin Sisi von Österreich hat es wahrscheinlich in die Wege geleitet.«

»Woher weißt du das?«

»Na ja, ich halte meine Augen eben offen. Und die Ohren natürlich auch.«

Der Diener grinste noch mehr als zuvor.

»Und wann soll das geschehen?«

»Möglicherweise bereits heute Abend. Möge es gelingen!«

Wieder versuchte der Diener, sich Wiggerl zu nähern. Diesmal ließ Wiggerl es vorübergehend geschehen, konnte sich jedoch nicht recht auf den Moment der Fleischeslust konzentrieren, verlor die Contenance und brach schluchzend in den Armen des Dieners zusammen. Dieser reagierte liebevoll und wohlwollend, streichelte Wiggerl durchs Haar und sagte vertrauensvoll und leise: »Es ist gut, wenn du weinen kannst. Jungs wird immer verboten zu weinen, dabei ist es so befreiend. Weinen ist niemals ein Zeichen von Selbstaufgabe oder Schwäche, sondern es ist ein Ausdruck dafür, dass die Seele und das Herz vor zu vielen Empfindungen überlaufen könnten. Diese Empfindungen sind deine Tränen.«

Danach lösten sie ihre Umarmung und gingen hinaus auf den Gang. In diesem Augenblick kam ihnen Wiggerls alter Schulfreund Barnabas Sedlmayr entgegen. Er unterhielt sich mit einem Wärter, der ein Bajonett umhängen hatte. Wiggerl erschrak! Sein Freund und er waren im Streit voneinandergegangen, und Barnabas hatte immer sein Unverständnis ausgedrückt, sobald Wiggerl von seinen Theorien über seine Neigungen zu sprechen begann. Es war eindeutig, dass er und der Diener gerade in einer sehr vertraulichen, intimen Situation gewesen waren, ihre Wangen waren rosig und ihre Kleidung knittrig, es hätte böse Folgen haben können. Wiggerl war überzeugt, dass Barnabas in der Lage wäre, ihn wegen Verdachts auf Unzucht und Ausnutzung der Amtsmacht anzuzeigen. Doch Barnabas bemerkte die beiden Männer nicht, so sehr war er in sein Gespräch mit dem Wärter vertieft.

13. Juni 1886

Kaiserin Elisabeth von Österreich befand sich mit ihrer Kammerzofe im Speisezimmer des Hotels Strauch in Feldafing. Es gab frische Kalbslenden an indischem Reis mit gefüllten Hühnereiern samt Blumenkohl und einer leichten Weißweinsauce, ein vorzügliches Gericht, allerdings nur für die Kammerzofe, da die Kaiserin nach wie vor feste Nahrung mied. Ihre Nerven waren in den letzten Tagen stark strapaziert worden. Sie hoffte so sehr, dass die Flucht ihres guten Freundes Ludwig, dessen reine Seele und große Genialität sie über alles liebte und bewunderte, gelingen möge. Sie stand auf, ging zum Fenster und öffnete es. Das Unwetter tobte weiterhin mit Regen und starkem Wind, der See schlug Wellen. Eine ungute Vorahnung beschlich sie.

13. Juni 1886

»Der behandelnde Arzt Doktor von Gudden wird seine Majestät in einer Stunde zu einem Spaziergang am See begleiten«, erklärte Baron Washington im Dienstzimmer bei einer Tasse Kaffee.

»Sollen wir die beiden begleiten?«, fragte Wiggerl und trank einen wohltuenden Schluck.

»Seine Majestät wünscht etwas frische Luft«, sagte Washington. »Ich habe unsere Begleitung angeboten, aber der Herr Doktor hat darauf bestanden, dem König alleine Gesellschaft zu leisten. Er will ein paar Angelegenheiten unter vier Augen mit dem König besprechen.«

»Bei diesem Wetter?«, fragte Wiggerl besorgt.

»In einer Stunde kann sich noch manches ändern«, meinte Washington beschwichtigend.

13. Juni 1886

Jakob Lidl hatte sein Boot nahe des Ufers im Schilf festgemacht. Für fremde Blicke war er nicht zu sehen. Er blickte hinauf zum dunkel bewölkten Himmel. Der tagsüber noch warme, aber heftige Wind wurde allmählich kühler. Wenige Meter entfernt schnatterten vergnügt ein paar Enten, denen das Wetter nichts auszumachen schien. Lidl wusste aus seiner jahrelangen Erfahrung auf dem See, dass der Regen bald stärker werden würde.

13. Juni 1886

Wiggerl grübelte. Einerseits gab es angeblich Fluchtpläne, andererseits stand ein Spaziergang an. Bei welcher Gelegenheit wäre eine Flucht günstiger als bei einem Spaziergang? Ihm war klar, dass es nicht schaden könne, wenn er in der Nähe bliebe. Er entschied sich also, auf eigene Faust vor die Schlossmauern zu gehen und sich im Gebüsch zu verstecken. Doch wie sollte er unbemerkt an den Wachen vorbeikommen? Er musste den Diener finden. Er empfahl sich bei Baron Washington und ging ins Hinterzimmer, wo sich nur eine ältere Magd beim Zigarettenrauchen aufhielt. Er suchte die Gänge ab, wurde aber nicht fündig. Da kam ihm ein Einfall. Er wartete auf dem Gang, bis die Magd das Hinterzimmer verlassen hatte, schlich sich dann hinein und suchte sich ein Kochgewand in seiner Größe, außerdem ein Tablett und eine silberne Käseglocke. In seinem Zimmer verkleidete er sich und huschte ins Erdgeschoss, von wo aus er durch den Lieferanteneingang hinaus in den Schlosspark gelangen konnte. Die Erde und der Rasen waren vom vielen Regen schon sehr matschig. Wiggerl ging festen Schrittes auf die Wachen zu und hielt die Käseglocke akkurat wie ein Oberkellner. Falls sie ihn ansprechen würden, könnte er sagen, er müsse frischen Käse aus Starnberg abholen, aber die Wachen ließen ihn unbemerkt passieren.

Er verstaute die Käseglocke hinter einem Strauch und fand einen Platz, an dem er unbeobachtet zu sein schien und durch das Laub der Bäume und Sträucher etwas Schutz vor dem Regen hätte. Am Seeufer schnatterten ein paar Enten, auf dem Wasser lag ein Boot mit einem Fischer. Das machte Wiggerl stutzig, denn immerhin war Sonntag, das Wetter ungemütlich und die Dämmerung würde bald einsetzen. Wiggerl sah zu dem Boot – das Gesicht des Mannes war nicht zu erkennen. Er atmete tief und entschlossen. Die Gegend kannte er gut, denn er war ja nicht weit entfernt aufgewachsen. Der kalte Regen lief ihm über Hals und Nacken. Er stellte den Kragen hoch und zog die Schultern nach oben. Das tat er immer, wenn er Kälte verspürte. Er ließ seinen Blick über die Promenade schweifen. Wiggerl hoffte inständig, dass alles hier, was sich rund um den König ereignen würde, gut ausgehe. Dabei richteten sich seine Gedanken auf seine eigenen Möglichkeiten einer Hilfe für Ludwig II. Was würde er beispielsweise bei einem Fluchtversuch des Königs machen, welche unterstützende Rolle könnte er selbst einnehmen? Er beschloss, sich auf seinen Instinkt zu verlassen.

13. Juni 1886

Jakob Lidl war ausgesprochen unruhig, denn die Aufgabe, die er heute erfüllen sollte, war gleichwohl kurios als auch gefährlich. Dabei hatte dieser Tag so entspannt angefangen.

Vorsorglich hatte er Handtücher und warme Gewänder dabei. Er fürchtete sich etwas vor der Überfahrt mit dem beeindruckenden König, den er so sehr bewunderte. Er holte seine Taschenuhr aus der Weste. Es war sechs Uhr abends. Die verabredete Uhrzeit. Regentropfen fielen auf sein Gesicht. Lidls Boot lag etwa zwanzig Meter vom Ufer entfernt. Er schob die Kapuze seiner Jacke über den Kopf. Hätte er das nicht gemacht, wäre ihm vielleicht der Mann mit dem Kochgewand aufgefallen, der ganz in der Nähe wie ein indianischer Krieger fast regungslos am Ostufer zwischen Gräsern und Sträuchern stand.

13. Juni 1886

Plötzlich vernahm Wiggerl die Stimmen zweier Herren, die in seine Richtung liefen. Es waren Ludwig II. und ein Mann mit einem weißen Bart: Dr. von Gudden, von deren Spaziergang ja schon morgens durch Freiherrn von Washington die Rede war. Sie liefen in Richtung Leoni, schlenderten eigentlich mehr, da sie augenscheinlich in ein angeregtes Gespräch vertieft waren. Wiggerl, der gerne über dessen Inhalt etwas erfahren wollte, schlich hinterher. Die erfolgreiche Methode hatte er sich ja bei seinem Haberfeldeinsatz angeeignet. Durch den Regen, der auf das Wasser des Sees und die Wege prasselte, konnte er sich den Männern ohne Weiteres nähern, ohne dass sie ihn wahrnahmen. So schlüpfte er von Gebüsch zu Gebüsch, bis er nahe genug war, die Worte der beiden Herren zu verstehen.

Der König sagte gerade: »Mein linker Fußknöchel neigt beim Wandern zu Schmerzen. Es scheint mir, als läge eine leichte Bewegungseinschränkung vor.«

»Das ist eindeutig Gicht!«, erklärte der Arzt.

»Sie diagnostizieren grundsätzlich, ohne die Patienten zu untersuchen, nicht wahr?«

Der Arzt blickte in die Ferne und antwortete: »Majestät, ich kann Ihnen nur wieder und wieder versichern, das Aktenmaterial …«

»Ach hören Sie schon auf!«, schnaubte der entthronte Regent in seinen Bart und lief rot an wie ein Posaunenspieler, sofern das Wiggerl in der regnerischen Dämmerung sehen konnte.

»Nun«, fuhr Dr. von Gudden fort und schmunzelte, »wir sind ja unter uns. Ich habe mir in diesem Fall die Freiheit genommen, Eure Majestät ohne Untersuchung für geisteskrank zu erklären. Ich hoffe, Ihr verzeiht mir diese kleine Unartigkeit.«

»Unartigkeit? Sie sind ein unverfrorener Patron! Ein Quacksalber, ein Kurpfuscher, ein elendiger …«

In diesem Moment überkam es Wiggerl. Er konnte es nicht zurückhalten. Er hätte sich so gewünscht, dass es diesmal zu vermeiden wäre, aber der Drang war stärker als sein Wille! Laut lachte er über die fragwürdige Dreistigkeit dieses Arztes los. Er lachte und lachte, obgleich das Eingeständnis des Mediziners zum Weinen, Brüllen, Toben gewesen wäre. Ludwig wandte erschrocken den Kopf und entdeckte eine Gestalt im Gebüsch, verlor keine Sekunde Zeit und lief in allem, was er auf dem Leib trug – und das war wegen des Regens nicht wenig – direkt auf den See zu und ins Wasser hinein. Wiggerl hörte auf zu lachen und duckte sich in seinem Versteck. Was sollte er tun? Nachlaufen? Sich auf Dr. von Gudden stürzen, der sich nun ebenfalls auf den See zubewegte? In dieser Sekunde des Nachdenkens hielt jemand von hinten ein Chloroform getränktes Tuch an Wiggerls Nase und Mund. Wiggerls Abwehr war kurz, bevor er das Bewusstsein verlor und auf den feuchten Boden sackte.

13. Juni 1886

Wiggerl erwachte durchnässt, durchfroren und mit steifen Gelenken, die ihn nur mühsam wieder auf die Füße kommen ließen. Sein Kochgewand sah erbärmlich aus und er brauchte Zeit, um sich in der Gegenwart wieder zurechtzufinden. Die frühsommerliche Abenddämmerung war hereingebrochen. Stimmen vom Gehweg her drangen an sein Ohr. Es waren aufgeregte Laute von Menschen, die durcheinandersprachen. Wiggerl bemühte sich zu erinnern, aber es gelang nur unzureichend. In seinem Gedächtnis sah er nur noch eine fremde Hand, glaubte ein übel riechendes Tuch zu spüren – und dann Dunkelheit. Er musste aus seinem Versteck, zurück ins Schloss und erkunden, was sich ereignet hatte. Er huschte zum Busch zurück, hinter dem er die Käseglocke versteckt hatte und rannte mit ihr, so schnell er konnte, zum Schloss zurück, vor dem keine Wärter mehr standen, hetzte zu seinem Zimmer hinauf, wusch sich den ärgsten Schmutz von Kopf und Händen, zog seine Uniform an, versteckte die nasse Kochkleidung samt Käseglocke unter seinem Bett und hetzte erneut aus dem Schloss ins Freie, um an die Stelle zu gelangen, wo sich die aufgeregten Menschen versammelt hatten. Unter sie gemengt, hoffte er Klarheit zu erhalten. Allerdings benötigte er beim Näherkommen keine erklärenden Worte mehr, denn was er sehen musste, genügte: Die Menschen standen um zwei im nassen Gras liegende Leichen: König Ludwig II. und den Arzt Dr. von Gudden. Nun vernahm er deutlich einzelne Stimmen:

»Es war Suizid!«

»Das kann gar nicht sein, der König war so ein guter Schwimmer. Da kann man sich nicht selbst ertränken.«

»Ist der Arzt sein Mörder?«

»Kann sein, aber wer hat dann den Arzt umgebracht?«

Wiggerl kamen Tränen der Verzweiflung und der Ohnmacht. Hätte er es verhindern können? Hatte sein Lachkrampf den Tod des Königs ausgelöst?

»Vielleicht ist er auch erschossen worden.«

»Mit einer Windbüchse.«

»Das muss ein Schütze von der Armee gewesen sein, sonst hätte der nie im Leben bei diesem Regenwetter so gut getroffen. Grad bei der Beleuchtung!«

»Dann hätte ja irgendwer die Schüsse gehört!«

Wiggerl konnte es nicht aushalten, an dieser Stelle zu bleiben. Es überforderte ihn, auch, dass die Menschen wie immer das Gefühl hatten, alles kommentieren zu müssen. Es war etwas Schreckliches geschehen, Bayern hatte seinen König verloren. Durch Intrigen und Verrat hatte man ihn in die Enge getrieben. Wiggerl wollte alleine sein. Hier am See waren zu viele Menschen. Er entschied sich, in seine Kammer zu gehen. Dort würde er vermutlich ungestört seine Gedanken sammeln können.

Dort angekommen, warf er seinen Tschako ins Eck und schmiss sich aufs Bett. Er weinte bitterlich. Innerhalb weniger Stunden hatte er seine Jungfräulichkeit und seinen König verloren. Er weinte sich in den Schlaf. Doch dieser hielt nicht lange an. Baron Washington kam ohne anzuklopfen hereingestürmt.

»Wo stecken Sie denn?«

Wiggerl rieb sich die Augen.

»Bitte verzeihen Sie, ich habe das vom König gehört und ...«

»Hören Sie auf hier rumzuheulen, Mann! Sie sind Gendarm! Reißen Sie sich gefälligst zusammen! Sie müssen ihre Kollegen bei den Verhören unterstützen! Außerdem sind Sie ortskundig und können in vielen Punkten behilflich sein.«

Wiggerl beruhigte sich. Washington hatte im Grunde recht. Es war ein ungünstiger Zeitpunkt für Sentimentalitäten.

»Weiß man schon etwas über die Todesursache?«, fragte Wiggerl.

»Nein! Die Leichname sind vorerst ins Bootshaus gelegt worden, um sie zu untersuchen. Später wird man sie dann ins Schloss bringen.«

»Aber das Bootshaus ist doch nur wenige Gehminuten entfernt? Hier im Schloss hätte man doch viel besseres Licht.«

»Das muss Sie jetzt nicht kümmern. Kommen Sie, wir haben einen Verhörraum eingerichtet.«

14. Juni 1886

Das Verhörzimmer im ersten Stock enthielt einen Tisch und vier Stühle. Vermutlich wurden hier sonst Schneiderarbeiten getätigt, denn an der Wand hingen verschiedene Stoffe und Muster.

»Wer ist der Mann, der gerade verhört wird?«, fragte Wiggerl.

»Das ist Jakob Lidl, der Leibfischer des Königs.«

Ein junger Mann mit Schnauzer wurde von einem Amtsmann befragt.

»Sie lieferten am gestrigen Tag dem König Fisch. Wie kam es dazu?«

»Es war ja Pfingstsonntag, da isst Majestät gerne Renken zum Abendessen, wenn er auf Schloss Berg weilt«, berichtete Lidl. »Deshalb hatte ich eine Auswahl vorgelegt.«

»Wie ist es Ihnen gelungen, zum König vorzudringen? Alles war streng bewacht.«

»Man hat mich einfach vorgelassen.«

»Das hört sich aber sehr unwahrscheinlich an.«

»Es ist die Wahrheit. Es gab keine Schwierigkeiten, ich wurde direkt zum Diener des Königs und von diesem zum König geführt.«

»Und dann?«

»Der König hat sich wie immer eine Renke ausgesucht, und ich habe diese in die Küche getragen.«

»Und dann?«

»Dann bin ich heimgegangen.«

»Waren Sie auf dem See?«

»Nein, es hat ja in Strömen gegossen.«

Wiggerl hatte Platz genommen und hörte aufmerksam zu.

»Kannten Sie den König?«, fragte der Amtsmann.

»Nur von wenigen Malen, als ich etwas geliefert habe.«

»Später holte man Sie, um nach den vermissten Personen zu suchen. Das war um viertel vor elf Uhr abends. Waren Sie da schon zu Bett gegangen?«

»Ich war schon im Feierabendgewand, als man mich holte, um bei der Suche nach dem König und seinem Arzt behilflich zu sein. Wir hatten ja die Hoffnung, dass ihnen nichts zugestoßen ist.«

»Sie haben den Schlossverwalter Huber und den Nervenarzt Doktor Müller sofort zu der Stelle geführt, wo die Leichname im Wasser trieben. Das ist schon sehr ungewöhnlich.«

»Das war ein Zufall. Woher hätt ich das denn wissen sollen? Ich bin aus alter Gewohnheit erst mal zu meinem Bootshaus gefahren und dort …«

»Ist es das Bootshaus, in dem gerade die beiden toten Körper liegen?«

»Ja!«

»Augenzeugen behaupten, ein Boot auf dem See gesehen zu haben. Wissen Sie etwas davon?«

»Das kann ich mir nicht vorstellen. Wer würde denn an einem regnerischen Abend noch mit dem Boot rausfahren? Außerdem hätten wir den ja dann gesehen, als wir uns auf die Suche gemacht haben.«

»Also, es kann nicht sein, dass Sie selbst der Mann waren?«

»Wozu sollt ich denn nach Feierabend bei solch einem Sauwetter noch rausfahren, wenn ich genauso gut gemütlich daheim ein Bier trinken kann?«

Wiggerl glaubte dem Fischer kein Wort, erkannte aber, dass er sich wohl die Zähne an dem Knaben ausbeißen würde. Aus dem war nichts herauszubekommen.

HISTORIKER DR. JOHANNES RONCZKA:

Der 21-jährige Leibfischer und Stegwart des Königs, Jakob Lidl, wurde am Abend des 13. Juni 1886 aufgefordert, den Suchtrupp nach den beiden vermissten Personen Ludwig II. von Bayern und Dr. Bernhard von Gudden zu unterstützen, indem er das Ufer mit absuchen sollte. Hierbei fiel auf, dass er die Suchenden unverzüglich zu der Stelle führte, an der sich die beiden Leichname befanden, die in das Bootshaus des Fischers, an der heutigen Seestraße gelegen, gebracht wurden, wo sie aus historisch ungeklärten Gründen mehrere Stunden verwahrt wurden. Danach hat Lidl nie wieder von jener Nacht gesprochen. Das Bootshaus wurde am Folgetag, am Pfingstmontag, dem 14. Juni 1886, von Hilfsarbeitern abgerissen, ein sehr ungewöhnlicher Akt an einem Feiertag. Sieben Jahre später baute sich Jakob Lidl im Jahre 1893 ein edles

Haus mitten am Seeufer. Woher er als einfacher Fischer das viele Geld dafür hatte, ist ebenfalls nicht bekannt. Später wurde Jakob Lidl Bürgermeister und Ehrenbürger von Berg.

Der zweite zu befragende Zeuge war der königliche Leichenbeschauer Hofrat Dr. Magg.

»Haben Sie bei der Obduktion Verwundungen entdeckt?«

»Ja, Gudden hatte einige Hämatome, und König Ludwig wies an mehreren Stellen, also an Händen, Brust, Hals und Rücken, Verletzungen auf.«

»Was für eine Art Verletzung?«

»Quetschungen, Kratzer und Schusswunden.«

»Schusswunden?«

Der Leichenbeschauer errötete stark.

»Ich habe mich versprochen. Ich wollte *Schürfwunden* sagen.«

Im Anschluss kam der Aufkirchner Pfarrer Michael Beck, der dem König die Letzte Ölung spendete, ins Verhör. Der Geistliche war äußerst freundlich und sehr redselig.

»Als ich eintraf, hatte ich den Eindruck, dass der König noch lebt.«

»Sind Sie sich sicher?«, fragte Wiggerl.

»Nein, aber es kam mir vor, als würde er röcheln. Ich salbte und bekreuzigte zunächst die Stirn und die Hände des Sterbenden. Nach dem üblichen Ritus sollten auch noch andere Körperstellen bekreuzigt und gesalbt werden, unter anderem die Nierengegend. Das macht man nur bei Männern als Ort der Begehrlichkeit, und die Füße. Da aber verbot mir das anwesende Hofpersonal, den Rücken des Königs zu sehen, und drängte mich, möglichst rasch wieder zu gehen. Schließlich wurden sie handgreiflich und schickten mich unsanft fort. Das ist ungeheuerlich, dass die Diener einen Priester gewaltsam daran gehindert haben, das Sterbesakrament vollständig zu erteilen und dem Sterbenden hierdurch die vollständige Absolution unmöglich gemacht wurde.«

14. Juni 1886

Eine Handvoll Handlanger wurde am Tag nach der Tragödie, am Pfingstmontag, zum Bootshaus von Jakob Lidl befohlen. Ihr ungewöhnlicher Auftrag an diesem Feiertag, an dem in ganz Bayern niemand arbeitete, war der rasche Abriss und die zeitnahe Verbrennung der Holzbalken und Bretter. Auftraggeber waren Mitglieder des Schlosspersonals, die für diese Tätigkeit jedem der Handlanger fünf Goldmark und eine fürstliche Brotzeit samt Freibier zugesagt hatten. Diese Entlohnung wollte sich keiner entgehen lassen. Über den Sinn der Hauruck-Aktion informierte sich keiner der Männer, wozu auch? Niemand brachte die Demontage in irgendeinen Zusammenhang mit dem Drama. Es war für sie nur eine einfache Hütte, die wegsollte. Routiniert wurden die Bretter und Keile herausgerissen; einige davon wiesen Blutspuren auf. Nach drei Stunden hatten sie das Werk vollbracht, und es gab ein schönes Feuer am Seeufer.

15. Juni 1886

Ministerpräsident Lutz hatte sämtliche verfügbaren Menschen, die in der Todesnacht im Schloss Berg anwesend waren, nach München beordert. Minister, Diener, Wärter, Ärzte, Verwalter, Fischer, Mägde, Knechte, Köche und Gendarmen mussten auf die Bibel schwören, dass sie über alles Geschehene schweigen werden.

Wiggerl war deshalb sehr irritiert. Noch irritierter war er, als er erfuhr, dass sämtliche Ermittlungen ab sofort eingestellt werden sollten, und dies noch bevor der offizielle Obduktionsbefund vorlag. Nach der Befragung von gerade mal einer Handvoll Zeugen! Und ohne die Berücksichtigung zahlreicher Ungereimtheiten! Wollte man den Fall einfach abschließen, um weitere Gerüchte zu stoppen? Gut, erwog er, vielleicht war es ja hilfreich für die Schloss-Mitarbeiter, deren ausschweifende Umtriebe so möglicherweise vor der Öffentlichkeit geschützt blieben, denn bei Ermittlungen kommen ja häufig unerwünscht Geheimnisse ans Tageslicht. So hatte es auch eine gute Seite, aber unheimlich war es schon, dass man jegliche Fremdeinwirkung ausschloss und einfach von zwei tragischen Todesfällen sprach, fand Wiggerl. Für den Abend war die Aufbahrung des Königs in der alten Hofkapelle der Münchner Residenz geplant, das Volk sollte sich in jeder Form von Ludwig II. verabschieden können – aber bloß keine unangenehmen Fragen mehr stellen.

Eine weitere Sache ging ihm nicht aus dem Kopf: Er hatte doch seinen alten Schulfreund Barnabas im Schloss gesehen. Was hatte der dort zu tun gehabt? Und warum war er nicht unter den Leuten, die den Eid schwören mussten? War sein früherer bester Freund womöglich an der Verschwörung gegen Ludwig beteiligt oder hatte gar etwas mit dessen Tod zu tun? Wiggerl brach seine Überlegungen ab, denn er war bei der Vereidigungszeremonie an der Reihe. Er musste sich mit der rechten Hand der Bibel zugewandt samt gestrecktem Daumen, Zeige- und Mittelfinger sowie gleichzeitig gebeugtem Ringfinger und gebeugtem kleinem Finger hinstellen und den von Ministerpräsident Lutz verfassten Text vorlesen. Heimlich kreuzte er dabei den Mittelfinger der linken Hand über den linken Zeigefinger, da er einmal gehört hatte, dass durch diese Handgeste jeder Eid ungültig wird. Dieser kleine Trick fiel niemandem auf.

»Ich schwöre auf die Heilige Schrift, dass kein Wort der Umstände und Ergebnisse der Nacht vom 13. auf den 14. Juni 1886 über meine Lippen nach außen dringt. Ich schwöre, niemals zu sagen, niemals zu klagen, über das Grab hinaus! Auch nicht auf dem Sterbebette, auch nicht dem Priester gegenüber!«

16. Juni 1886

Bereits um halb fünf Uhr früh hatte sich eine riesige Menschenmenge vor der Kapelle der Residenz versammelt. Die Tore wurden erst um acht Uhr geöffnet, doch Menschen aus allen Schichten stellten sich schon dreieinhalb Stunden vorher an, um ihren geliebten König noch einmal zu sehen und sich ehrfurchtsvoll von ihm zu verabschieden.

16. Juni 1886

Wiggerl war mit dem gestrigen Abendzug von München nach Füssen gereist und zurück in seine Kammer in der Kaserne gezogen. Er musste dringend seine Wäsche waschen, sich private Notizen machen und ein wenig ausruhen. Und er brannte darauf, Ferdl Boppeler zu berichten und zu erfahren, wie es den Kollegen in Füssen die letzten Tage ergangen war. Gründlich gewaschen und frisch gewandet, begab er sich pünktlich um acht Uhr zum Morgenappell. Außer ihm standen da einige seiner Kameraden, aber kein Ferdinand Boppeler. Wiggerl fragte einen neben sich stehenden Junggendarm.

»Den Boppeler haben sie nach Mindelheim versetzt«, berichtete dieser.

»Wieso denn das?«, fragte Wiggerl entsetzt.

»Das Handeln auf eigene Faust hat wohl nicht so gut gefallen.«

»Aber er hat doch im Auftrag des Königs gehandelt!«, verteidigte Wiggerl seinen Vorgesetzten und Freund.

»Das sehen manche Leute anders.«

In der Amtsstube war die Stimmung entsprechend gedrückt. Keiner war so recht motiviert; lustlos wurden Akten abgelegt und Waffen gereinigt. Wiggerl hatte das Gefühl, sein Kopf würde bald zerbersten. Es waren zu viele Eindrücke, Ereignisse, Informationen, Gedanken und Gefühle in allzu kurzer Zeit gewesen. Er hatte das dringende Bedürfnis nach Erholung. Er überlegte, ob er einen Arzt aufsuchen und sich so etwas wie eine Kur verschreiben lassen sollte. Da klopfte ihm jemand auf die Schulter. Es war Michi Kastenmeier, sein eingeweihter Kollege. Wiggerl freute sich ungemein!

In der Mittagspause machten die beiden Männer einen kleinen Spaziergang. Wiggerl konnte nun endlich Dampf ablassen, endlich von all den ihn quälenden Geschichten sprechen, die ihm widerfahren waren. Von der kurzzeitigen Vertrautheit zum König, von der Orgie im Hinterzimmer und von seinem Versteck im Gebüsch. Da er ja die

Finger gekreuzt hatte, konnte er Michi auch von den restlichen Ereignissen und seinen Gedanken dazu erzählen, außerdem von seinem dringenden Wunsch nach Ruhe und seelischer Genesung.

»Hier ist ja im Augenblick sowieso nichts los. Lass uns doch am Wochenende zum Diefenbach fahren. Da kannst du zwei Tage ausspannen!«

»Zum Kohlrabi-Apostel?«

»Genau!«

17. Juni 1886

Die Kirchheimer Zeitung *Der Teckbote* schrieb in der Ausgabe vom 17. Juni 1886:

»Wir stehen unter dem Eindruck eines Herz und Geist aufs Tiefste erschütternden Ereignisses. Fast versagt die Feder den Dienst. Gegenwart ist uns, was noch die späteren Geschlechter, wenn sie es aus der Überlieferung der Geschichte entnehmen, mächtig bewegen wird. König Ludwig II. von Bayern hat in geistiger Umnachtung den Tod in den Wellen des Starnberger Sees gesucht und gefunden. Ohne Schuld, ohne Not überfiel ihn eine Krankheit des Geistes, Trübsinn und Menschenfurcht, sodass die Staatswohlfahrt dringend eine stellvertretende Verwaltung des Thrones erheischte. Der König unternimmt einen Spaziergang auf den stillen Wegen des nach allen Seiten streng abgeschlossenen, nur nach der Seeseite offenen Parkes, welcher das Schloss Berg in seinen traulichen Schatten hüllt. Plötzlich wird der Leidende des stillen Ufers und der leise wogenden Fläche des viel geliebten Sees ansichtig; die finsteren Geister des Irrsinns überwältigen ihn; der bejahrte Arzt an seiner Seite ist zu schwach, ihn zurückzuhalten; die Spuren eines verzweifelten Ringens zeugen von der Pflichttreue des Arztes, die über das Leben hinausreichte; vom Parkwege zum Ufer sind es an mehreren Stellen nur wenige Schritte, und das Ufer fällt ziemlich abschüssig in den See. Noch ein schrecklicher Augenblick, und die Fluten nehmen den Leib des Königs auf, bereiten ihm die Erlösung, die sein edler Geist in der Umnachtung gesucht hat.«

18. Juni 1886

»Darf ich vorstellen, das ist mein lieber befreundeter Kollesche Ludwig Staudacher«, sagte Michi Kastenmeier andächtig in seinem sächsischen Dialekt. »Und das hier ist der Reformator, Vorkämpfer der Friedensbewegung und Erfinder der Freikörperkultur, Karl Wilhelm Diefenbach!«

Wiggerl stand etwas tollpatschig auf einer Wiese vor einem großen Gehöft in Höllriegelskreuth. Vor ihm lag ein Mann mit zotteligem Haar und langem Bart im Gras. Er trug einen weißen Umhang, fast wie eine römische Toga. Um ihn herum lümmelten mehrere Menschen, die sämtlich leicht verklärt lächelten, ebenfalls in weißen Gewändern.

»Willkommen in unserer geheimen Gemeinde«, sagte Diefenbach. »Fühle dich wie zu Hause! Mach es dir gern etwas bequem, der liebe Michael beschert dir bestimmt gern einen kleinen Rundgang.«

Michi zeigte Wiggerl das Gelände. Da gab es viele üppige Gemüsebeete, zwischen einigen Bäumen waren Hängematten angebracht, vor einem alten Stall mehrere Feldbetten aufgebaut, ein junger nackter Mann hackte Holz, eine Frau und ein Mann schnippelten gelbe Rüben[76] und Zwiebeln in einen Topf. Es roch nach Erdbeeren und Salat. Die Menschen hier schienen alle sehr glücklich und verzückt zu sein und ihren inneren Frieden gefunden zu haben.

»Hier gibt es fast nur Obst und Gemüse, nur selten Fleisch«, erklärte Michi. »Der Diefenbach ist überzeugt, dass die Heilkraft in der Natur liegt. Er nennt seine Idee *Alternativbewegung* und empfiehlt, sooft wie möglich gänzlich unbekleidet den Tag zu genießen. Das heißt, wie ich vorhin schon kurz andeutete, Freikörperkultur!«

In einer kleinen Lichtung stand eine nackte Frau an einer Staffelei und malte mit bunten Farben eine andere nackte Frau, die ihr Modell war.

»So eine Freude«, sagte Wiggerl freudig, »mein Leben lang hab ich

76 Karotten

kaum nackte Menschen gesehen. Und jetzt innerhalb weniger Stunden so viele!«

»Du kannst dich auch ausziehen, wenn du möchtest«, sagte Michi. Doch Wiggerl genierte sich.

»Gehen wir mal ins Haus«, schlug Michi vor. Dort waren weitere Menschen in Kutten und Sandalen an einem Herd und kochten. Wieder fiel es Wiggerl auf, dass es manche Lebensformen gibt, in denen Frauen und Männer gleichberechtigt miteinander umgehen konnten und scheinbar keine Hierarchie ihren Lebensstil behindert. Michi stellte Wiggerl vor. Das Wochenende schien sehr entspannend zu werden. Ein nettes Pärchen fragte Wiggerl, ob er ein bequemes Gewand geschenkt bekommen wolle, weil er in seinen festen Schuhen und seinem Oberhemd etwas steif wirkte. Er nahm dankend an und fühlte sich sehr wohl in seiner neuen Bekleidung. In diesem Moment fiel ihm der Name der Prinzessin ein, die er als Kind immer gespielt hatte. Ilsebill. Ein wohliger Schauer durchfuhr ihn.

Nach einem gemeinsamen Abendessen führten einige der Leute einen Freikörper-Ausdruckstanz vor. Im Gegensatz zum Hinterzimmer auf Schloss Berg war hier niemand frivol, alle verhielten sich beinahe keusch, wenn auch zeigefreudig. Mittendrin tanzte ein sehr beleibter Mann mit einem wilden Vollbart. Er bewegte sich wie in Trance, hatte die Augen nur halb geöffnet, atmete laut hörbar ein und aus und schüttelte seinen massiven nackten Leib zum Klang von Trommeln, die von ebenfalls leicht weggetreten wirkenden, kauernden Personen mit den Fingern gespielt wurden.

»Machen die hier auch Liebe?«, fragte Wiggerl.

»Ja, aber sehr zurückhaltend. Es ist eher eine monogame Gesellschaft, aber manchmal gibt es auch zärtlichen Austausch. Warte es nur ab«, sagte Michi und lächelte kokett.

»Ist das hier eine Art Privatreligion?«, fragte Wiggerl.

»So kann man es getrost nennen«, schmunzelte Michi. »Kinder, Kinder, das ist eine dolle Welt hier, nicht wahr?«

Wiggerl hatte keinen Anlass zu widersprechen. Der dicke Mann hatte sich inzwischen auf den Rücken gelegt und ruderte mit den Armen in der Luft herum. Dann streckte er die kräftigen Beine in die Luft und strampelte mit seinen in der Relation zu seinem Leib eher zierlichen Füßchen. Sein Mund lächelte selig. Wiggerl versuchte, sich den Mann ohne Bart vorzustellen. Moment! War das nicht …? In diesem Moment wurde Wiggerl klar, dass er den Mann seit seiner Kindheit kannte: Es war Franz Ertl, der Schläger vom Pausenhof! Dies war der Augenblick, in dem Wiggerl sein altes Lachen zurückgewonnen hatte.

19. Juni 1886

Münchens Straßen waren mit dunklen Fahnen schier verhangen, die Menschen trugen Schwarz, die meisten Gaststätten hatten geschlossen. Unzählige waren zur Beisetzung des Königs gekommen, man hatte das Gefühl, dass halb Bayern angereist war. Die Konsulate hatten Trauerflor angebracht. Sämtliche Fremdenzimmer waren seit Tagen ausgebucht, vereinzelt mussten Trauergäste die Nacht auf Parkbänken verbringen. In den vergangenen Tagen war der Leichnam des Königs in der Hofkapelle der Münchner Residenz aufgebahrt worden, nachdem sich zuvor auf Schloss Berg ein kleiner Kreis von ihm verabschieden durfte. Die Trauer über den tragischen Verlust saß tief, Bayern hatte seinen König verloren; seit dem schrecklichen Ereignis hatte der Regen nicht aufgehört, sodass die Vermutung nahelag, dass auch Petrus und der HerrGOTT Anteil nahmen.

»Wer könnt denn so was wollen?«, fragte Lucki Grassl, der sich einst im Deutsch-Französischen Kriege als Freiwilliger verdingt hatte.

»Mei, die Gefolgschaft vom Bismarck vielleicht«, mutmaßte Ernst Zieglmayr, ein Förster. »Nachdem er an König mit seinem Geld bestochen hat, dass er ihm unser Bayernland ausliefert, trau ich dem Haderlump alles zu. Weil man kann über den König sagen, was man möcht, aber verbiegen lassen hat er sich nicht.«

Neben ihnen standen ein paar ältere Herrschaften.

»Was für ein Desaster«, murmelte die Weberin Maria Kühberger kopfschüttelnd.

»Ermordet habens ihn, unsern König«, pflichtete ihr Ehemann Hans bei.

»Ich bin mir sicher, dass der Gudden ihn umbringen hat müssen«, argwöhnte der Witwer Emanuel Schwind. »Auf Befehl vom Bismarck, diesem ausgschamten, varreckten …«

»A geh, ich glaub nicht, dass sie ihn umgebracht haben«, unterbrach ihn der Volksschullehrer Hermann Glonegger. »Er war einfach nicht von dieser Welt.«

»Und zu gutmütig«, ergänzte Emanuel Schwind.

Eine Kapelle spielte eine Melodie von Ludwig van Beethoven. Dies missfiel der Weberin Maria Kühberger.

»Das ist doch der Beethoven! Was soll denn das bedeuten?«, echauffierte sie sich mit gerötetem Gesicht. »Seine große Liebe galt doch Richard Wagner?«

»Richtig«, bemerkte die Marktfrau Elfriede Leitner.

»Aber dass das alles so plötzlich kam«, meldete sich Maria Kühberger erneut zu Wort.

»Umbracht habens ihn«, behauptete ihr Ehemann Hans.

»Ich glaub auch«, mutmaßte Elfriede Leitner. »Solch einen Monarchen werden wir nimmer bekommen.«

»Sein verrückter Bruder Otto soll ja jetzt der Thronfolger werden«, wusste Maria Kühberger.

»Er ist es bereits«, schloss Elfriede Leitner.

Die Glocken läuteten unaufhörlich, als der Trauerzug sich von der Residenz um Punkt ein Uhr durch die Brienner Straße über den Karolinenplatz, Arcis- und Sophienstraße, beim Stachus links durchs Karlstor in die Neuhauser Straße bis zur St. Michaelshofkirche, der letzten Ruhestätte des Monarchen, in Bewegung setzte.

17. August 1886

Wiggerls Ausflug zum Kohlrabi-Apostel war angenehm gewesen, verführte ihn aber nicht dazu, sich der Bewegung anzuschließen. Er war gerne mit sich allein, das hatte er im Lauf der letzten Monate gelernt. Dieses Wochenende hatte er frei und war nach München gefahren.

Es grämte ihn ungemein, dass die Polizeiakte über den Tod von König Ludwig II. abgeschlossen war und weder von Ministern, Beamten, Gendarmen, Vorgesetzten oder Ärzten das geringste Interesse daran bestand, hier weiterzuforschen. Sie hatten eine offizielle Version öffentlich gemacht, die verbindlich gelten und in den Geschichtsbüchern stehen sollte. Sie lautete: »König Ludwig hatte schon längere Zeit Selbstmordabsichten. Als er wenige Schritte von Schloss Berg entfernt plötzlich ins Wasser eilte, versuchte Dr. von Gudden ihn abzuhalten, es kam zu einem Handgemenge, wobei der wesentlich kräftigere und größere König Ludwig den Arzt bewusstlos schlug und würgte, woraufhin dieser ohnmächtig im Wasser unterging und verstarb. Danach suchte Ludwig den Freitod durch Ertrinken.«

Wiggerl kannte sehr viele Details und wusste, dass diese Version bei Weitem nicht der Wahrheit entsprach. Jeder Detektiv hätte sich die Finger danach abgeschleckt, all die Ungereimtheiten aufklären zu dürfen. Nahezu alle Indizien waren vernichtet worden, jede Aussage relativiert, jeder Beweis für unwichtig erklärt.

Wiggerl quälten viele Fragen:

1. Ludwigs Uhr war um 18:54 Uhr stehen geblieben, vermutlich durch das Eindringen von Wasser. Die Uhr Guddens allerdings erst 76 Minuten später. Taschenuhren dieser Art blieben grundsätzlich nach wenigen Sekunden stehen, wenn Wasser eindrang. Hieße das nicht, dass Gudden keinesfalls durch die Hand des Königs starb? Oder war es so, dass erst Gudden den König tötete, sich dann eine Stunde in Gewissensbissen verlor und schließlich Suizid beging?

2. Der königliche Leichenbeschauer Hofrat Dr. Magg hatte erst »Schusswunden« gesagt, und sich dann korrigiert in »Schürfwunden«. Das war sonderbar.
3. Warum hatte man ausgerechnet das Bootshaus, den Ort, an dem man die Leichen des Königs und des Arztes nach ihrem Tod für mehrere Stunden gelegt hatte, so rasch beseitigt?
4. Wo waren Hemd und Rock des Königs abgeblieben? Hatte man sie verschwinden lassen, weil sich Einschusslöcher darin befanden?
5. Warum hatte niemand die Todesursache Dr. von Guddens medizinisch definiert?
6. Welche Rolle spielte Kaiserin Sisi, die in der Todesnacht am See residierte?
7. Wieso hatte Ministerpräsident Lutz alle Beteiligten, auch Wiggerl, den Eid auf die Bibel schwören lassen?
8. Hatte Barnabas etwas mit der Sache zu tun?

Wiggerl durfte nicht mehr weiterermitteln, es gab keine Erkundungen mehr. Er war sich überdies nicht sicher, ob er im Dienste der Gendarmerie bleiben oder sich einem anderen Berufsfeld zuwenden sollte. Seinen beruflichen Idealismus hatte er in den vergangenen Wochen verloren.

Heute jedoch wollte er ein einziges, längst überfälliges, da wochenlang aufgeschobenes Vorhaben in die Tat umsetzen: den Hellseher Wolken-Beppi aufsuchen. Es war Freitag und Wiggerl hoffte schwer, den Mann mit der faszinierenden Gabe anzutreffen. Er durchforstete die Reihen im Münchner Hofbräuhaus. Bald wurde er fündig. Der Wolken-Beppi hockte alleine an einem Tisch, vor sich einen Steinkrug.

»Grüß GOTT«, sagte Wiggerl. »Darf ich mich setzen?«

»Freilich«, sagte der Wolken-Beppi freundlich.

»Wir kennen uns vom Oktoberfest, es ist eine Zeit lang her«, sagte Wiggerl. »Sie hatten gesagt, ich könne mich jederzeit an Sie wenden.«

»Jetzt bestell dir erst einmal ein Bier«, schlug der Wolken-Beppi vor.

Wiggerl bestellte. Es war seit vielen Wochen das erste Mal, dass er Alkohol zu sich nahm. Er tat einen tiefen Schluck; augenblicklich fuhr das Bier in seinen Körper, seine gesamte Lebenskraft war geweckt, jahrhundertealtes Urwissen, Hellsichtigkeit und Ruhe strömten in ihn.

»Jetzt bist bereit, das merk ich«, sagte der Wolken-Beppi. »Hast eine Frage an mich?«

»Ja! Ich war ein begeisterter Anhänger unseres Königs und bin es weiterhin. Ich kannte ihn vor seinem Tod kurzzeitig sogar persönlich. Aber ich glaub nicht an die Mär, wie er gestorben sein soll.«

»Das darfst auch nicht, weil es ja alles gelogen ist. Leute haben Schweigegelder bekommen. Einer war auf dem See mit seinem Boot an einer verabredeten Stelle. Aber der König ist anderswo ins Wasser reingegangen, als ausgemacht war. Den Arzt haben sie derweil betäubt und später ist der ersoffen. Der König ist zum Boot rübergeschwommen, wo der Mann ihn über die Bordwand hinaufziehen wollte. Aber da hat einer vom Ufer aus zwei Mal geschossen, und der König ist getroffen worden. Er hat in diesem seinem letzten Moment gewusst, dass sein Erdendasein nun vorüber und er erlöst ist. Er wird seinem Schöpfer ohne Furcht gegenübertreten können. Der Mann in dem Boot ist dann so schnell er konnte und wie es seine Kräfte erlaubt haben, davongerudert.«

»Wer hat denn vom Ufer aus geschossen?«

»Ein Mann war es.«

»Hatte er sehr helles Haar?«

»Das kann ich nicht sagen.«

»War es ein junger Mann?«

»Was heißt jung?«

»Mein Alter.«

»Nein, er war bestimmt doppelt so alt wie du.«

Wiggerl war nun wie erlöst. Er glaubte dem Wahrsager und hatte dadurch Gewissheit, dass sein früherer Schulfreund Barnabas nicht der Mörder gewesen war. Wer auch immer geschossen haben mag, er gehörte einem üblen Komplott an. Und ihm war klar, der König

war glücklich gestorben, da der Tod für ihn die Freiheit bedeutete. Es beruhigte ihn, daran zu glauben, dass der Wolken-Beppi die Wahrheit gesagt hat. Das war ein tröstendes Gefühl. Wiggerl spürte tief in seinem Herzen eine über den Tod hinausgehende tiefe, spirituelle, wundervolle Vereinigung und Verbundenheit mit Ludwig II.

Er war ergeben und unerschütterlich in seiner Liebe und Treue.

Er war der Gendarm des Königs.

Epilog

»Spieglein, Spieglein an der Wand, wer ist die Schönste im ganzen Land?«, fragte Kaiserin Sisi und betrachtete ihr jüngeres Ich in dem Spiegel, den sie sich aus der Erbmasse ihres geliebten Cousins und besten Freundes Ludwig erbeten hatte. Doch das Spiegelbild antwortete nicht. Sie kniff die Augen zusammen, atmete tief ein und aus und öffnete sie erst nach gefühlten drei Minuten wieder, nachdem sie den Eindruck bekommen hatte, das Gleichgewicht zu verlieren.

Durch das lange Schließen der Augen sah sie zunächst etwas verschwommen, dann deutlicher. Der gewünschte Effekt war eingetreten. Ihr Spiegelbild zeigte nicht mehr die stark abgemagerte, blasse Kaiserin, sondern den jungen, schönen König Ludwig im Alter von etwa fünfundzwanzig Jahren, mit glänzenden Augen, das Gesicht schön glatt rasiert, sein ausdrucksvoller Mund war von einer vornehmen Röte, die Haltung edel und voller Tatendrang.

»Spieglein, Spieglein an der Wand, wer ist die Schönste im ganzen Land?«, fragte sie erneut.

»Frau Kaiserin, Ihr seid die Schönste hier, und niemand auf der Welt ist schöner als Ihr«, sagte Ludwig II. im Spiegel.

Sisi lächelte.

Quellennachweise

Böhm, Gottfried von: *Ludwig II., König von Bayern: Sein Leben und seine Zeit*, Nördlingen, 1923
Füssener Heimatzeitung, Ausgabe 176
Graf, Oskar Maria: *Das Leben meiner Mutter*, München, 1946
Häfner, Heinz: *Ein König wird beseitigt*, Heidelberg, 2008
Hierneis, Theodor: *König Ludwig II speist*, München, 1953
Kaiserin Elisabeth von Österreich: *Das poetische Tagebuch / Sisis Verse oder Die Gedichte der Kaiserin wider Willen*, Wien, 2018
Ludwig II. – Glanz und Ende eines Königs, Spielfilm, Deutschland, 1955; Regie: Helmut Käutner, Drehbuch: Georg Hurdalek
Pötzsch, Oliver: *Die Ludwig-Verschwörung*, München, 2011
Schweiggert, Alfons: *Ludwig II. – Die letzten Tage des Königs von Bayern*, St. Ottilien, 2003
Shelley, Mary: *Frankenstein or The Modern Prometheus*, London, 1856
Der Teckbote, Ausgabe vom 17. Juni 1886
Wackenroder, Wilhelm Heinrich/Tieck, Ludwig: *Phantasien über die Kunst*, Hamburg, 1799

Alle Abbildungen ab S. 285: Verlagsarchiv

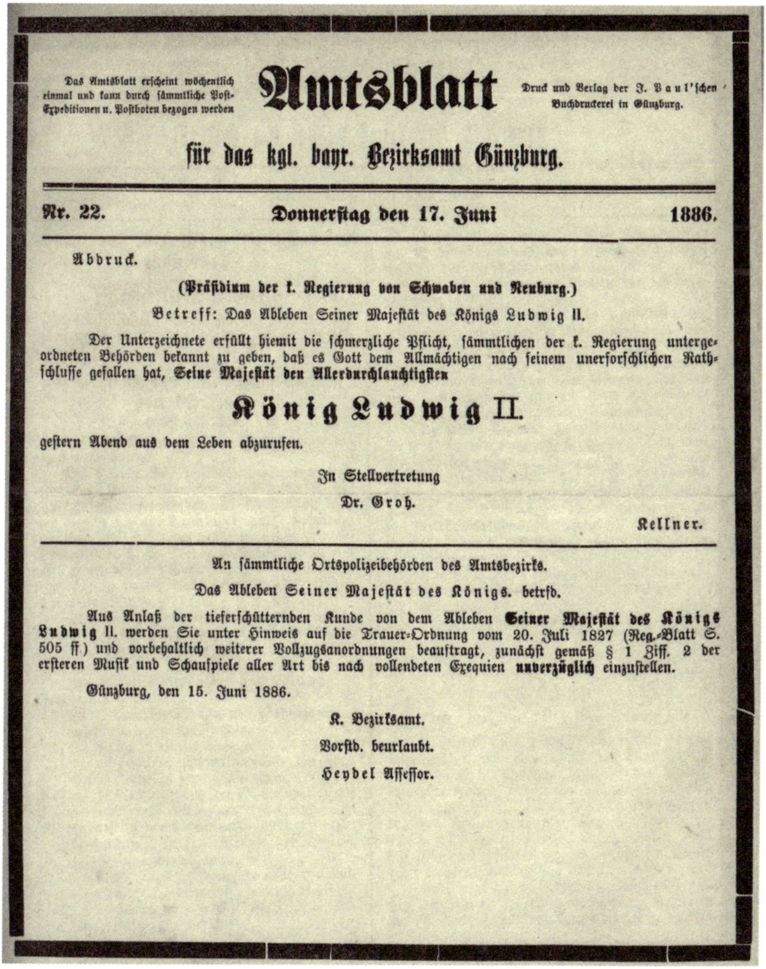

Das Amtsblatt erscheint wöchentlich einmal und kann durch sämmtliche Post-Expeditionen u. Postboten bezogen werden

Amtsblatt

Druck und Verlag der J. Paul'schen Buchdruckerei in Günzburg.

für das kgl. bayr. Bezirksamt Günzburg.

Nr. 22. **Donnerstag den 17. Juni** **1886.**

Abdruck.

(Präsidium der k. Regierung von Schwaben und Neuburg.)

Betreff: Das Ableben Seiner Majestät des Königs Ludwig II.

Der Unterzeichnete erfüllt hiemit die schmerzliche Pflicht, sämmtlichen der k. Regierung untergeordneten Behörden bekannt zu geben, daß es Gott dem Allmächtigen nach seinem unerforschlichen Rathschlusse gefallen hat, **Seine Majestät den Allerdurchlauchtigsten**

König Ludwig II.

gestern Abend aus dem Leben abzurufen.

In Stellvertretung

Dr. Groß.

Kellner.

An sämmtliche Ortspolizeibehörden des Amtsbezirks.

Das Ableben Seiner Majestät des Königs. betrfd.

Aus Anlaß der tieferschütternden Kunde von dem Ableben **Seiner Majestät des Königs Ludwig** II. werden Sie unter Hinweis auf die Trauer-Ordnung vom 20. Juli 1827 (Reg.-Blatt S. 505 ff.) und vorbehaltlich weiterer Vollzugsanordnungen beauftragt, zunächst gemäß § 1 Ziff. 2 der ersteren Musik und Schauspiele aller Art bis nach vollendeten Exequien **unverzüglich** einzustellen.

Günzburg, den 15. Juni 1886.

K. Bezirksamt.

Vorstd. beurlaubt.

Heydel Assessor.

Titel zum Tode Ludwigs II. im Günzburger Amtsblatt vom 17. Juni 1886

»Endlich volle Klarheit über den Tod Königs Ludwig II.«, versprach ein anonymer ›Eingeweihter‹ im Jahr 1900.

Illustration von R. E. Kepler zum Tode Ludwigs II. in der »Gartenlaube« 1886

www.hirschkaefer-verlag.de
www.hirschkaefer-verlag.shop